*Écrivain éclectique, **Michel Giard** a déjà publié une soixantaine d'ouvrages. Historien, chroniqueur radio, conférencier et grand voyageur, il se passionne pour les aventures humaines. Il a déjà publié six romans aux éditions De Borée.*

Passeurs de mots

TERRE DE POCHE
45, rue du Clos-Four – 63056 Clermont-Ferrand cedex 2

MICHEL GIARD

PASSEURS DE MOTS

de Borée

TERRE DE POCHE

Dans douze ou quinze paroisses voisines de la mer, il sort tous les ans au mois de mars un grand nombre d'habitants, pour aller, les uns vendre dans les provinces du royaume des livres, des estampes et cartes géographiques, les autres porter des balles de mercerie et quincaillerie…

État statistique de l'élection
de Coutances, 1727

À Augustin, mon petit-fils.

À la mémoire de mon père, René Giard.
En souvenir de cette lignée de colporteurs aux bouquinistes,
des libraires aux marchands d'estampes,
des auteurs aux directeurs de production,
à tous les artisans du livre qui ont illustré le nom des Giard…

I

Cotentin, décembre 1754

BAS ET GRIS comme de la cendre froide, un ciel d'hiver s'accrochait aux flèches de la cathédrale. La foire de la Crottée réveillait le temps d'une journée la petite ville de Coutances. Cette cité épiscopale vivait au rythme lent des prélats, des chanoines bedonnants, des enfants de chœur turbulents et des religieuses dans leurs couvents. Une fois installés devant la cathédrale, paysans, commerçants et camelots étalaient leurs marchandises : du poisson de la côte, des huîtres pied-de-cheval[1], de la morue séchée, des poteries de Ger, de la quincaillerie de Sourdeval et des petits livres de la Bibliothèque bleue.

La bise d'hiver cinglait les joues d'Antoine Giard, qui avançait à deux pas de son père, Pierre-Antoine, un modeste laboureur de Servigny venu vendre une génisse à la foire. Ce n'était sans doute pas le meilleur moment pour céder une bête de l'année,

1. *Huîtres sauvages de grande taille pêchées en pleine mer avec une drague.*

mais le paysan n'avait pas assez de fourrage dans sa grange pour attendre la pousse de l'herbe de printemps. Plutôt que de voir dépérir sa bête, il préférait la vendre.

Du haut de ses douze ans, Antoine rêvait. En une lieue[1] de mauvaise route, il avait entendu la harpe du vent dans les roseaux, saisi le vol d'une sarcelle, suivi le chant d'un ruisseau tandis que, là-bas, la roue d'un moulin n'en finissait pas de grincer. Il avait senti l'humus gras des sous-bois, l'odeur des feuilles séchées qui s'égouttaient à la pointe des branches, la terre brune des taupinières au milieu de l'herbe mouillée. Les cumulus qui remontaient la Manche de la pointe de Bretagne allaient encore lâcher quelques *siautées*[2] d'eau. Si le bocage autour de Coutances était aussi vert, il le devait à la qualité du sol mais aussi à l'eau de pluie dont le ciel, ici, n'était jamais avare. Comme quoi, il est utile, pour un paysan, de dire ses prières à l'église chaque dimanche pour qu'il pleuve !

— Regarde, papa, voilà l'oncle Joseph qui arrive ! cria le gamin.

— Salut, le grand Quesnel ! Est-ce que le frère de ma chère femme va bien ?

— Pas mal ! Et toi ?

— Ça va ! Tu t'es décidé à quitter ta ferme de Muneville-le-Bingard pour venir traîner à Coutances ? C'est pour tes affaires, je présume.

---

1. Ancienne mesure de distance qui valait environ 4 kilomètres.

2. Grands seaux.

— Oui, un peu ; et puis j'étais certain de rencontrer la parenté.

— Apparemment, ma sœur Élisabeth n'est pas avec vous.

— Non, elle garde le petit dernier, Louis-Baptiste. Il faut en prendre soin, tu t'en doutes. Elle a mis au monde huit enfants et Dieu nous en a repris cinq.

— C'est la vie...

— Heureusement, Antoine pousse bien et sa sœur, Marie-Françoise, aussi.

— À ce que je vois, ton gars a beaucoup grandi en taille...

— Et en malice aussi, crois-moi !

— Que vas-tu en faire quand il sera plus grand ? Un paysan ? Un mousse sur une goélette de Granville ou de Blainville pour le grand métier sur les bancs de Terre-Neuve ? Un colporteur de livres comme son oncle Jean ?

— Je n'en sais fichtre rien ! C'est l'occasion qui fera le larron.

— Dans la famille Quesnel, mon frère Jean a bien réussi, insista Joseph. Souviens-toi, lui aussi a commencé à douze ans comme apprenti avec un maître colporteur. Il a couru de l'Anjou à la belle province du Hainaut et le voilà établi à Valenciennes. Marié à une fille de là-bas, la Marie Deschamps, installé avec boutique sur rue, en ville, comme un bon bourgeois, avec des commis qui battent la campagne pour lui à la belle saison.

— Oui, pour Jean, les affaires vont plutôt bien ; c'est moins dur que pour nous les malheureux paysans. Les récoltes se suivent, pas toujours bonnes. Enfin, cette année, il y a eu des pommes...

— Ah ! Pour sûr ! Il y a eu des pommes, mais juste une demi-année. Je ne sais plus si toutes mes barriques de cidre sont remplies...

— Alors, l'Antoine, dit l'oncle Joseph en se tournant vers le gamin, tu voudrais pas te mettre dans le commerce et faire colporteur de livres, comme beaucoup de gens d'ici ?

— Si l'oncle Jean revenait faire un tour au pays, j'aimerais bien lui en parler. Il m'expliquerait ce qu'il fait de ses journées dans son métier. Moi, je ne connais que le travail de la terre.

— Tu sais, il faudra te décider. Si tu restes à Servigny, tu passeras toute ta vie au cul des vaches, avec le ventre vide plus souvent qu'à ton tour. La soupe à la graisse, même avec du biscuit dedans, ça ne tient pas au corps.

— Je comprends, oncle Joseph, mais maman n'a point envie de voir filer son gamin. Elle me le répète tous les jours.

— Elle est bien brave, Élisabeth.

— C'est vrai, conclut le père de famille. En attendant, faut aller vendre notre génisse. On te laisse, le grand Joseph.

— Oui, mon oncle... je te laisse, moi aussi, en attendant de devenir colporteur !

— Tu sais, Joseph, j'envoie Antoine à l'école du curé. Je veux qu'il sache lire, écrire, signer son nom et compter les grandes opérations. C'est important quand on voit les règlements, les papiers que les gens de loi nous font signer. Acheter un lopin de terre mérite presque l'avis d'un avocat avant d'aller chez le notaire. Comme me l'a dit le curé, nous verrons bien dans six mois s'il est capable d'apprendre autre chose que le cri des oiseaux.

— Fichtre, c'est ben vrai !

— Il est brave, l'abbé Grivel. Il prêche le patois comme toi et moi, et jargonne le latin de messe quand il le faut.

Près d'eux passait un paysan dont les chevaux tiraient un attelage accroché à une traîne à bois, une sorte de traîneau chargé à hauteur d'homme de fagots qui alimenteront les cheminées des boutiquiers et des gens de robe, car Coutances comptait plus de cinquante avocats. L'homme s'en alla en direction du couvent des Augustines.

— Si tu ne restes pas paysan, ajouta Joseph Quesnel en se tournant vers le gamin, tu n'as qu'à prendre le chemin des matelots, cette route qui, du havre de Regnéville, conduit à Granville et à Cancale. Les embarquements pour la pêche lointaine ne manquent pas.

Antoine savait que les marins les moins audacieux restaient au pays faire la pêche aux huîtres pied-de-cheval, des falaises de Champeaux jusqu'à l'anse de Sciotot, en haut du Cotentin. Régulièrement, les bateaux montaient jusqu'à Barfleur débarquer leur pêche. Elle était transbordée sur d'autres embarcations venues de Grandcamp qui iraient ensuite livrer les paniers d'huîtres à Rouen, ultime étape avant Paris.

D'autres matelots se contentaient de travailler aux pêcheries que louaient le curé d'Agon, le seigneur de Blainville ou celui de Gratot. Les bailleurs se réservaient le beau poisson comme le saumon, l'esturgeon, le marsouin, le bar ou tout autre poisson royal. Le reste revenait au titulaire de la pêcherie. Un travail ingrat, car les coups de vent d'ouest en abîmaient souvent les murs et les longues perches destinées à effrayer le poisson.

La mer séduisait beaucoup Antoine quand il accompagnait son père les jours de grande marée à la pêche à pied et qu'il admirait l'immensité de l'estran. Que ferait-il plus tard ? Il se trouvait encore bien jeune pour y répondre et son père ne l'éclairait pas beaucoup. Il avait entendu parler de ces gamins partis travailler en Amérique, dans les îles à sucre ou dans les terres plus froides du Haut-Canada. Il avait écouté un jour un cultivateur dire à son père qu'il avait poussé son fils au grand voyage, convaincu qu'il n'y avait rien à espérer dans ce pays. La cause était entendue... Pour les jeunes du Cotentin, sous ce règne de Louis XV, l'avenir était au bout du chemin ou sur la crête des vagues.

*

* *

Roulement de tambour. La foule se tut un instant, histoire de comprendre ce qui se passait. Ce n'était qu'un détachement d'un régiment de grenadiers venu à Coutances pour recruter. Le drapeau à fleurs de lys flottait sous les cieux les plus divers, dans la mer des Caraïbes, sur les rives du majestueux fleuve Saint-Laurent, aux Indes orientales. Dans ces pays immenses, les garnisons réclamaient des renforts pour la relève. Pourquoi pas de jeunes paysans qui feraient de bons fantassins ?

— Antoine, je vais te donner quelques pièces, annonça le père de famille. Tu vas acheter un beau morceau de congre et quelques huîtres qui sentent si fort le goût de la mer.

Le gamin fila vers la cathédrale sans un regard pour les deux magnifiques flèches gothiques et s'enfonça parmi les badauds qui se bousculaient dans le marché. Des marins pêcheurs venus de Pirou et de Blainville avaient dressé leurs étals. Antoine remarqua deux garçons de son âge vêtus d'une veste de toile cirée à l'huile de lin, un bonnet de laine haut placé sur la tête.

— Qu'est-ce que tu veux, le gardien de vaches ? lui demanda Lucas Rabasse d'un ton peu aimable, histoire de marquer ainsi l'opposition entre ceux qui habitaient dans les terres et les gens du littoral.

Une lieue ou deux, c'était suffisant pour que les gens de la côte affichent un mépris certain pour les terriens, les populations vivant dans les marais qui coupaient le Cotentin en deux. On raillait les gens de Périers, leur façon de parler, celle de conduire leurs bestiaux. Ces différences inculquées dès l'enfance s'ancraient dans les têtes et ces gamins se jaugeaient de part et d'autre des paniers remplis de poissons et de coquillages.

— Alors, le commis vacher, il veut quoi ? Tu rêves ou tu te décides ?

— Moi, euh… un morceau de congre pour quatre bons appétits !

Après quelques piques, la conversation s'engagea sur un ton plus aimable et les deux mousses cessèrent de taquiner Antoine. Ils lui racontèrent leur première campagne sur les grands bancs.

— C'est comment, ton nom ?

— Antoine Giard. Et vous ?

— Moi, c'est Lucas Rabasse, et lui, Clément Jéhenne. Tous les deux de Pirou et dans les bras une campagne à la morue sur la *Marguerite*. Départ en mars après les fêtes de Granville, retour en octobre, quand la pêche est bonne, et déjà des piqûres d'hameçon dans le gras des mains.

Le morceau de poisson posé dans son panier en osier et calé par une demi-douzaine d'huîtres pied-de-cheval, Antoine paya et salua ses compagnons du moment :

— Rendez-vous dans un an, les matelots ! Même lieu, même heure, nous verrons bien où la vie nous aura menés, leur lança-t-il, droit dans ses sabots.

— Avant de t'embarquer dans l'existence, fais comme nous, répondit Lucas Rabasse. Va à Gonneville mettre un cierge à Notre-Dame-du-Bon-Secours. Les marins lui font confiance. Quand on fait un vœu dans la tempête, on s'adresse à elle pour qu'elle nous tire d'affaire, parfois pour qu'elle nous arrache à la mort. Au retour, nous venons la prier pour la remercier. Tu sais, ne pas respecter son vœu porte malheur. Ne joue pas avec cela, sinon tu finiras dans la goule des poissons. Toi aussi, va brûler un cierge, la Vierge éclairera ta route, même si tu ne deviens pas matelot comme nous.

— C'est entendu !

Deux loups de mer regardaient la scène. Ils appréciaient l'attitude de ces mioches, dressés à coups de sabot et habitués à boire leur boujaron[1]

1. *Petite mesure en fer-blanc de 6 centilitres.*

d'eau-de-vie sans s'en laisser conter. Le petit métier, celui des pêcheurs de la côte, ne leur faisait pas peur. Pas plus que de se retrouver sur le parvis de la cathédrale, comme aujourd'hui, le jour de la foire de la Crottée.

La génisse vendue, un paquet de chandelles et trois livres de sel complétèrent les achats du matin. La famille Giard, père et fils, et l'oncle Quesnel sortirent ensemble de Coutances, laissant derrière eux la silhouette élancée de la cathédrale. Ils prirent la route qui conduit à Valognes, le Versailles normand. La campagne aux alentours s'étendait, verte et docile, dans une succession de molles ondulations, plongée dans un silence profond, coupé de temps à autre par le cri d'un charretier ou le meuglement d'une vache malheureuse.

Qu'y avait-il au-delà de ces collines doucement arrondies qui se succédaient comme les grains d'un chapelet ? La grande route royale, jusqu'où allait-elle ? Antoine aurait été bien en peine de répondre à ces questions. Le cadre de vie de sa famille se limitait à quelques clochers qui marquaient la campagne, aux flèches de la cathédrale de Coutances et à deux ruisseaux à truites. Tout le reste appartenait à l'inconnu, peuplé d'êtres et de créatures mystérieux, à des contrées où découvrir le meilleur et le pire, la fascination de l'or, le feu des épices, la douceur des fourrures et des êtres à la peau si brûlée qu'elle en était noire.

Le père d'Antoine sentait le foin et l'étable, le lait un peu aigrelet. Le vent du large, fatigué par ses longs voyages sur l'Atlantique, n'arrivait pas à le décoiffer. Le paysan restait un brave homme mais ne savait rien du vaste monde. Il vivotait en semant du froment, de l'orge et du blé noir que les gens d'ici appellent du sarrasin. Cette céréale constituait la principale nourriture des familles de laboureurs sous plusieurs formes, du pain noir, des bouillies, des galettes. Il cultivait aussi de la pomme de terre, qui servait davantage à nourrir les cochons que les siens. En Normandie, la pomme de terre tardait à s'ancrer dans l'alimentation des populations rurales.

Pierre-Antoine possédait quelques vaches, des moutons et caressait l'envie d'avoir une jument qui mettrait bas des poulains qui deviendraient ces beaux chevaux normands appréciés pour leur vigueur et leur résistance à la fatigue. La cavalerie de la garde royale s'en fournissait et garantissait de belles ventes aux propriétaires. Le paysan en rêvait tout en maudissant le sort qui s'acharnait contre lui. Le père d'Antoine demeurait résigné.

Joseph Quesnel abandonna son beau-frère et son neveu à la hauteur de l'église de Servigny. Il allait continuer son chemin avec prudence afin de ne pas connaître le sort tragique de ces voyageurs qui se perdaient dans la lande de Lessay, un espace malfamé, habité par des bergers un peu rebouteux, un peu sorciers, redouté des voyageurs isolés. Les haies du bocage, déplumées jusqu'au prochain printemps, avalèrent les silhouettes. Univers clos, replié sur lui-même, ce pays semblait inquiétant en cette fin décembre.

Un salut à son oncle et Antoine courut pour rattraper son père. Une remarque lui trottait dans la tête. Qu'allait-il devenir après les feux de la Saint-Jean ? Il travaillerait, bien sûr !

Où ?

C'était une autre question.

II

DIX MINUTES APRÈS, Antoine retrouva son village de Servigny, dans le doyenné de Saint-Malo-de-la-Lande, où il était né douze ans auparavant. En 1742, l'année de la grande sécheresse ! Cette année-là, plus d'eau dans les ruisseaux ni dans la mare de la ferme, si peu de lait dans les mamelles des vaches et, partout, des champs brûlés par le soleil d'été. C'est dans ce contexte inhabituel en Normandie qu'il avait osé pointer le bout de son nez.

Il avait grandi dans cette maison miséreuse, discrète, peu soucieuse d'attirer les regards. La ferme de ses parents était bien distribuée. Après la grande pièce à vivre, on trouvait un cellier, un pressoir, une étable et une grange. Ensuite, des dépendances collées les unes aux autres que les gens d'ici appelaient des appartements. Dans la soue, quatre cochons grognaient en attendant du son mélangé à du petit-lait. Dans la grande pièce commune au sol en terre battue, au-dessus de la cheminée, un crucifix garni d'une branche de buis séché soulignait la piété de la famille.

Le sacristain sonnait les cloches chaque jour, rythmant ainsi la vie des paysans.

*
* *

L'année 1755 se passa tant bien que mal. Antoine allait quand même régulièrement à l'école du curé, dans une petite maison basse accolée au presbytère. Une haie de fusains séparait les deux courettes. Après la classe, le garçon aimait traîner du côté du ruisseau des Épaisses ou de celui du Cahot. Il y cherchait du cresson ou des iris sauvages qu'il apportait à sa mère. Selon l'humeur du moment, il accompagnait Auguste Buhot jusqu'au hameau du Fouraban ou Jacques Rouil à la Bergerie. Avec ses deux camarades, il dénichait des nids ou posait des collets pour attraper des lapins de garenne un peu suicidaires. Privilège de la noblesse, la chasse était interdite aux manants et le braconnage encore plus. Défier le châtelain l'excitait.

Pauvre, il l'était comme tous ceux de la paroisse. Il mangeait à sa faim, tous les jours une ou deux écuelles de soupe et, souvent, de la bouillie de sarrasin. Plus tard, il reconnaîtrait facilement qu'il y avait eu encore plus malheureux que lui.

— Les gens du peuple m'ont porté bonheur. Ils ne sont pas parfaits, mais toute l'humanité n'est-elle pas ainsi ? Commis de ferme ou fils de propriétaires d'un manoir, les gamins du village, dira-t-il, étaient mes amis, même les plus pauvres, les fils des journaliers agricoles qui travaillaient à la journée au gré des saisons et des besoins des fermiers.

Très vite, Antoine avait appris à traire et pouvait aider sa mère. Le gamin emmenait parfois les vaches pour les passer d'un herbage à un autre.

Dans les champs les plus grands, on apercevait en leur milieu un arbre unique ou une *potille*[1], le frotton, contre lequel les bestiaux venaient se gratter afin de se soulager des piqûres d'insectes à la belle saison.

Après les foins, la moisson et le ramassage des pommes à cidre, Antoine attendait que l'automne s'éclipse, que les jours soient au plus bas pour retourner à Coutances, à la foire de la Crottée. Son père le lui promettait à chaque fois qu'il le réquisitionnait pour travailler dans les champs. Mais, en décembre 1755, en raison de l'état de santé de sa mère qui ne cessait de se dégrader, il passa le mois sans bouger de la ferme. Il tournait en rond et pataugeait dans les flaques, entre la mare aux canards et l'entrée de la maison. Une demi-douzaine de poules efflanquées avait trouvé refuge sous une charrette dont les bras reposaient à même le sol. Plus loin, des oies protégeaient leurs oisons. Le gamin aurait préféré jouer avec les garnements du village, l'Auguste Buhot et le Jacques Rouil, pendant que sa sœur, Marie-Françoise, gardait les oies et les poules d'Inde[2].

À quoi rêve-t-on quand on a treize ans, le ventre vide et l'esprit chagrin ? À prendre ses jambes à son cou et à cavaler loin de ces collines assoupies. Question de survie simplement, sinon il rejoindrait dans l'enclos du cimetière les levées de terre

1. *Poteau en granit mal dégrossi planté au milieu d'une prairie où broutent des vaches.*

2. *Dindes d'aujourd'hui.*

qui marquaient l'endroit où reposaient déjà ses cinq frères et sœurs morts en bas âge.

*
*   *

7 février 1756. Le ciel, gris comme du plomb, laissait un crachin discret s'infiltrer entre les nuées. Il pleuviotait sur le toit de chaume. Autour de la maison stagnaient des odeurs de feuilles pourries et de déchets d'étable. Le brouillard qui enveloppait les hameaux de la paroisse, de Galliot à Quintaine, de la Motte à Capet, tardait à se lever.

Élisabeth, la mère de famille, se mourait à petit feu. À quarante ans, elle s'apprêtait à rejoindre au pays des âmes errantes ses enfants Pierre, Jean, Joseph, Anne et Élisabeth. Le chien de la ferme poussait une longue plainte qui revenait régulièrement.

— Ces gémissements, c'est à cause du changement de lune ? avait demandé Antoine à son père.

— Non, mon garçon... Il pressent un malheur, reconnut-il, un sanglot dans la voix. Les animaux ont un sixième sens et peu d'humains le reconnaissent.

— Doux Jésus, nous n'avons plus qu'à prier.

— Et à espérer que Dieu nous écoute, s'il est encore temps. Mais, je n'y crois plus guère, mon fils. J'ai perdu plusieurs enfants, et maintenant c'est au tour de ta mère. Je suis frappé par une malédiction.

Deux jours plus tard, le temps s'était complètement rétabli, ciel clair et petit vent de nord-ouest. Pour la mère de famille, le moment était venu de rejoindre l'éternité après avoir reçu les derniers sacrements. Les habitants de Servigny suivirent la procession derrière le corbillard. Le sacristain portait une croix voilée de noir. Puis suivait la famille Giard, Pierre-Antoine et ses trois enfants, les oncles, les tantes et la parenté venue de La Rondehaye.

Quand l'oncle Joseph prit Antoine par l'épaule en sortant du cimetière, le garçon comprit que l'amour d'une mère ne lui serait plus jamais offert. Il n'était qu'un pauvre gamin malheureux et sans avenir.

Six mois plus tard, le 27 juillet 1756, le laboureur Pierre-Antoine Giard se remariait avec Marie Grandin, la veuve d'un journalier agricole, un pauvre gars du pays qui n'avait pas eu de chance. Un jour d'orage, cet idiot s'était réfugié sous un arbre et la foudre l'avait terrassé. Triste fin pour un sinistre personnage qui buvait beaucoup, du cidre comme un tonneau sans fond et de l'eau-de-vie qui lui tourneboulait les sens. Il devenait violent, hargneux, cherchait des chicanes au premier venu et, au besoin, tranchait la discussion à coups de poing, un échange de horions dont il sortait souvent vainqueur. En bonne chrétienne, Marie Grandin l'avait pleuré, juste ce qu'il fallait pour respecter les convenances. Sans débordements. Sans excès.

Ensuite, elle avait accepté son veuvage, allant faire des travaux de lessive et de couture dans les fermes, donnant la main pour les foins ou la moisson en travaillant comme un homme. Pierre-Antoine, avec ses trois enfants sur les bras, la sollicitait souvent, jusqu'au jour où il la glissa dans sa couche pour lui caresser les tétons qu'elle avait bien ronds. Marie retrouva vite des habitudes de maîtresse de maison. Elle savait s'occuper du ménage et du nettoyage. Elle avait brûlé quelques branches de buis béni poussiéreuses et jeté une image pieuse piquetée de chiures de mouche. Elle donna un coup de propre dans la salle commune pour la rendre moins miséreuse. Elle savait qu'elle serait traitée avec rudesse, comme les femmes de la campagne qui ne devaient manger que lorsque le dernier valet venu pour les labours était servi.

Une table, deux bancs, un pichet en bois pour tirer le cidre à la barrique, un trépied en fer forgé pour la cuisine, une bassine pour la bouillie de sarrasin, la salle commune transpirait la pauvreté. À son arrivée, Marie Grandin avait procédé à une lessive exceptionnelle pour laver les draps dans lesquels Élisabeth avait rendu l'âme. Il fallait chasser le démon de la mort qui avait rôdé entre ces murs de torchis. L'avenir souriant, c'était bon pour les riches qui avaient le temps d'y penser. Pas dans une masure comme celle-là !

*
* *

Lorsque Jean Quesnel apprit au printemps 1756, à Valenciennes, le décès de sa sœur par un colporteur venu du pays de Coutances, il montra sa peine puis son mécontentement. Pas satisfait du tout ! Dans l'immédiat, il ne pouvait rien faire. Rien avant la fin de la saison du colportage, qui l'occuperait jusqu'à la foire Saint-Martin, début novembre. Pendant les journées de marche, durant l'été, Jean Quesnel avait réfléchi. Il comprenait que les mauvais traitements et le manque de soins qui attendaient ses neveux ne pouvaient guère favoriser leur éveil. Perdus à Servigny, ils risquaient de s'enliser dans un état végétatif, presque animal. Son devoir se précisait : il devait les arracher à une ambiance qu'il devinait parfois hostile.

— Marie, dit-il à sa femme, un soir d'automne, tout en mangeant sa soupe, l'hiver approche et j'ai bien peur que la saison ne soit rude en Cotentin et les réserves de nourriture bien maigres chez Pierre-Antoine. Le mari de ma sœur Élisabeth est courageux mais pas bien malin. Le voilà déjà remarié, ça ne me dit rien qui vaille… Certains parents ne sont pas à la hauteur et mon beau-frère est de ceux-là. Pour sauver les petits, je dois faire quelque chose. Je ne peux pas les abandonner à leur sort. Ils doivent fuir les murs tristes de leur ferme. Alors, si nous les prenions chez nous… Qu'en penses-tu ? Avant de faire quoi que ce soit, je souhaite ton avis.

— Tu as raison, mon Jean, répondit-elle sans trop réfléchir. C'est un geste de bon chrétien et je suis certaine que la Providence appréciera. Reste à savoir si ton beau-frère sera d'accord.

— Après-demain, je partirai les chercher. Toi, tu garderas la boutique comme tu sais si bien le faire. Je serai absent quinze jours, trois semaines, guère plus.

— Mon Jean, ton pays n'est pas à côté, je le sais. Au moins une semaine pour y aller et autant pour revenir. Des arrêts à Amiens, à Rouen et à Caen, ce sera long, mais Dieu le veut, comme disaient les croisés d'une autre époque.

*
* *

Quand Jean Quesnel arriva à Servigny, le paysage n'avait pas changé. Au fond d'un vallon avalé par une langue de brume qui s'étirait de la barrière du pré jusqu'à la grange, une femme travaillait. Sur le côté, dans un petit verger, à proximité de pommiers déplumés, trois poiriers s'échinaient à survivre. L'excès d'humidité couvrait de pustules leurs dernières feuilles. La variole du poirier était aussi redoutable que la peste, disait-on il n'y a pas si longtemps.

« Ah ! Bon sang de bonsoir, si ces gens de la campagne lisaient *L'Almanach du bon jardinier*, ils sauraient mieux soigner leurs arbres, se dit Jean Quesnel. Mais savent-ils seulement lire, ces paysans du bocage ? Par sûr. Alors, ils subissent les caprices de la nature. »

Le libraire de Valenciennes poussa la *porte à causette*[1] qui barrait l'entrée de la maison. Il trouva son beau-frère occupé à tresser un large panier d'osier pour ramasser pommes de terre et pommes à cidre. Bien vite, le paysan lui raconta ce qui s'était passé depuis la foire Saint-Pierre de l'année précédente.

— Quand ta sœur m'a dit qu'elle était à nouveau enceinte, elle n'a pas pu s'empêcher de crier comme une possédée du démon. Elle ne voulait pas le garder, ce chiard. Je suis parti voir une vieille femme du côté des marais de Carentan. Une silhouette

1. Porte dont le battant supérieur peut s'ouvrir à mi-hauteur.

tordue qui habite en bordure d'une rivière, là où l'air est empoisonné. Cette demi-sorcière m'a préparé une décoction de plantes cueillies un soir de sabbat sur le mont Étenclin, près de La Haye-du-Puits. Des plantes qui font passer à l'état de larve un enfant non désiré, dès les premières semaines de la grossesse.

— Tais-toi donc, mon pauvre garçon ! À croire que tu as oublié que les sorciers de cet endroit ont fini sur le bûcher sous le règne de Louis XIV, après être passés à la question devant les tribunaux et avoir souffert mille supplices. Des femmes et des hommes considérés comme des imposteurs, des empoisonneurs et des suppôts de Satan. Et toi, tu vas les voir et tu en parles à haute voix ! Doux Jésus ! Ah ! si le curé t'entendait, il te mettrait au ban de l'Église. Pire, il te dénoncerait à la justice et tu finirais aux galères du roi, à ramer comme un pauvre bougre sous les coups de fouet du garde-chiourme. Sacré nom d'une pipe ! Et dire, Pierre-Antoine, que je te prenais pour un homme sensé !

— Que veux-tu, Jean, nous étions dans la misère et ta sœur n'arrêtait pas de me dire : « Je perds mes cheveux et mes dents, ma poitrine est sèche de lait nourricier. Je suis une vieille femme et j'ai passé l'âge de laver des langes au lavoir. Finissons-en ! » Je lui ai proposé d'acheter une chèvre, car son lait serait bon pour le nourrisson. Elle s'est emportée une fois encore. « Je ne veux ni du nourrisson ni de la biquette ! criait-elle. La ferme nous nourrit mal. Il faudrait un cadeau du ciel pour remplir la marmite dans la cheminée. Pas un chiard de plus, tu m'entends ! Pas un ! »

— Oh là là ! Quelle situation !

— Oui, tu peux me croire, Jean. Nous avons passé des moments tendus, car la décoction de la vieille n'avait produit aucun effet. Le ventre de ta sœur s'arrondissait de mois en mois. Puis elle a mal supporté les douleurs de l'accouchement. Le petiot était rachitique, sans entrain, sans appétit. Il est mort une semaine après et ta pauvre sœur l'a suivi le lendemain. Elle s'est cabrée sur sa couche, a repoussé d'un geste imprécis l'édredon et a poussé un long râle venu du profond de ses entrailles. Un dernier souffle. C'était fini !

— Va donc me chercher un pichet de cidre, s'il n'est pas trop dur, demanda Jean Quesnel à Antoine, son neveu. J'ai besoin de me remettre les idées en place.

— Jean, comprends que, depuis dix ans, nous avons connu bien des périodes de misère et presque la famine. Certaines fois, des quantités de blé ont été achetées par des spéculateurs et envoyées en Espagne. Il ne restait plus de quoi faire de la farine ici. Le pain s'était fait tellement rare dans nos campagnes que les hommes mouraient de faim. Le pain noir comptait de plus en plus de sarrasin et de moins en moins d'orge et de seigle. Il se desséchait très vite et devenait dur comme du biscuit de mer. Et comme un malheur n'arrive jamais seul, les collecteurs des impôts n'hésitaient pas à enlever leurs habits aux paysans qui ne payaient pas leur dû, à leur prendre leurs derniers boisseaux de froment et même les loquets de leurs portes. Tu vois, les impôts que les agents des fermiers généraux imposent au peuple sont bien trop lourds.

— Quel changement, Pierre-Antoine ! Il y a eu pourtant des années où les paysans étaient joufflus et forts, vers 1730. Mais c'est du passé !

— Oui ! Cette époque est bien oubliée. Tu voudrais que je sois prévoyant, ce n'est pas possible. Dès que l'on fait des réserves, les collecteurs des impôts nous les prennent. Les plus malins les cachent dans une étable isolée ou dans le pressoir. Moi, je vis au jour le jour, comme tout le monde.

Jean Quesnel remplit de cidre une *moque*[1] en terre de Néhou puis sortit prendre l'air. Servigny, ce village du bas Cotentin, était accroché à ses collines et à sa tranquillité ; pourtant la mort et la misère venaient y frapper avec une dureté qui choquait ce brave homme. Il se décida à pousser la porte de la petite église paroissiale et s'agenouilla. Il pria Dieu et lui demanda de l'aider pour mener son projet à bien. Demain, il ferait jour.

Le colporteur s'installa dans la grange, arrangea deux bottes de foin pour s'en faire une couche et s'endormit, roulé dans sa grande pèlerine.

*

* *

La soupe du matin avalée, Jean Quesnel expliqua alors à son beau-frère le but de sa visite. Marie Grandin s'esquiva. Elle n'était pas concernée par ces histoires de famille. Jean Quesnel parlait, laissant

1. *Grande tasse pour boire le cidre ou le café. Ce mot du Cotentin a donné* mug *en anglais.*

le silence s'installer entre deux phrases. Il épiait les réactions de Pierre-Antoine qui finit par s'exprimer.

— M'enlever mes enfants, mais tu plaisantes, j'espère ? lâcha, visiblement énervé, Pierre-Antoine.

— En ai-je l'air ?

— Tu as réfléchi dans quelle aventure, toi et ta femme, vous allez vous lancer. Vous n'avez jamais eu d'enfant. On voit bien que vous ne savez pas ce que c'est ! gronda le paysan.

— Justement, nous allons rattraper le temps perdu. Je veux élever mes neveux et ma nièce, leur apprendre un métier, le mien ou celui d'imprimeur, pourquoi pas ? Tu vois, les projets ne manquent pas.

— C'est bien gentil mais, mes gosses, ils sont bêtes comme leurs pieds, affirma le père de famille d'un ton sec.

— C'est ce que tu crois, mais ils ne sont certainement pas dénués de bon sens, de volonté, d'envie de connaître un monde meilleur.

— Oui, tout ça, c'est des idées de bourgeois de la ville ! Tu sais, Jean, c'est bien beau ce que tu racontes. Je suis leur père mais, comme leur mère n'est plus là, il faut leur en parler, et s'ils te disent non n'insiste pas ! Je te le demande pour ne pas faire d'histoires entre nous. Il y aura toujours du travail à la ferme, à moins qu'Antoine ne veuille embarquer pour pêcher la morue. Sinon, à défaut de grande pêche, les exempts du roi passent de temps en temps dans nos villages. Les enfants sont envoyés sur l'île de Tobago, au Canada et en Louisiane, ou ailleurs dans le vaste monde.

— Qu'est-ce que tu me racontes, Pierre-Antoine ? Des enfants, on en vole à Paris, à Lorient et ailleurs, avant de leur faire prendre le chemin d'un port. Parfois, la populace s'en mêle, les archers du guet arrivent, tirent à bout portant contre les agitateurs. Un homme s'écroule, puis un autre. On pille des maisons, on casse des vitres. Tu comprends, c'est l'émeute... à cause d'enfants, comme les tiens, qui disparaissent.

— Vraiment ? Je ne l'aurais jamais cru. Pourtant...

— Eh bien, Pierre-Antoine, laisse-moi jouer ma carte. Je verrai bien comment les petits réagiront à ma proposition.

— Pourquoi ?

— Parce qu'ils vont être surpris. À leur âge, on croit que le monde inconnu commence au dernier champ de la paroisse. Que veux-tu ? Les haies sont tellement drues que les regards ne portent pas bien loin. Bon, assez parlé ! Faut avancer maintenant...

— Les gamins, aboya Pierre-Antoine, venez donc par ici ! Votre oncle Jean veut vous parler. À vous, rien qu'à vous. Sans moi ni Marie. Vous allez bien l'écouter et faites attention à ce qu'il va vous dire. Ensuite vous déciderez.

Jean Quesnel fixa droit dans les yeux le jeune Antoine. Son aplomb l'étonnait. Il sentait une forme d'assurance, de détermination, de volonté chez un gamin qui ne connaissait pas grand-chose à la vie et rien de l'immensité du royaume. De son côté, Antoine dévisageait cet oncle à la silhouette massive, venu de bien loin pour leur parler de ce qu'il faisait, des colporteurs de livres, de sa grande maison et de sa boutique. Jean Quesnel expliqua à ses neveux qu'il divisait le monde en trois catégories d'individus, ceux qui savent lire, ceux qui lisent régulièrement des livres et les ignares, ceux qui subissent. Une catégorie sociale à laquelle il fallait échapper à tout prix. L'oncle Jean leur proposa de les emmener ailleurs, sachant secrètement que son ménage sans enfants trouverait un nouvel épanouissement avec eux qui connaîtraient peut-être, grâce à lui, une certaine réussite. Du linge plein les armoires, une maison bien chauffée et une table garnie, de la viande une fois par semaine, ce n'était pas très glorieux mais tellement rassurant sous le règne du bon roi Louis XV et tellement mieux qu'à Servigny.

À force de se tortiller le menton, de se pincer le nez, Antoine s'était fait son idée. Son pays, c'était ici et il n'en partirait pas, à moins de tenter l'aventure au Canada. Son oncle pouvait repartir d'où il venait.

— Alors ? demanda le libraire en allumant sa pipe.

— C'est non ! répondit Antoine en appuyant sa réponse d'un mouvement de la tête.

— Comment ça ?

— Moi, je veux voir du pays, comme notre cousin qui est parti avec son régiment en Nouvelle-France, quelque part entre Québec et Trois-Rivières.

— Comment peux-tu le savoir ?

— Maman m'en avait parlé, un jour qu'on allait travailler aux champs tous les deux.

— Et tu as retenu ce qu'elle t'a dit ?

— Et comment ! Les Indiens, les missionnaires sur l'autre rive de l'océan, j'en ai parlé aussi avec deux mousses de Pirou qui ont descendu le Saint-Laurent, deux garçons qui s'appellent Lucas Rabasse et Clément Jéhenne. Tu vois, mon oncle, ce ne sont pas des inventions !

— Écoute-moi bien, Antoine. Tu as envie de savoir mille et mille choses, c'est très bien. Je suis là pour devenir ton professeur, pour te faire lire des livres passionnants, t'ouvrir les yeux et l'esprit. Et quand tu seras devenu un homme, tu choisiras ton destin. Avant d'atteindre ce jour béni, il te faut marcher, travailler, connaître autre chose que la paroisse de Servigny ou celles de La Rondehaye ou de Monthuchon. Alors, décide-toi, viens avec moi dans le Hainaut !

— Marie-Françoise, pars-tu avec moi chez l'oncle Jean ? demanda Antoine, redevenu quelques instants un enfant qui avait besoin d'être rassuré.

— Oui, je suis prête à te suivre, mon grand frère, si nous partons ensemble.

— Et le petit Louis, qu'est-ce qu'il devient dans tout ça ? s'inquiéta Marie-Françoise.

— Il vient aussi ! répondit sans hésiter Jean Quesnel

— Bon, dans ces conditions, on s'en va chez toi.

— Maintenant ? interrogea p'tit Louis avec l'assurance d'un grand.

— Non, mon petiot, pas aujourd'hui mais demain.

— Oncle Jean, voulut savoir la fillette, tu habites dans une ville comme Coutances ?

— Non, bien plus grande, entourée de solides remparts gardés par des soldats.

— Et on y fait quoi dans ton pays ? De la culture comme ici ?

— Bien sûr, nous avons de grands champs de blé, mais on y exploite le charbon que des hommes et des enfants vont chercher sous la terre.

— Comme des taupes ! Mais ce n'est pas possible, oncle Jean ! protesta Marie-Françoise.

— Si, mais il faut des machines, du matériel et beaucoup de monde. Il n'y a rien de comparable en Normandie. Le charbon, vous comprendrez ce que ça veut dire, une fois rendus sur place. Vous verrez, le pays où j'habite est actif et prospère.

Antoine regardait sa jeune sœur sans comprendre vraiment que cette décision scellait leur avenir. En disant oui à l'oncle Jean, Marie-Françoise avait tranché pour eux trois. Désormais, elle occuperait une place particulière dans le cœur de l'ancien colporteur.

— Louis, as-tu compris ? insista-t-elle. Tous les trois, on part demain habiter chez l'oncle Jean.

— J'veux pas, j'veux rester ici avec la Marie, pleura le petit dernier.

— Tu en trouveras une autre, là-bas, lui répondit son oncle avec beaucoup de douceur dans la voix, car ma femme s'appelle Marie. Tu ne seras pas perdu.

— J'veux pas m'en aller !

— Chut, fit Marie-Françoise. L'oncle Jean, il est pas habitué aux petits braillards.

La cause était entendue. Ils partiraient tous les trois.

Que savait-il de la vie, Antoine, ce pauvre gamin qui se promenait plus souvent qu'à son tour la cloche au nez ? Ce morveux qui s'essuyait le nez d'un revers de manche et continuait son travail selon la saison et l'heure du jour ? D'un côté, il connaissait la condition médiocre, souvent miséreuse, des pauvres enfants des champs. De l'autre, il admirait cet oncle Jean, bien habillé, propre et poudré comme un barbier. Un oncle qui voulait lui ouvrir le monde fascinant des livres, de ceux qui les fabriquent, de ceux qui les vendent et, le plus important, de ceux qui les lisent. Le clan des élus, des privilégiés à qui les livres expliquent ce qu'il y a de beau, de recherché dans les grandes villes du royaume et à Paris, qui leur parlent des navigateurs, des explorateurs et de leurs découvertes.

Le cœur un peu serré, Antoine accepta de couper le cordon qui le reliait à cette petite ferme et s'apprêta à quitter le clocher de son village.

— Bon, on s'en va ? répétait le petit Louis.

— Non, demain matin, mon garçon, le temps de préparer votre balluchon et de mettre dans un bissac du pain, du graissin et un peu de miel, une moque pour boire et des mouchoirs pour vos larmes.

— À demain, oncle Jean, et bonne nuit !

*

* *

Devant la cheminée au linteau de granit de Montjoie, Marie Grandin ne pipait mot. Elle n'était qu'une pièce rapportée sous ce toit. Elle avait remplacé Élisabeth dans le lit de ce paysan. Soit ! Mais ces mioches dont les veines charriaient un mélange de sang Giard et Quesnel n'étaient pas les siens. Pouvait les prendre qui voulait ! À commencer par ce Jean Quesnel venu de la lointaine province du Hainaut, quelque part dans le nord du royaume, après la Picardie.

— Marie, va donc dans le cellier et rapporte du cidre bouché. Qu'il pétille dans nos moques ! C'est fête aujourd'hui !

La fin de journée fut copieusement arrosée par Pierre-Antoine, qui sentait son fardeau s'alléger. Encore un pichet de cidre et une *topette*[1] d'eau-de-vie avant de se coucher. Marie le surveillait du coin de l'œil. Ce soir, il dormirait comme une souche et ne chercherait pas à la peloter.

— Si j'ai bien compris, dit-elle, on n'attendra pas l'année prochaine et le 29 septembre pour dire : « À la Saint-Michel, tout le monde déménage. »

— Vous allez tous vous carapater, mes petiots, marmonnait le paysan entre deux rasades de boisson. Adieu, l'Antoine, la Marie-Françoise et le petit Louis ! C'est entendu, mais si le pays de votre oncle ne vous convient pas, il ne faudra pas m'appeler pour que j'aille vous chercher, cré vingt dieux ! Faudra vous débrouiller ! Vous vous engagerez dans les armées du roi, chez les curés ou les bonnes sœurs, à votre guise. Compris ? Je ne veux plus vous voir.

— Voyons, mon doux, tu as toujours été un bon père de famille... Tu as toujours fait ce que tu pouvais pour les nourrir, tes petiots, leur fournir une paire de sabots et un paletot. Calme-toi !

---

1. Petit flacon en terre ou en verre pour y mettre de l'eau-de-vie.

— Un bon père, je l'ai été, et maintenant je ne le suis plus. Fiche-moi la paix, sale garce, et au lit ! Et demain… qu'ils partent !

III

Aux aurores, un coq chanta. Un autre lui répondit et, d'écho en écho, les basses-cours de Servigny se secouèrent. Dans les maisons froides, des mains s'agitaient autour de la cheminée pour réveiller les braises engourdies sous la cendre. Le feu sommeillait et il fallait jouer du soufflet pour réchauffer la soupe du matin. Les *triolettes*[1] quittaient les fermes pour aller traire ; elles avançaient la cruche à l'épaule et, dans l'autre main, leur tabouret, leur triolet. Dans la ferme fort modeste de Pierre-Antoine Giard, traire les trois vaches, c'était la première occupation de Marie. Elle y fila sans dire un mot.

Les enfants s'étaient levés au petit matin. Nuit claire, un léger voile de brouillard accroché dans le vallon et, là-haut dans le ciel, une grosse étoile. Sorti pour satisfaire un petit besoin, Antoine l'observait, inquiet, anxieux, mais un peu fier quand même d'affronter l'inconnu. Il eut une pensée pour Notre-Dame-du-Bon-Secours, à Gonneville. Presque une prière.

---

1. Servantes de ferme chargées de la traite des vaches.

À son retour, Marie appela les enfants, leur donna une moque de lait chaud et un morceau de pain bis. Le paysan affûtait sa faucille avant d'émonder des haies de noisetiers afin de faire du fagot qu'il mettrait en réserve derrière le cellier, du petit bois indispensable pour ranimer chaque jour le feu. La vue de Jean Quesnel le ramena à une réalité que les brumes de l'alcool avaient dissipée.

Pierre-Antoine s'était arrangé avec son voisin pour qu'il lui prête cheval et carriole afin de déposer les trois enfants et leur oncle sur la grande route qui relie Coutances à Saint-Lô. Le cheval s'appelait Coquette car… c'était une jument ! Dernières embrassades vite expédiées avec Marie et ils partirent jusqu'à la ferme voisine. Leurs sabots s'écrasaient avec un bruit sourd sur cette terre durcie. À chaque pas, Antoine devenait un peu plus mature. Peu à peu, l'horizon s'éclairait d'une lueur orangée. Antoine aperçut une dernière fois les flèches de la cathédrale de Coutances. À ses yeux, elle était posée sur cette hauteur de toute éternité. Qui l'avait construite ? Pourquoi ? Il n'en savait rien. Elle restait plantée face aux bourrasques et aux giboulées venues de la mer, enracinée profondément dans ce terroir alors que lui, le gamin, il partait. La cathédrale se découpait en une apparition irréelle, entre langues de brume et collines verdoyantes, mais Antoine aurait été téméraire de compter sur Coutances pour lui procurer de la joie dans la vie. Les criailleries des mouettes qui avaient remonté le cours de la rivière pour se réfugier dans les herbages rompaient la douce harmonie environnante.

Pas de doute possible, l'hiver serait rude, dans les semaines à venir, en Normandie.

Les enfants grimpèrent en silence dans la carriole du voisin, dont les roues se mirent à crisser sur la pierraille. La caresse du vent pinçait leurs visages tendres. Les derniers tours de roue furent encore plus pesants. Plus un mot. Le cœur se serrait, les larmes ourlaient le bord des yeux. Un baiser sur le front et la première séquence de leur vie s'achevait sur le bord de cette route. Ensuite, à Saint-Lô, ils prendraient une diligence et se lanceraient dans un voyage qui affolait leur père, ce paysan aux sabots crottés d'où sortaient quelques fétus de paille.

L'oncle Jean était là pour les réconforter quand ils se retrouvèrent seuls avec lui. On entendait dans un clos auprès d'une ferme des oies s'agiter. Pour chasser leurs idées grises et leur chagrin, l'oncle leur raconta l'histoire des oies de Pirou.

— Autrefois, leur dit-il, des quantités innombrables d'oies sauvages s'abattaient sur la côte de ce pays, de la baie du Mont-Saint-Michel jusqu'au havre de Lessay, surtout au moment des froids rigoureux comme aujourd'hui. Je me souviens qu'étant enfant, un jour, le vent s'était fixé au nord-est, du vent d'amont, le plus froid, le plus dur et le plus dangereux de toute la région. Il soufflait sur la presqu'île et sifflait même sur les herbes drues et piquantes qui poussent dans les dunes. À l'heure du crépuscule, les oies sauvages arrivèrent par bandes, volant très haut, avec des cris singuliers qui font un effet bizarre quand on les entend. Cela remonte au temps de Rollon, le premier duc de Normandie. Or, il arriva que le bon Rollon, s'étant emparé de tout le

Cotentin, se trouva bloqué devant les murailles du château de Pirou, dont l'origine se perdait dans la nuit des temps, et que l'on disait bâti par des fées. Donjons, murailles et fossés ne devaient pas l'arrêter, lui qui avait eu raison de tant d'autres châteaux forts. Aussi fut-il grandement surpris d'une résistance qu'il n'attendait pas et, ne pouvant prendre la place, il l'assiégea. Vaillant et hardi, cet homme venu du Nord était également prudent et sage : il savait que la lutte n'est plus possible quand on n'a plus rien à se mettre sous la dent. De leur côté, les défenseurs du château de Pirou avaient solennellement juré de se défendre jusqu'à la dernière extrémité et de ne céder qu'à la famine. Un beau matin, le duc de Normandie fut très surpris de ne plus voir personne sur les remparts. Derrière les murailles, le silence était complet ; on eût dit la forteresse abandonnée. D'abord, Rollon crut à un piège, mais le silence se prolongeait outre mesure. Il finit par juger bon de s'en assurer, fit dresser les échelles et lancer des projectiles pour protéger les assaillants qui grimpèrent bientôt sans rencontrer la moindre résistance. La place était vide ! Par où les assiégés avaient-ils pu fuir ? Comment s'étaient-ils dérobés ? Peu importait ! Le château de Pirou appartenait aux Normands, qui se promettaient bien de s'y établir pour un long bail. Or, écoutez-moi bien, les enfants, voici ce qui s'était passé. Les seigneurs de Pirou étaient des gens experts en magie, de père en fils. Se voyant réduits à la dernière extrémité et ne voulant point se rendre aux brigands du Nord, ils s'étaient transformés en oies sauvages. Ils avaient pris leur envol, en passant par-dessus les assaillants qu'ils saluèrent de leurs cris. Mais qui aurait pu croire que des guerriers bardés de fer puissent se changer en oies sauvages et remplacer leurs armures par un épais duvet et leurs voix mâles par des cris disgracieux ? Seulement, dans leur empressement à accomplir leur tour de magie, les seigneurs du château oublièrent de consulter le grimoire où se trouvait indiquée la manière de reprendre forme humaine, si bien que, devenus oies par leur souhait, ils le sont restés depuis. Désormais, il ne se passe pas une année sans que les pauvres oiseaux reviennent au nid, c'est-à-dire au château, faisant leurs couvées dans les fossés, dans les trous et les crevasses des murailles ruinées. Chaque automne, il en arrive des quantités considérables, au point d'obscurcir le ciel, car chacun sait que les oiseaux sont plus prolifiques que les chevaliers. Les oies sauvages qui se ruent, en hiver, sur la côte normande descendent des seigneurs de Pirou, condamnés pour toujours à expier un moment de négligence. D'autant plus que les Normands de Rollon, pour se venger du temps qu'on leur avait fait perdre, avaient commencé par brûler le château et, bien entendu, tous les livres qui s'y trouvaient, y compris les ouvrages de magie.

Antoine avait écouté sans en perdre un mot la belle histoire de l'oncle Jean, qui savait si bien le faire voyager dans un monde merveilleux.

— Mon oncle, parler des oies comme vous le faites, c'est moins terrifiant que les histoires de loup, même s'il n'y en a pas dans le Cotentin.

— Tu sais, Antoine, dans le Hainaut, où nous nous rendons, les loups des forêts des Ardennes descendent parfois dans nos plaines. Ils s'aventurent à proximité des bourgs et des petites villes quand ils ont faim. Ils pillent les basses-cours, voire mangent du petit bétail.

— Il n'y a pas de danger, j'espère ?

— Non, sois rassuré !

— Eh bien, où va-t-on dans l'immédiat ?

— Après Saint-Lô, nous allons dormir à Caen, une belle ville qui doit ses plus beaux monuments à Guillaume le Conquérant. Ce duc de Normandie a fait construire dans cette ville l'abbaye aux Hommes et sa femme, la reine Mathilde, l'abbaye aux Dames. Tu vois, maintenant, à chaque pas, tu apprends quelque chose. Ça te plaît ?

— Bien sûr ! C'est beaucoup mieux que l'école du curé !

— Ouvre les yeux, dit l'oncle Jean à Antoine, un peu plus tard. Nous entrons en ville, à Caen, et nous allons coucher à l'auberge. Demain, nous repartirons et nous passerons un pont de pierre sur l'Orne, une rivière paisible qui s'offre parfois des crues, quand les pluies s'ancrent trop longtemps sur les collines d'Alençon et du Mans.

Jean Quesnel, ses neveux et nièces ne couchèrent pas au relais de poste, trop bruyant avec ces commis voyageurs qui jouent longtemps aux cartes, qui touillent les dominos, qui boivent et qui crient. Ils dormirent près de la place du Marché-au-Bois, dans l'allée du Chat-qui-Miaule. La nuit porta conseil à ces enfants qui n'avaient pas eu une minute pour se reposer, constamment éveillés par les cahots et les brusques arrêts. L'oncle n'eut même pas à souffler la bougie, les trois enfants dormaient profondément, le petit Louis blotti contre sa sœur. Voyager n'était pas de tout repos, même en diligence. Fatigués, ils s'endormirent, sans doute bercés par les cris des oies qui volaient autour du château de Pirou. Dans ses rêves, Antoine montait sur leur corps, s'accrochant à leurs ailes pour aller plus vite jusqu'au pays de l'oncle Jean. De cette place enviable, il voyait mieux les villes, le cours des rivières et évitait les bois garnis de bêtes cruelles et mystérieuses.

Le matin, personne à Caen ne pouvait échapper aux carillons des églises et des couvents. Il y en avait tellement. Chacun reprit son maigre balluchon et suivit l'oncle dans la cour du relais de poste. Les enfants s'installèrent dans la diligence et l'oncle leur fit face. Deux voyageurs avaient pris place à côté du cocher. Au bout de trois heures de voyage en direction de Lisieux, Marie-Françoise se décida à entamer la conversation.

— Alors, oncle Jean, vous avez quitté un jour notre pays pour tenter votre chance ailleurs. Pour faire quoi, au juste ? demanda la fillette.

— Ma petite, tu veux connaître mon histoire, c'est bien méritoire, mais tu es encore bien jeune et tu n'as pas vu beaucoup de pays. J'ai bien peur que mes aventures constituent une histoire trop compliquée pour tes petites oreilles. Tu sais, nous ne sommes pas encore arrivés à destination. Ouvre bien tes yeux ! Tu vas marcher, voyager et croiser ces dames blanches qui cherchent à égarer les voyageurs attardés.

— Les dames blanches, maman m'en a souvent parlé, elle en avait une peur bleue…

— Je sais, les dames blanches, on en rencontre dans le Cotentin, à proximité des rivages, sur les hautes falaises, dans les landes désolées. Malheureusement, on en croise dans bien d'autres endroits, même dans le Hainaut, où nous allons.

— Vraiment ?

— Oui, l'insolite et l'aventure commencent parfois quand tu franchis la cour de ta ferme ou la porte de ta boutique. Quelques pas dans la campagne et, au détour d'un chemin, c'est l'illumination, la révélation... Bon sang ! Qu'est-ce que je raconte ? Je devais te parler du métier de colporteur et tu m'entraînes sur les terres des *goubelins*[1], des *milloraines* et des *mergriettes*[2]. Décidément, Marie-Françoise, tu es une drôle de coquine.

— Ah ! mon oncle, sauf votre respect, il faut bien qu'on sourie un peu, histoire d'oublier nos misères ; toutes celles qui nous ont frappés jour après jour, depuis que l'on sait marcher.

— Eh bien, je vais te dire ce que les villageois disent quand les colporteurs approchent : « Braves gens, fermez vos maisons à double tour ! Cachez vos filles, déguisez vos femmes en mégères, voilà les colporteurs qui passent ! » Que l'on soit seul ou en groupe de deux ou trois, nous, les marchands ambulants qui battons la campagne et qui savons

1. Équivalents normands des korrigans, sortes de petits lutins.

2. Dames blanches, créatures mystérieuses rencontrées par les personnes qui traversent les marais ou les zones abandonnées à proximité des falaises.

des histoires curieuses, nous inquiétons le bon peuple, qui nous craint et cependant nous apprécie.

La lourde voiture continua à avancer ; elle passa non loin d'une zone marécageuse où courait la Dives. En approchant de Lisieux, la campagne ressemblait à un immense parc, avec des maisons basses en torchis, couvertes de chaume que coiffait une rangée d'iris. Les cours des fermettes étaient bordées de pommiers, avec des bouquets de noisetiers qui transformaient à la belle saison chaque haie en petit bois.

Encore des heures de diligence. Après Lisieux et le changement de chevaux, la voiture fila vers Brionne, sa forêt, puis sur le plateau du Roumois, qui ressemblait aux grandes plaines du Nord. Un des passagers parla avec Jean Quesnel de l'abbaye du Bec-Hellouin, un des hauts lieux de la spiritualité en Normandie. Jean Quesnel resta discret, peu bavard. Il conservait de son pays natal une certaine retenue dans la prise de contact avec des inconnus. Il n'aimait pas brûler les étapes. Bien coincé sur la banquette, il préférait examiner les bavards, se donner le temps de la réflexion. Une fois passé ce cap, il verrait s'il donnait ou non sa confiance.

L'arrivée à Rouen fut un des grands moments du voyage des trois enfants. La diligence traversa de longs faubourgs qui grouillaient de monde. Des enfants sales, en guenilles, couraient devant des ateliers et des usines.

— Regarde ! lança Antoine, qui restait médusé devant le spectacle.

— Quoi ? Ah ! oui, des cheminées aussi hautes, vous n'en avez jamais vu ?

— Non !

— Elles semblent rivaliser avec les flèches des plus belles églises que vous connaissez. Aussi hautes que celles de Coutances et ici, à Rouen, vous allez en voir de belles, sur l'autre rive, quand nous aurons passé la Seine. Entre l'embouchure du fleuve, l'endroit où il se jette dans la mer, et Rouen, il n'y a pas de pont en pierre, seulement des chalands qui passent les gens, les marchandises et les charrettes d'une rive à l'autre. Les ponts de Rouen, tout le monde en parle, et vous, dans quelques minutes, vous allez rouler sur l'un d'eux. Regardez bien la Seine, c'est un des grands fleuves de notre pays.

Encore quelques minutes et le cerclage métallique des roues de la diligence chantait sur les pavés du pont.

— Regardez ! Des bateaux ! Comme ils sont grands !... Et comme ils sont nombreux ! C'est autre chose que dans le havre de Regnéville. Quel spectacle !

— Tu vois, Antoine, si tu veux partir au Canada, tu pourras venir à Rouen, je suis convaincu qu'il y a des bateaux en partance pour là-bas. Sinon, tu iras à quinze lieues de Rouen, à Dieppe, et là tu n'auras pas de souci à te faire, tu en trouveras autant que tu veux.

L'oncle et les enfants déposèrent leurs maigres bagages à *L'Auberge du Chapeau rouge* où, moyennant quelques sols, ils eurent la soupe chaude, le gîte pour la nuit, une paillasse envahie de puces et une couverture qui sentait encore le *suint*[1] des

1. *Sueur des moutons.*

moutons. Avant que la nuit ne tombe, l'oncle montra aux enfants la cathédrale – une des plus grandes de France, leur dit-il –, la rue du Gros-Horloge, qui menait à cette place où les Anglais avaient brûlé Jeanne, la Pucelle d'Orléans.

— Jeanne d'Arc, la gardienne de moutons devenue chef de guerre, annonça l'oncle Jean à Antoine. Je te raconterai son histoire, un de ces jours.

— Mais mon oncle, j'ai la tête qui va exploser avec tout ce que vous me racontez. Vous parlez comme un livre, mieux que le curé de Servigny. Je sais maintenant que vous êtes bien plus savant que lui. Mais comment avez-vous fait pour savoir autant de choses, pour nous en expliquer de si belles et nous parler de personnes merveilleuses, alors que vous avez grandi comme nous trois, dans une ferme ?

— C'est simple, Antoine, je lis et je continue à lire, aussi souvent que possible, c'est-à-dire tous les jours.

— Vous m'étonnerez toujours !

— Maintenant, tu sens pourquoi le métier de colporteur de livres est passionnant ; il ouvre la voie de la connaissance que l'on délivre aux autres.

— Même dans les campagnes reculées ?

— Oui, même dans les campagnes les plus reculées !

Antoine resta sans voix. Le petit groupe reprit sa promenade. Des quais, ils devinèrent les faubourgs de la rive droite, Dieppedalle, Croisset, et, sur la hauteur, perdue dans le ciel, la petite église de Canteleu. Vers l'est, il y avait cette côte Sainte-Catherine qui montait vers un plateau fort peuplé. Leurs yeux n'étaient pas assez grands pour admirer cette ville prospère. Par comparaison, Coutances n'avait l'air que d'une bourgade... Et dire qu'Antoine l'avait prise jusqu'à maintenant pour le centre du monde !

— Demain, je vous emmènerai voir la tour Jeanne-d'Arc, et nous repartirons ensuite.

Ce soir-là, Antoine ne trouva pas le sommeil, plongé dans un monde qui le dépassait. Son oncle dormait à poings fermés, comme un *sonneur*[1].

Le lendemain matin, le carillon de la cathédrale les réveilla avec une musique mélodieuse, légèrement aigrelette. Vite debout, avant une dernière promenade en ville

— Oh, quelle énorme tour ! s'exclama Marie-Françoise, qui faillit s'étouffer. Nous sommes dans un pays de géants !

— Pas encore, mais vois-tu, ma petite, c'est la tour où fut emprisonnée la gentille Jeanne, et c'est tout ce qui reste du château de Philippe Auguste. La Pucelle d'Orléans y fut interrogée, mise en présence des instruments de torture et répondit avec beaucoup d'assurance à ses juges. Vous le constatez, se promener dans Rouen, c'est ouvrir un livre d'histoire. Les monuments sont si nombreux que l'on saute d'une anecdote à l'autre.

Autour d'eux s'affairaient des hommes en armes, des marins, des moines et des moinillons, le menu peuple, petites gens en casaque, à jaquette, des hommes en braies collantes, coiffés d'une toque à plumet. Aux yeux d'Antoine, cette ville n'était plus Rouen mais la tour de Babel dont lui avait parlé le

1. *Sacristain.*

curé de Servigny, un ramassis de gens venus de partout, habillés dans des tenues qu'il n'aurait jamais imaginées.

— Tu sais, Antoine et toi, Marie-Françoise, vous n'avez fait qu'entrevoir cette ville. Quelques heures ici, c'est trop peu. Vous y reviendrez peut-être un jour ; toi, petite, si tu deviens nonne, et toi, garçon, si tu deviens colporteur. Alors, Antoine, tu pourras y passer un mois, si c'est pour la foire Saint-Romain.

— Je vous crois, mon oncle, et je ne demande qu'à apprendre.

Sans ajouter un autre mot, l'enfant s'appuya contre la roue de la diligence qui attendait les voyageurs. Il était inquiet, se demandant si ce qu'il allait apprendre désormais vaudrait autant que ce qu'il laissait derrière lui et qu'il allait sans doute oublier. Il sentait bien que, plus les journées et les distances l'éloignaient de son village natal, plus ses repères changeaient.

La transition était brutale.

IV

Après le départ de Rouen, Antoine admit bien vite qu'il s'éloignait du monde de la mer, des marins et des senteurs de voyage. Il tournait le dos au destin dont il avait rêvé : être matelot.

Peut-être que, devenu adulte, il se poserait cent fois la même question : pourquoi sa sœur avait-elle dit oui à son oncle et pourquoi avoir suivi ce dernier dans un pays où il n'avait pas ses racines ? Les jours de cafard, les piles de livres dans la boutique se dresseraient devant lui comme les terribles grilles d'un cachot. Qu'avait-il fait de sa liberté de garnement ? Il avait gardé intact le souvenir de ses parties de pêche à pied avec son père, devant la pointe d'Agon, quand la mer se retire jusqu'aux rochers de Ronquet. Ces souvenirs, il devait les ranger dans une malle en osier, la fermer solidement puis les oublier. Il allait les troquer contre l'habit bien propre d'un apprenti colporteur, choyé par sa tante, formé par son oncle. Une assiette de soupe épaisse et fumante contre le vent du large, c'était son choix sans l'admettre totalement. Pour Antoine, comme pour son petit frère et sa sœur, la réalité n'allait pas se marier facilement avec ses ambitions et ses aspirations.

Après dix jours de voyage et pas moins de cent dix-sept lieues parcourues, Jean Quesnel et sa famille arrivèrent à Valenciennes, capitale du Hainaut, après être passés par Cambrai. Par la porte de la diligence, Antoine n'avait cessé de regarder cet horizon dégagé qui courait au bout de la plaine. De temps à autre, un bouquet d'arbres marquait le départ d'un large chemin qui aboutissait à une grande ferme cachée derrière une levée de terre. Plus loin, dressé sur son socle de pierre, un calvaire en calcaire coquillier surmonté d'une croix en fer forgé invitait les marchands et les voyageurs à un instant de recueillement et à la prière à l'heure de l'angélus.

Pendant plusieurs jours, la lourde voiture n'avait cessé de tanguer comme un navire au creux de la houle tandis que les roues cerclées et les fers des chevaux frappaient les pierres dans un fracas de tous les diables.

Enfin, la diligence s'arrêta. Les enfants furent ravis de se dégourdir les jambes dans la rue. Après la vie au grand air, ils allaient résider en ville avec des maisons serrées les unes contre les autres.

L'oncle Jean prit les balluchons et entraîna les rejetons vers la place Wautiers.

— Regardez comme c'est beau ! dit Marie-Françoise. Je n'ai jamais vu une place aussi impressionnante.

— As-tu remarqué, ma chère nièce, les fortifications que nous avons traversées ? demanda Jean

Quesnel. Et toi, Antoine, as-tu fait attention aux uniformes des soldats ?

— Non !

— Des soldats, ici, c'est normal, ils défendent les frontières du pays. Avec de tels remparts et de tels soldats, nous pouvons tous dormir tranquilles. L'ennemi ne passera pas. Voilà, mes enfants, nous sommes arrivés dans votre nouveau pays. Votre tante Marie va être heureuse de faire votre connaissance.

Une petite femme les attendait sur le trottoir, elle les avait vus arriver de loin. Elle les embrassa l'un après l'autre après avoir posé un baiser humide sur la joue de l'oncle Jean. Tante Marie était une modeste bourgeoise que confirmaient ses manières, sa façon de parler et ses principes de bonne éducation. Quelle différence avec leur pauvre mère, une paysanne au travail du lever du soleil à son coucher, portant une jupe de droguet rapiécée en dix endroits et un tablier noir qui servait à tout !

Ils entrèrent dans cette bâtisse à la façade de briques rouges, haute de trois étages. Ils découvrirent la boutique éclairée par deux vitrines à croisillons de bois. Elle devenait sombre dès que l'on s'avançait vers l'arrière-boutique et les réserves. Le papier avait un ennemi sans concession : le feu. Aussi l'oncle Jean ne cessa-t-il de leur répéter des conseils de prudence.

— Vous avez, tous les trois, obligation d'utiliser un bougeoir à large soucoupe, pas question non plus d'aller travailler en réserve avec une chaufferette pour revigorer des pieds engourdis par le froid. C'est bien compris ? Ne dites rien, je vous le rappellerai encore et encore. Notre survie dépend de notre prudence, car l'incendie détruirait tout sur son passage, les stocks de papier, de livres, le mobilier et, pis que tout, nos vies. Nous ne sommes les locataires de cette maison que depuis trois ans. Prudence, s'il vous plaît !

— Ma tante, j'ai *seu* ! se plaignit le petit Louis. *J'beirais* ben un coup de cidre comme à la maison…

— Ah ! mon garçon, tu n'es plus en Normandie ; ici on ne boit pas de cidre mais de la bière, et tu es beaucoup trop petit pour y goûter. Pour le moment, je vais te donner de l'eau dans une tasse, fais bien attention à ne pas la casser.

Pendant que le petit Louis se désaltérait sous l'œil attentif de sa tante, les deux aînés visitèrent la maison et montèrent au dernier étage.

Ils découvrirent leur chambre, une grande pièce avec deux lits. La lumière y entrait par deux fenêtres qui donnaient à l'ouest. Deux chaises, une table et deux pots de chambre en faïence. Le luxe ! De là-haut, la vue portait sur le plat pays. Antoine demeura saisi par l'immensité de la campagne, si avare en haies touffues, en petits clos fermés par des barrières.

Marie-Françoise s'intéressait davantage à la ville qui s'étalait sous leurs fenêtres. Quelle différence avec le pays de Coutances !

Antoine se désolait de ne pas retrouver des lopins de terre entourés de haies. Ces étendues de campagnes sans limites firent naître chez lui un sentiment d'insécurité. Il se sentait bien quand il était caché à l'abri du bocage. Ici, il fallait affronter un paysage qui repoussait sans cesse ses frontières, comme s'il voulait le provoquer et le forcer à réagir.

Sa sœur trouvait la campagne lumineuse et immense.

— On peut respirer ici sans être étouffé, lui fit-elle remarquer.

— On verra, se contenta-t-il de dire sans enthousiasme.

— Regardez, les enfants, indiqua l'oncle Jean, arrivé discrètement, on voit bien l'hôtel de ville et la statue de notre bon roi et, plus loin, l'imposant beffroi. Regardez...

À ce moment, les cloches de Saint-Géry se mirent à couvrir leur bavardage. Quand ils furent revenus au premier étage, la tante Marie leur servit du lait chaud et un morceau de pain. Ils mangèrent comme des affamés tout en découvrant la salle commune avec ses meubles sombres, d'un brun puissant qui semblait retenir la lumière des bougies. Sur les murs vacillaient les ombres de l'oncle et de la tante restés debout à les observer. Dans l'armoire, il y avait plusieurs paires de draps, des nappes et, dans le buffet à quatre portes, des casseroles, des assiettes, des cuillères à bouillie, une superbe soupière en faïence et une bassinoire en cuivre pour réchauffer les draps durant l'hiver.

Une bonne nuit de repos dans un lit pour chacun et leur nouvelle vie commença dès l'aube. Ils en apprirent les usages en observant les rites du ménage. La tante faisait la cuisine et servait des plats locaux sur une table couverte d'une nappe, du potjevlesch, un petit pot de viandes en gelée, du coq à la bière ou du hochepot, un ragoût de bœuf bien relevé qui libérait des odeurs puissantes. Chacun disposait d'une cuillère et d'une fourchette. L'oncle buvait de temps à autre du vin. Sa femme ne buvait que de l'eau mais, le dimanche, l'oncle, qui ne la tutoyait pas, insistait et l'obligeait à rougir son eau par une « idée » de vin. Si elle rechignait, il lui disait pour la taquiner :

— Ben voyons, la bourgeoise, ce vin est bon et ne gâtera pas votre eau !

En fin de journée, les trois enfants se retrouvèrent dans la salle commune avec leur oncle et leur tante, dans ce logement installé au-dessus des locaux commerciaux. Antoine apprécia l'heure de la veillée, car il put bavarder avec son oncle et aborder les sujets les plus divers. Ils se disaient tant de choses autour du poêle en faïence blanche, une façon de se chauffer inconnue dans les fermes de Normandie. La conversation terminée, l'oncle Jean prit un livre. Il lisait beaucoup, ne cessait de s'instruire. Littérature, musique, sciences, philosophie, arts mécaniques, rien n'échappait à sa voracité, mais sa curiosité d'esprit était pondérée par son bon sens normand, si proche de la sagesse.

Pendant ce temps, tante Marie jouait avec le petit Louis. Elle apprenait spontanément les gestes maternels, elle qui n'avait jamais porté d'enfant. Elle avait tant d'amour à donner, bien plus qu'une mère nourricière ne pouvait parfois le faire. Elle prenait Louis dans ses bras, le berçait comme un poupon et le glissait sous un châle. L'enfant souriait, heureux tout simplement.

Chaque soir, la veillée était pour Jean Quesnel et Marie un moment auquel ils n'avaient jamais songé.

Une maison chaude, des enfants autour d'eux, c'était un rêve que Jean Quesnel n'avait jamais imaginé quand, à douze ans, il avait quitté la maison de ses parents. Il se souvint tout à coup de la violence qu'il avait subie, des coups reçus, comme sa sœur Élisabeth. Quand il avait trop bu, leur père devenait d'une violence inouïe. Les enfants filaient se cacher dans la grange pour le restant de la nuit tandis que les cris de leur mère, qui cherchait à protéger les plus jeunes, perçaient l'obscurité. Hier la violence, aujourd'hui la paix, le balancier de l'existence alternait le pire et le meilleur.

Les jours d'après, les enfants accompagnèrent leur tante en ville pour acheter du poisson et des légumes. Ils allèrent marcher au confluent de l'Escaut et de la Rhônelle.

Le dimanche, l'oncle Jean emmena la petite troupe jusqu'à l'église Notre-Dame-la-Grande se recueillir dans la chapelle de Notre-Dame-du-Saint-Cordon.

— Encore à la messe, grogna Antoine, en prenant la direction de l'église. On ne fait que ça !

— Mais non, mon garçon, nous allons faire nos dévotions à Notre-Dame-du-Saint-Cordon, qui nous a protégés tous les quatre durant ce long voyage. Tu ne le sais pas encore, mais les routes du royaume sont parcourues par des dizaines de brigands et de vagabonds qui commettent des délits de toutes sortes. Je ne t'en ai jamais parlé pour ne pas t'effrayer inutilement. Même si la maréchaussée leur court après, ces malins s'en tirent trop souvent à mon goût. Tu comprends mieux pourquoi nous devons bien une action de grâces à la sainte patronne de Valenciennes.

— Et ensuite, que ferons-nous ?

— Nous rentrerons en passant par la rue des Foulons, précisa l'oncle Jean. Les vieilles maisons méritent le coup d'œil.

— Marie-Françoise et Antoine, vous m'avez bien comprise, annonça tante Marie. Si vous priez Notre-Dame-du-Saint-Cordon tous les jours, elle vous protégera.

Le neveu et la nièce baissèrent la tête en signe d'approbation.

L'état de grâce ne dura qu'un moment, car les enfants retrouvèrent l'espièglerie de leur âge et de mauvaises habitudes. Ils rotaient, pétaient, faisaient tomber de temps à autre une assiette, renversaient une tasse. Ces bêtises appelaient des punitions et Marie les prévenait :

— Ton oncle te dira ce soir ce qui va t'arriver.

Le soir, avant la prière, l'oncle Jean confirmait, s'il la jugeait utile, la sentence :

— Antoine, samedi, avant la prière, à la même heure, tu recevras dix coups de martinet pour expier la faute que tu as commise et ainsi servir d'exemple à ton frère et à ta sœur.

Si l'oncle constatait une amélioration de la conduite les jours suivants, la punition était levée et Antoine dormait sans que la peau des fesses ne le démange. Devant les nombreuses incartades des enfants, l'oncle Jean leur annonça que, si les deux plus grands arrivaient en retard à la messe, il y aurait des sanctions. Douze sols en moins s'ils arrivaient après l'épître, vingt-quatre sols après l'évangile.

Jean n'appréciait pas beaucoup que son neveu joue avec le fils de l'horloger, un jeune très effronté qui se permettait de sourire aux clientes, de rentrer tard et parfois de ne pas travailler le lendemain. Son père l'avait menacé de le renvoyer de l'atelier familial.

— Tu vois, Antoine, ne suis pas cet exemple de mauvaise graine. Respecte les ordres que je te donne, sois assidu au travail et aux horaires que je t'indique. Apparemment, ce n'est pas assez glorieux pour toi, mais c'est la voie de la réussite, au moins dans l'immédiat.

L'étonnement des trois enfants devant la vie quotidienne à Valenciennes n'échappa pas à la bonne Marie, qui décida de leur faire découvrir, semaine après semaine, les traditions du Hainaut. Elle avait commencé, pour préparer les fêtes de Noël, en leur racontant la légende de saint Nicolas. Les enfants applaudirent.

— Et si vous chantiez sa complainte ?

— On ne la connaît pas, avoua Marie-Françoise.

— Eh bien, voici les paroles. Écoutez-moi bien. Après, je vous apprendrai la mélodie :

Ils étaient trois petits enfants
Qui s'en allaient glaner aux champs.
S'en vinrent un soir chez le boucher,
Boucher, voudrais-tu nous loger ?
Entrez, entrez, petits enfants,
Y a de la place assurément.
Ils étaient trois petits enfants…

La tante chanta une fois, deux fois, trois fois. Les enfants reprirent doucement et, à force de répétitions, gagnèrent en confiance et en maîtrise. Le bonheur est parfois tellement simple.

Une semaine après la Saint-Nicolas, Marie leur parla du père Fouettard, qui emmenait sur son âne les enfants effrontés, méchants et malpolis pour les emporter dans les forêts des Ardennes ou du Luxembourg. C'était donc où, ce Luxembourg ? se demandait Antoine. Peut-être un pays imaginaire sorti de la tête de cette tante qui ne connaissait pas un mot du patois normand ? Si elle était venue dans le pays de Coutances, elle aurait été aussi déboussolée que ces enfants qui découvraient le Hainaut. C'était promis, les enfants seraient sages jusqu'aux fêtes. Jusqu'à ce que cet homme, habillé d'une houppelande comme un colporteur, ait traversé les rues de Valenciennes pour vider dans les maisons friandises et petits cadeaux.

Noël approchait et les boutiques regorgeaient de victuailles. Les enfants purent admirer les vitrines qui contrastaient souvent avec la mine grise des passants. Flâner en ville était pour eux un plaisir nouveau et s'arrêter au kiosque à musique une véritable découverte. Louis, le plus jeune de la petite troupe, goûta pour la première fois à un morceau de pain d'épice. Il se jeta contre sa tante, la tira par la manche et posa sur sa joue un baiser. Un baiser juste pour sentir son souffle chaud, maternel, avant de recevoir en seconde récompense le contact sensuel des lèvres féminines sur sa joue. Mon Dieu, comme c'était bon ce baiser volé à la vie ! De quoi se plaignait-il ?

De rien…

Tout simplement, sabots aux pieds et pèlerine sur les épaules, il découvrait une nouvelle façon de vivre et d'être aimé.

Coincé à la maison, Antoine regrettait de ne pas pouvoir courir la campagne environnante. Il osa en parler avec sa tante.

— Tante Marie, je voudrais redoubler.

— Comment ça ? Qu'est-ce que tu veux redoubler ? Je ne te comprends pas…

— Redoubler se dit chez nous, à Coutances, quand on veut faire demi-tour… Oui, je voudrais rentrer chez mon père, à Servigny.

— Il n'en est pas question, Antoine ! Ton oncle n'a pas été te chercher pour que tu repartes. D'ailleurs, ton père vous l'a dit quand vous êtes partis tous les trois, il ne veut plus vous revoir. Tu es ici et il va falloir t'y faire, bon gré mal gré.

Le gamin baissa la tête, découvrant le monde des adultes impitoyable.

*

* *

Un jour, Antoine reparla à son oncle du charbon de terre. Il savait que l'on avait ouvert depuis plus de trente ans des mines pour extraire du charbon qui remplaçait avantageusement le bois pour les besoins des manufactures et même pour le chauffage des particuliers. Il voulut en connaître plus sur ces hommes et sur ces enfants qui gagnaient leur pitance en descendant dans les entrailles de la terre. Comment respiraient-ils ? Comment faisaient-ils pour y voir, plongés dans un monde tout noir ? Bref, les interrogations ne manquaient pas sur cet univers mystérieux. Les enfants qui travaillaient dans les mines menaient une vie misérable, harassante, fatigante, et la sienne par comparaison était plutôt enviable. Il devait le reconnaître, mais l'herbe est toujours plus verte dans le champ du voisin, dit-on à Servigny…

Une autre fois, intrigué par le ciel d'avril qui s'étirait sur les berges de l'Escaut, le garçon voulut comprendre le rythme des saisons dans cette région, se renseigner sur ce qui poussait dans les champs, sur les dates des prochaines foires. Tout l'intriguait.

Pourtant, un sujet revenait très souvent au centre de ses conversations : le métier de colporteur de livres, à quoi ressemblait-il ? Il était tellement différent de celui de laboureur exercé par un paysan comme son père.

— Antoine, je ne vais pas te donner toutes les réponses en une fois. Alors, commençons par le commencement. Il y a trois types de colportage. D'abord le colportage local, qui se passe dans un territoire modeste, un ou deux évêchés, pour vendre des almanachs, des petits livres, un commerce souvent associé à la bimbeloterie et à la mercerie. Ce petit métier ne nourrit pas bien son homme et ceux qui le font appartiennent aux indigents. Ils ne valent pas mieux que les marchands de peaux de lapin ou les marchands de balais. Il y a ensuite le colportage sur un secteur géographique un peu plus étendu, une généralité. Enfin, le grand colportage, celui que j'ai effectué, claironna avec fierté l'oncle, un colportage qui balaie un large territoire et parfois tout le royaume. Même en tant que professionnels chevronnés, nous étions surveillés de près par les gens d'armes du roi, par les policiers sur directive du pouvoir politique.

— Et pourquoi ? demanda Antoine.

— Tout simplement parce que nous étions très proches des migrants, qui forment la foule des gens du voyage. Du reste, nous n'étions pas les seuls à être surveillés de près, les vendangeurs, les faucheurs, les scieurs de long avaient droit au même traitement. Et je ne te parle pas des montreurs de marmottes, descendus de leurs montagnes.

— Et vous partiez longtemps ?

— Oui, de mars à novembre. Tu vois, dans le Coutançais, les villages se vidaient. D'un côté, les matelots qui partaient pêcher la morue à Terre-Neuve et, de l'autre, les colporteurs de livres qui couraient les routes. Pendant ce temps, les femmes, restées avec leurs enfants, assuraient la bonne marche de la maisonnée tout en effectuant les travaux des champs. Enfin, quand le mari rentrait, la famille se réunissait pour la tuée du cochon. Deux ou trois journées de travail qui permettaient de manger avec les voisins et de constituer des réserves afin de passer l'hiver sans trop de soucis. Bon, maintenant, Antoine, c'est l'heure de moucher les chandelles. Au lit, et n'oublie pas tes prières. Que Dieu nous protège !

*

* *

La clochette de l'entrée tinta. Jean Quesnel ne leva pas la tête de ses registres posés sur la caisse de la boutique.

— Antoine, va donc voir qui c'est !

Le gamin sursauta, tiré de sa rêverie par cet ordre sec, si peu habituel chez cet oncle qu'il commençait à mieux connaître. Antoine dévisagea l'homme planté devant la porte, grande cape sur les épaules, souliers ferrés aux pieds et un immense chapeau aux bords relevés pour protéger de la pluie. L'homme posa sa large boîte soutenue par deux lanières de cuir qui passaient autour des épaules.

— Salut, la compagnie ! lança Pierre Hue.

Antoine resta bouche bée : c'était un colporteur de livres, le premier qu'il voyait entrer dans la boutique. Une révélation ! Les colporteurs, il en existait partout, et pas seulement dans les belles histoires de l'oncle Jean.

— Tiens, voilà un gars de Muneville-le-Bingard qui s'est perdu jusqu'ici ! dit le boutiquier en souriant.

Le jeune Antoine n'en croyait pas ses yeux ni ses oreilles. Cet homme qui avait sensiblement le même âge que son oncle venait du même endroit qu'eux, du pays de Coutances. Il écouta attentivement les deux hommes qui se connaissaient très bien. Il apprit que les frères de Pierre Hue travaillaient dans le monde des livres, l'un à Paris, l'autre en Espagne, de l'autre côté des Pyrénées.

Jean Quesnel prit Pierre Hue dans ses bras et lui donna une chaleureuse accolade. Ils avaient pris l'un et l'autre quelques rides, des cheveux blancs et, surtout Jean, un peu de gras. Le colporteur se tourna vers le petit commis qui ne perdait pas une miette de la scène.

— Tu vois, gamin, chez les Quesnel, je suis accueilli comme quelqu'un de la famille. Nous nous supportons avec Jean depuis si longtemps. Je connais quelques secrets à son propos et la réciproque est vraie.

— Pierre, ce gamin est mon neveu, le fils de ma défunte sœur Élisabeth, qui demeurait à Servigny. J'ai été le chercher il y a quelques mois avec sa cadette et son petit frère.

— Eh bien, gamin, tu en as vu du pays en quelques jours. Le Cotentin est un joli coin, mais il y a trop de monde pour le peu d'ouvrage qu'on peut y trouver. C'est pourquoi les gens se font marins, soldats ou colporteurs. Tu verras plus tard, colporteur, c'est un beau métier !

— Oui, oui, trancha l'oncle Jean, mais on n'en est pas encore là ; tu vas vite en besogne, l'ami Pierre. Ce soir, tu resteras avec nous ; il y aura bien une écuelle de soupe aux choux pour toi. Ta place pour dormir t'attend dans la soupente. Mais pas question d'y fumer la pipe ! Tu connais les consignes !

Les deux hommes se mirent au travail et Pierre Hue renouvela son stock de petits livres de la Bibliothèque bleue.

— Tu m'en prends une belle quantité, dis donc. Tu as envie de travailler ?

— Que veux-tu, Jean, depuis que Nicolas Oudot a eu l'idée de lancer des petits livres, fabriqués tous sur le même modèle, sur du papier bon marché, cette collection connaît un beau succès auprès du public. Tu le sais bien, toi aussi, tu en as vendu des milliers et tu continues.

— C'est ben vrai ! Des livres de cent pages ou moins, avec une couverture bleue dans ce papier qui sert aux épiciers à emballer les pains de sucre, c'était un pari osé. La couverture bleue qui a donné son nom à la collection a permis très vite au public de l'identifier d'un simple coup d'œil et d'y être fidèle.

— Et puis, le contenu en est simple. Tantôt des contes, ceux de Perrault par exemple, les belles histoires de l'Histoire sainte, des récits de brigands sympathiques, à l'image de Cartouche. Quel fameux numéro, celui-là ! Tantôt d'autres volumes proposent des conseils de vie pratique. Comment conserver les aliments ou fabriquer une teinture afin de masquer les cheveux blancs des femmes qui commencent à vieillir et, dans cette catégorie, le préféré des jeunes filles, comment trouver un mari.

— C'est vrai, mais il ne faut pas être exigeant avec ces petits livres. Des lettres et des mots oubliés, des fautes d'orthographe, une grammaire parfois approximative, autant de coquilles qui constituent la marque de la Bibliothèque bleue.

— Que veux-tu ? Au lecteur de remarquer les fautes, mais c'est bien plus ennuyeux quand il s'agit d'un ouvrage à caractère médical. Quelques mots ou quelques chiffres en moins peuvent modifier gravement un traitement et le malade peut devenir un mourant.

— Comme tu y vas !

Comme d'autres colporteurs, Pierre Hue s'approvisionnait en livres chez des gens de son pays qui avaient ouvert boutique à la manière de Jean Quesnel. Les libraires accordaient un peu de crédit, si nécessaire, à ces émigrés dans leur propre royaume. Un garçon bien organisé comme Pierre Hue tenait un livre de comptes dans lequel il notait les bonnes adresses et les commandes pour sa prochaine tournée. Ce n'était pas un simple porte-balle, de ceux qui vendent un peu de tout, des aiguilles, des rubans, de la mercerie et de la petite quincaillerie et, mêlés à ce bric-à-brac, quelques livres. Non ! Comme les colporteurs du Coutançais bien installés dans leur métier, il se faisait un point d'honneur à ne colporter que des livres.

— Oui, disait-il d'un ton péremptoire, je suis un colporteur de savoir. Et que ceux qui ne me croient pas viennent se frotter à mon bâton de houx ! J'en connais trop qui me traitent de coquin, de chenapan, voire de voleur. Qu'en savent-ils au juste, ces bougres d'ânes ? Rien, ou si peu de chose. Ont-ils lu *Les Prophéties de Nostradamus*, *L'Almanach du jardinier* ou *Les Aventures de Robinson Crusoé* ?

Ce soir-là, au moment de la veillée, Pierre Hue et Jean Quesnel se laissèrent porter par la lueur magique des flammes. Ils décidèrent de suspendre le cours du temps et repartirent, au fil de la conversation, sur les chemins qu'ils avaient parcourus il y a vingt ans. Antoine regarda les yeux de son oncle ; ils brillaient, ils s'éclairaient comme jamais auparavant. Le gamin ne disait rien, se contentant d'écouter les deux hommes. Il allait marcher sur leurs pas comme il aurait suivi ces gens du pays de Coutances, les premiers à quitter leurs paroisses et à tenter leur chance bien au-delà.

Sur la route, Jean Quesnel et Pierre Hue avaient entendu le martèlement du fer rougi sur l'enclume, le bruit de la navette des métiers à tisser, la scie du menuisier et, de temps à autre, les cris des petits vendeurs ambulants, plus proches des mendiants que d'un commerçant en herbe. Le colporteur de livres était bien considéré quand il poussait la barrière d'une ferme. Maîtres et serviteurs le regardaient comme un savant capable de signer son nom et de mettre sur un registre autre chose qu'une simple croix. Ce colporteur s'entourait du mystère des sorciers, il connaissait les plantes qui soignent, lisait dans le ciel et dans la course des nuages le temps à venir et l'humeur des gens.

Comme il repassait chaque année dans les mêmes lieux, il voyait les enfants grandir, les vieux s'étioler, les ménages se faire et se défaire alors que les rivières et les ponts ne changeaient pas de place. Face au temps qui s'envolait, la nature restait immuable. Ce constat terrible était bien l'un des secrets du colporteur de livres.

— Mon ami, ajouta Pierre Hue, tu en as fait du chemin depuis 1730. Te souviens-tu quand on partait au printemps comme des bons petits gars capables de vendre de la mercerie, de la petite quincaillerie fabriquée à Sourdeval et à Tinchebray ? Notre ballot bien garni, on partait faire notre tournée au nord de la Seine et puis, un jour, tu as changé de direction. Pourquoi, au fait ?

— Que veux-tu, je me lassais du mauvais temps. La Champagne, les Flandres, le Hainaut, la Picardie, ce sont des coins pouilleux, trop humides. Alors, un printemps, je suis parti vers la Loire, ses châteaux, son soleil, son bon vin.

— Quelle idée !

— Pas si mauvaise que ça ! Car en Anjou je suis passé du statut de colporteur de livres à celui de libraire patenté. Un jour, un colporteur s'est arrêté à ma boutique de Saint-Florent-le-Vieil, sur la rive sud de la Loire, et curieusement il m'a parlé du Hainaut.

— Et alors ? demanda Antoine, qui ne perdait pas une miette de cette conversation.

— Il m'a appris que, dans cette région récemment rattachée au royaume de France, les gens étaient particulièrement laborieux, des besogneux vivant sur une terre excellente pour les animaux et pour les cultures de céréales. À l'entendre, les marchés et les foires donnaient lieu à un commerce actif. Sous les halles, paysans et marchands négociaient des grains, des toiles, des tissages de fine laine, de la volaille et des moutons. L'argent circulait d'une poche à l'autre. Pendant que les hommes s'empiffraient de bonne nourriture à l'auberge, leurs femmes achetaient quelques livres, parfois passaient commande pour une prochaine tournée. L'argent des plus riches profitait aux plus modestes. Ces propos m'ont tellement intrigué que…

— Oui… que tu n'as pas pu t'empêcher de faire une tournée. Tu as trouvé le pays à ta convenance, au point de t'y installer, d'abord à Condé-sur-l'Escaut puis à Valenciennes, où tu as rencontré une jeune veuve plutôt jolie, Marie ! Plains-toi, mon ami !

— Non, je n'ai pas à me plaindre.

Jean Quesnel laissa parler son *pays*[1] et plongea dans ses souvenirs et sa rencontre avec Marie, une jeune veuve qui n'avait pas eu de chance. Elle s'était mariée à un petit fabricant d'encres d'imprimerie qui employait une dizaine de compagnons dans un grand hangar balayé par les courants d'air pour chasser les odeurs acides. Cinq ans après leur mariage, une mauvaise fièvre avait emporté ce garçon courageux en une huitaine de jours. La jeune femme avait fait preuve de détermination. Elle avait appelé un médecin qui avait procédé à une saignée, qui restait le remède de choix, la panacée pour les disciples d'Hippocrate. Deux jours après, la petite vérole s'était déclarée. L'éruption s'était accompagnée d'une forte fièvre qui était tombée rapidement. Le médecin avait décidé de purger et de purger encore le malade.

— Madame, sachez que le malade peut mourir durant la saignée et je ne puis répondre de rien. Mais ce dont je suis sûr, c'est que, si on ne le saigne pas maintenant, il n'entendra pas les cloches du matin.

Le maître artisan n'avait pas supporté cet ultime traitement et avait rendu son âme à Dieu aux premières lueurs de l'aube.

Quelques mois après, Marie avait séduit Jean Quesnel. Bien vite, il avait décidé alors de devenir commerçant ayant boutique sur rue avec, à l'étage, un lit chaud et garni. Oh ! ce n'était pas la Pompadour, la Marie, mais elle avait encore assez d'atours pour distraire son homme. Cette parfaite

1. *Personne originaire d'une même contrée.*

cuisinière savait préparer une variété de plats, des potages jusqu'aux rots sans oublier les entremets et les terrines. Quant au commerce, elle y excellait.

— Maintenant, Jean, tu es habillé comme un bourgeois. Tu as oublié depuis longtemps ta blouse et ton panier d'osier dans lequel tu mettais cinquante livres de produits divers à vendre. Quelques années plus tard, la charge avait doublé et tu avais embauché un petit commis pour t'aider. Tu t'en souviens ?

— Comment veux-tu que je l'aie oublié ! J'ai encore dans les jambes les lieues que nous avalions, sept ou huit, parfois plus, rarement moins, selon la distance qui séparait deux villes ou deux doyennés. D'abord, des sabots aux pieds pour débuter dans le métier et, quand nous avions gagné vingt sols, une vraie paire de chaussures qui rendaient la route moins dure, moins pénible. Au fond du sac, une camisole en laine du pays et une chemise de rechange, c'était toute notre garde-robe ! Mais nous étions heureux…

— Dame, oui ! Pense aux malheureux qui sont morts sur le bord d'un chemin, en plein hiver, comme de vrais traîne-misère. Tout le monde ne réussit pas à revenir chaque année sur la terre de ses parents.

— Il y a bien des laboureurs, des forgerons, des charpentiers qui ne voient pas le bout de l'an. Nous sommes encore vaillants tous les deux et nous nous souvenons de nos vingt ans.

— C'était une bonne époque !

— Évidemment, puisque c'était notre jeunesse. Des collègues solidaires, pas d'égoïsme et le plaisir de rencontres souvent sympathiques. Au cours de ces tournées, des liens se créaient.

— Quelle jeunesse ! Le colportage formait le caractère et donnait au corps de l'endurance et de la force…

— Et nos maîtres d'apprentissage nous transmettaient des qualités essentielles : probité, talent, culture, valeurs morales, du tempérament, la forte trempe d'un caractère bien déterminé.

— Eh oui, du tempérament ! Quoi de plus normand !

— L'heure tourne, mon ami ; il faut reposer le corps, la tête et les jambes. À demain !

Antoine se leva également ; il avait suivi avec intérêt cette conversation et comprenait désormais le parcours semé d'embûches que son oncle avait emprunté. Comme lui, il venait de Normandie. Comme lui, il avait envie de progresser. À quel résultat arriverait-il au même âge ? C'est un mystère… quand on a la vie devant soi.

V

DURANT CE PREMIER HIVER à Valenciennes, Antoine avait beaucoup écouté son oncle et appris des tas de choses sur le commerce des livres et sur les nombreuses dispositions légales qui encadraient cette activité.

Il avait bien enregistré que, depuis 1728, sur décision royale, les colporteurs de livres devaient savoir lire et écrire. Indispensable pour ne pas opposer aux tribunaux leur ignorance quant au contenu des livres qu'ils vendaient. Ils devaient se comporter en professionnels qui connaissent précisément la nature de leurs ouvrages. Quinze ans plus tard, le roi avait décidé la création d'un corps de censeurs royaux chargés de contrôler les publications. Leur travail s'appliquait également aux livres imprimés à l'étranger qui entraient clandestinement dans le royaume. Beaucoup de ces textes écrits par ces philosophes dont tout le monde parlait, les Voltaire, Diderot, d'Alembert, critiquaient la religion, les institutions, le gouvernement et portaient atteinte aux bonnes mœurs ; aussi la loi condamnait-elle à la peine de mort les colporteurs de ce type d'ouvrages.

Antoine comprit qu'il devait maîtriser de façon parfaite lecture et écriture, sinon il ne dépasserait pas le stade d'un étalagiste ou d'un petit marchand qui vend des livres au poids ou selon leur format. Simplement le petit commis d'un colporteur patenté par le lieutenant de police. Il était sans éducation, soit ! Heureusement, ce n'était pas une tare.

Un jour, il s'en ouvrit à son oncle :

— Je n'ai pas été assez assidu à l'école du curé de Servigny. Je lis en manquant d'assurance...

— C'est le moins que l'on puisse dire, Antoine !

— Oncle Jean, le sens de beaucoup de mots m'échappe. Je crois qu'il faudrait que je retourne à l'école, à moins que le vicaire de Saint-Géry ne me fasse travailler trois heures chaque matin.

— Mon garçon, tu ne peux pas savoir combien ta demande me remplit d'aise. Les livres sont tellement nombreux, lire nous apprend forcément quelque chose. Tu constateras plus tard que la lecture reste une excellente échappatoire face à nos tracas. N'oublie pas que le ciel ne reste pas bleu indéfiniment et qu'une année comprend quatre saisons, du printemps à l'hiver, du renouveau à la froidure qui pince et qui ressemble à une petite mort. Il est des jours où un livre nous aide à vivre, à respirer, mais aussi à s'évader quand on voyage de page en page. C'est entendu, je vais en parler au vicaire.

— Je ne comprends pas non plus grand-chose au patois local.

— Au ronchi[1] ! Ce n'est pas grave, Antoine, apprends donc une trentaine de mots et quelques

1. *Patois de la région de Ronchin, dans le Nord.*

expressions du parler de la province. Ensuite, tu verras, tu te sentiras comme un poisson dans l'eau.

Le soir, en hiver, devant le poêle en faïence, l'ambiance familiale était studieuse. L'oncle tisonnait les braises, y jetait du petit bois qui se mettait à crépiter. Le feu rougeoyait. La tante Marie ouvrait un petit livre de la Bibliothèque bleue à la page marquée d'une plume d'oie. Marie-Françoise trépignait de bonheur, les joues plus rouges qu'à l'ordinaire. Pieds nus posés sur le sol, les enfants faisaient silence, regardant la liseuse installée dans son fauteuil. L'épouse de l'oncle Jean était la reine des contes, des princes charmants, des Petit Poucet qui ne s'étaient jamais perdus, des enfants abandonnés qui retrouvaient leur mère. Voix cristalline, vibrante comme une clochette, sombre parfois à la façon d'un cri venu d'une caverne obscure, tante Marie lisait… et c'était bien. Quand elle n'était pas en forme, enrouée ou d'humeur chagrine, l'oncle Jean prenait le relais et racontait quelques belles histoires, de l'Histoire sainte au chevalier Bayard en passant par Jeanne d'Arc, dont les enfants avaient aperçu la prison à Rouen. Et puis, quand l'heure du coucher approchait, il lisait un passage de la Bible et commençait toujours par cette phrase :

— Recueillons-nous, mes enfants, c'est l'Esprit saint qui va parler.

Après cette lecture, la famille se couchait en silence car, après la prière du soir, les rires et les conversations à voix haute étaient interdits.

La vie quotidienne à Valenciennes changeait beaucoup par rapport au pays de Coutances. Les jours de marché, les gens de la campagne n'y parlaient pas le même patois qu'à Servigny. Dans les auberges et les tavernes, ils buvaient de la bière et de l'alcool de genièvre. Leurs assemblées paroissiales n'avaient pas lieu à la même date que la Saint-Clair ou la Sainte-Anne. Personne ne connaissait la foire de Lessay. Les enfants en étaient étonnés, pour ne pas dire choqués. Le dimanche, les gens allaient sur la place jouer aux quilles ou aux boules en bois cerclées de fer ; d'autres s'exerçaient au tir à l'arc ou à l'arbalète.

Pour les familiariser avec leur nouveau pays, à ses habitudes alimentaires, la tante leur fit goûter un plat de viandes froides liées par une gelée de genièvre et servit une tarte à la cassonade. L'oncle buvait de la bière avec ce plat typique. La Normandie était décidément bien loin.

Un dimanche midi, tante Marie leur servit une poule au pot piquée de clous de girofle, de thym et de laurier avec de beaux légumes. Jean Quesnel ne disait rien, mais il observait discrètement chaque geste de ses neveux. Ils étaient heureux, le ventre plein, les joues rebondies, le sourire éclatant. Ce repas en famille suffisait à son bonheur. Le soir, les enfants appréciaient le bouillon gras où des yeux flottaient en surface et soulignaient la qualité de la volaille et sa préparation parfumée.

*

* *

Janvier 1757. Jean Quesnel avait réuni la famille et quelques amis pour manger la traditionnelle galette des rois. Chacun espérait que les affaires seraient meilleures malgré la guerre qui avait commencé en août dernier. En Amérique du Nord, les escarmouches étaient fréquentes entre Français et Anglais. Les sujets de discorde ne manquaient pas, que ce soit pour le contrôle de la vallée de l'Ohio, les droits de pêche au large de Terre-Neuve ou le commerce des fourrures. Antoine se souvenait des troupes paradant à Coutances pour s'engager dans l'armée. Ces pays d'outre-océan dont on parlait, il en avait souvent rêvé parce qu'il les concevait comme des espaces de liberté, comme des endroits neufs pour ceux qui avaient tout à construire ; maintenant, ces terres du Haut-Canada étaient rattrapées par la guerre.

Une fois les tasses de café bien rincées à l'eau-de-vie, chacun repartit vers ses occupations.

Pendant ce temps, à Versailles, Louis XV se préparait à rejoindre son carrosse dans la cour de marbre pour aller rendre visite à l'une de ses filles, malade. Il faisait sombre en cette fin d'après-midi, presque nuit, quand un homme s'approcha du roi et le frappa d'un coup de couteau au côté droit. Le roi porta sa main à l'endroit du coup puis la retira rapidement. Elle était rouge, couverte d'un sang épais et poisseux. Le valet de pied qui se tenait à la porte du carrosse cria :

— Le roi est blessé !

— Ce n'est rien, trancha le duc d'Ayen, la blessure n'est pas profonde.

— Vous vous trompez, monsieur le duc, répondit Louis XV d'un ton courroucé, elle va jusqu'au cœur. C'est cet homme à la redingote grise qui m'a agressé. Qu'on l'attrape et qu'on l'interroge… mais qu'on ne lui fasse pas de mal !

D'un pas mal assuré, le roi se dirigea vers sa chambre. Ses valets l'allongèrent, le déshabillèrent. Son médecin l'examina. La blessure n'était pas très grave, car ses vêtements épais l'avaient protégé.

Les gardes coururent et ceinturèrent le fuyard. Ils le conduisirent dans leur salle de repos, le déshabillèrent et l'interrogèrent.

— Comment t'appelles-tu ?

— Robert-François Damiens !

Un soldat examina ses vêtements, en vida les poches. Il en sortit un couteau de Namur à deux lames. L'une était encore tachée par le sang du souverain. Un autre sortit des pièces : trente-cinq louis d'or. Dans le chapeau qui avait été jeté sur la table, on remarqua le chiffre 1.

— Est-ce que la lame du couteau est empoisonnée ?

— Non !

— Bien entendu, tu as des complices ? Dans ton chapeau, le numéro 1 indique que vous êtes un groupe. Qui sont donc les numéros 2, 3, 4 et plus peut-être ?

— Non, non, je suis seul.

— Tu mens !

Le garde des Sceaux, informé de l'agression, se rendit sur place. M. de Machault jeta un œil sur les pièces à conviction. Pour lui, il s'agissait d'un complot.

— Messieurs, qu'on allume du feu, qu'on fasse chauffer les pinces, qu'elles rougissent et ensuite qu'il parle, ce bougre !

Sur la table de torture, Damiens bouge, se débat mais ne parle pas. Après deux heures de souffrances, ce n'est plus qu'une loque incapable de marcher.

Deux semaines plus tard, le dénommé Damiens quittait Versailles pour la tour Montgomery à Paris, non loin de la Sainte-Chapelle, une prison fréquentée en d'autres temps par Ravaillac, le meurtrier d'Henri IV. Le garde des Sceaux avait donné des instructions pour que le prisonnier soit gardé en permanence. Un chirurgien et son aide l'examinaient régulièrement pour que les brûlures ne dégénèrent pas trop en gangrène et que le prisonnier n'en meure point. Damiens subit le supplice des brodequins, chaque jambe placée entre deux planches, les aides du bourreau enfonçant des coins entre les deux planches centrales.

Louis XV envoya dans le Nord pour un complément d'enquête le duc Emmanuel de Croy, issu d'une vieille famille noble de Picardie. Le roi et son conseil étaient persuadés que Robert-François Damiens avait des complices et que seul un noble du pays pourrait glaner des informations intéressantes.

Le jeune duc profita de quelques moments de repos pour rendre visite à Valenciennes au libraire Jean Quesnel, dont il était un client régulier. Quand il arriva devant la porte d'entrée de la boutique, Antoine et d'autres enfants du quartier jouaient dans la rue.

— Les enfants, s'il vous plaît, faites-moi un peu de place, je voudrais entrer chez ce bon M. Quesnel.

— Et vous êtes qui, monseigneur ?

— Le duc de Croy, jeune homme ! Et vous ?

— Antoine Giard, le neveu de Jean Quesnel ; je suis arrivé de Normandie il y a quelques mois.

— Je le sais, votre oncle m'en avait parlé en son temps. Ouvrez-moi la porte, s'il vous plaît. Je serai plus à l'aise à l'intérieur pour traiter mes affaires, car je viens souvent ici de mon château de l'Ermitage. Votre oncle est un libraire averti qui me procure des nouveautés intéressantes. Il sait relier mes livres avec mon ex-libris de façon très artistique. Il est assisté d'excellents ouvriers qui savent parfaitement assembler et coudre les cahiers d'un livre. Ses reliures en maroquin rouge n'ont rien à envier à celles de la Bibliothèque royale. Vous regarderez attentivement quand l'ouvrier procède à la couture sur le cousoir où sont tendus des nerfs d'animaux. Votre oncle vous expliquera que c'est une phase essentielle pour une reliure réussie.

— Monseigneur, je savais que mon oncle était un brave homme, mais j'étais loin d'imaginer que ses qualités professionnelles étaient reconnues par une personne de votre rang.

— Bien sûr, jeune homme, je sais reconnaître les qualités des gens de métier. En attendant, les petits Normands, prenez le temps de découvrir cette belle ville. Promenez-vous jusqu'à la maison du Château d'Argent, une ancienne demeure du XIIe siècle. Une autre fois, vous irez visiter l'imprimerie Boucher, l'une des plus anciennes entreprises de Valenciennes, spécialisée dans les images en couleurs très appréciées des colporteurs. Les Boucher sont des gens accueillants. N'oubliez pas mon conseil, travaillez beaucoup. Et bien, s'il vous plaît !

Le duc entra et interrogea discrètement Jean Quesnel pour savoir s'il avait des échos sur cette malheureuse affaire Damiens. Des échos sans doute, car la population était catastrophée par ce crime de lèse-majesté. Du reste, des dizaines de paroisses avaient fait dire des messes pour le rétablissement du roi et Valenciennes n'était pas en retard dans cette démarche. Le duc en fut ravi. Cependant, pour lui, l'important était ailleurs : le sieur Quesnel savait-il quelque chose de plus précis sur l'individu Damiens et sur ses fréquentations ? Le libraire n'avait malheureusement rien à lui apporter. Pas le moindre indice, pas la moindre piste. Le jeune duc repartit et salua Antoine en sortant.

— Jeune homme, travaillez bien avec votre oncle, écoutez-le et apprenez avec lui votre métier.

— Merci, monseigneur.

Aussitôt, Antoine rentra dans la boutique et interrogea son oncle :

— C'est un grand personnage, ce monsieur ?

— Oui, tout à fait, ce qui ne l'empêche pas d'être un très bon client. Le roi l'a mandaté dans la région à la suite de la tentative d'assassinat dont Sa Majesté a été victime. Compte tenu de sa position, le duc de Croy est souvent à Versailles et a même été invité à plusieurs reprises dans le cercle intime de la marquise de Pompadour. C'est donc une personne très proche du roi qui nous rend visite. Il m'a adressé plusieurs de ses amis qui sont heureux de trouver ici une librairie de qualité.

— Au fait, demanda tante Marie, qui écoutait cette conversation dans un coin de la boutique, le duc de Croy il est toujours en procès avec les exploitants des mines ?

— Oui, que je sache. Le notaire, maître Lavallée, m'a dit que le dossier allait enfin se régler…

— Il est temps, ça fait vingt ans que ça dure, cette histoire !

— Que veux-tu, Marie, les exploitants ont oublié un peu vite que le sous-sol des terrains ne leur appartient pas ; il est la propriété des nobles. La famille du duc s'est associée à celle du marquis de Cernay pour se payer des avocats pour faire valoir leurs droits.

— Pourvu que l'on ne ferme pas les mines !

— Il n'y a pas de danger ! Le charbon est devenu une ressource trop importante pour l'économie de notre région. Ils sont condamnés à s'entendre, et je crois que c'est ce que leur disent leurs avocats.

Pendant que son oncle et sa tante bavardaient, Antoine était resté muet. Stupéfait par la visite qui venait d'avoir lieu. Jamais, à Servigny, il n'aurait fait pareille rencontre.

À partir de ce moment-là, Antoine, qui lisait de mieux en mieux, décida de regarder d'un autre œil les gazettes qui suivaient le dossier du régicide et les délibérations des princes et des pairs qui siégeaient à la Grande Chambre. Il les commentait avec son oncle et lui demandait souvent des explications. Le meurtrier avoua qu'il avait agi pour défendre les prêtres jansénistes qui contestaient le caractère divin du pouvoir royal. Surtout, faisant preuve d'un ascétisme rigoureux dans leur vie quotidienne, les jansénistes appelaient le roi et son entourage à moins de frivolité, à moins de débauche, sans oublier le relâchement déplorable de leurs mœurs. Les liaisons amoureuses du roi alimentaient les conversations depuis longtemps. Son épouse lui avait donné de nombreux enfants, mais il l'avait répudiée. À trente-cinq ans, la reine s'était parfaitement adaptée à une vie douce et sans orage où le roi n'occupait plus qu'une toute petite place. Il y avait eu Mme de Pompadour, la Du Barry et bien d'autres, même des demoiselles de petite vertu que le roi recevait dans sa garçonnière en ville. Grotesque ! avaient murmuré certains. Inadmissible, renchérissaient d'autres.

De son côté, Louis XV voyait dans cette agression un signe de Dieu pour l'inciter à changer. Pendant quelques semaines, le roi fit pénitence, allant régulièrement aux offices, se confessant et se faisant pardonner ses nombreux péchés. Ce qu'il n'appréhenda pas du tout, c'était le fossé qui ne cessait de se creuser entre une monarchie réfugiée dans ses palais et une grande partie du peuple qui souffrait. Le roi aurait dû infléchir le cours de sa politique intérieure, mais personne n'osa le lui suggérer.

Dans ce contexte, le régicide n'avait rien à espérer. Antoine Giard se demandait souvent ce qui allait arriver au malheureux Damiens, s'offrant presque un jeu de devinettes avec son oncle. Supplicié en place de Grève ? Oui, sans doute, mais comment ? En mars, les gazettes annoncèrent que Damiens subirait le même supplice que Ravaillac : écartelé ! Antoine en avait mal pour lui. Même si Damiens avait agressé le roi, le châtiment s'avérait d'une extrême cruauté. Barbare. Horrible. À cent lieues du respect dû à la personne humaine.

Le 26 mars, convaincu de crime de lèse-majesté, Damiens fut condamné à faire amende honorable sur le parvis de Notre-Dame, portant une torche à la main. Deux jours après, il partait dans un tombereau où avaient pris place le bourreau et ses assesseurs. Le cortège se dirigea vers le lieu de l'exécution au milieu d'une foule de badauds et de curieux. Sur la place de Grève, dans un enclos délimité avec des barrières, une table épaisse attendait le condamné. Damiens se déshabilla et s'y étendit, sans l'assistance de qui que ce soit. Après plusieurs sévices, ses membres furent attachés à une corde qui aboutissait à un cheval.

Premier coup de fouet, première secousse des chevaux et hurlements de Damiens. Les fouets claquaient encore. Les chevaux se cabraient. Le bourreau demanda à voix basse aux commissaires de la Grande Chambre s'il pouvait trancher les jointures des membres.

— Non !

Le manège reprit. Nouvelles secousses et nouveaux cris. La foule des Parisiens se mit à applaudir. Le bourreau jeta les membres du malheureux sur un bûcher auquel il mit le feu.

Les gazettes précisaient que l'on n'avait jamais vu autant de monde en place de Grève pour ce supplice qui avait duré près d'une heure et demie. À cette occasion, les bourgeois du quartier avaient loué leur appartement pendant quelques heures pour que les curieux puissent jouir du spectacle... Assister à la mise à mort d'un condamné déplaçait en masse le petit peuple de Paris, conscient ou non qu'un jour pareille mésaventure pourrait lui arriver. Il suffisait du vol d'une paire de mouchoirs chez un puissant, d'une dénonciation par un vicaire, d'une cabale… pour les envoyer chez le juge, passer à la question avec les sévices qui l'accompagnaient. La justice du roi était passée et Antoine Giard avait du mal à retrouver son souffle après avoir lu ce récit cruel. Il restait au bourreau à établir sa facture, détaillée comme il se doit, avec le nombre de chevaux utilisés, les différents supplices exécutés et le nombre de personnes qui l'assistaient.

Robert-François Damiens était mort sans livrer son secret. Cette agression était-elle un acte prémédité, voire commandité ? Les conseillers du roi y voyaient avant tout la conséquence funeste des écrits des philosophes contre Sa Majesté. Il fut donc décidé de mener une offensive contre leurs diverses publications et de contrôler davantage le commerce des livres.

Tout cela laissait Antoine très perplexe.

*

* *

Il comptait maintenant les semaines qui le séparaient de son prochain départ, car l'oncle Jean avait tranché : Antoine serait apprenti colporteur de livres. Il savait ce qui l'attendait car, pendant les veillées de l'hiver, l'oncle Jean avait parlé de son expérience.

— Comme d'autres gamins de Montsurvent, de Blainville ou de Muneville, j'ai pris la route en 1730. J'avais à peine douze ans. Bien vite, j'ai été soumis à la rude école des aspirants colporteurs, commandés par un maître à qui je rendais des comptes tous les jours. Nos maîtres avaient parfois plusieurs petits commis sous leur coupe et le moins costaud ou le moins futé restait avec lui pour s'occuper du cheval ou de l'âne et de la charrette. Très vite, j'ai eu un chien, un brave animal de compagnie qui me rendait la vie moins triste et la route moins longue.

— Et comment s'appelait-il, ton chien ? questionna Marie-Françoise.

— Pataud ! Une jolie bête au poil noir et luisant, attachant, prêt à filer quand je ne l'avais pas à l'œil. Mais il revenait toujours, se faisait gronder, et nous repartions ensemble le lendemain matin comme deux bons amis. Tu vois, j'ai toujours pensé que, s'il m'arrivait malheur, Pataud tenterait de me porter secours. J'ai bien fait, car je me suis fait molester par un brigand qui en voulait à mes économies et le chien s'est interposé. En quelques secondes, il avait retrouvé son instinct de chien de garde. Plus tard, j'ai eu une ânesse que j'avais achetée à un paysan de Saint-Symphorien-le-Valois à la foire de La Haye-du-Puits. Elle m'a suivi pendant six années et puis, un hiver, elle a pris froid, a toussé un peu, puis beaucoup. En dix jours, la pauvre bête s'est effondrée et, un matin, je l'ai retrouvée morte à l'écurie. Je n'ai pas eu le cœur d'en racheter une autre, du moins cette année-là.

— Pourtant, demanda Antoine, avoir un âne ou un cheval, ça doit être bien utile dans ce fichu métier ?

— Bien sûr ! C'est pour cela qu'il ne faut pas dire : fontaine, je ne boirai pas de ton eau. Quelques mois plus tard, j'achetais une nouvelle bête.

Une autre fois, l'oncle Jean évoqua la diversité des rencontres que ce métier d'errant permettait. Parmi ces silhouettes qui fréquentaient les routes, les paysans faisaient un amalgame entre les colporteurs, les authentiques pèlerins de Compostelle, des escrocs à la charité, des marchands occasionnels. Tous ces personnages étaient les messagers de modes répréhensibles et d'idées les plus audacieuses qui germaient dans l'esprit des écrivains.

Dans les villes, les cris des camelots attiraient une faune qui formait le bas peuple, la canaille de Paris, de Rouen ou d'ailleurs. Pourtant, au milieu d'eux, le colporteur de livres devait s'imposer, souvent gêné par le raccommodeur de plats en faïence, le marchand de coco et de tisanes qui agitait sa clochette, le marchand de parapluies ou le réparateur de vieux soufflets. Les plus pauvres des colporteurs logeaient chez des marchands de sommeil et faisaient des petits métiers sans qualification, porteurs d'eau par exemple, afin de compléter leurs maigres revenus.

— Des figures curieuses, j'en ai connu, rappela Jean Quesnel, comme ce camelot installé sur la place de Marseille-en-Beauvaisis, en Picardie. Il fallait l'entendre vanter sa marchandise... même celle qu'il n'avait pas. « Voilà des oignons, des mouchoirs, des épingles, beuglait-il, des peignes de buis, des beaux couteaux, de l'encre, du papier, des plumes, des tranche-plumes, des torche-culs, des cure-dents, des almanachs... » L'homme mélangeait mercerie, produits alimentaires avec des objets étonnants qui conféraient à son boniment une certaine aura et une pincée de fantastique.

Antoine écoutait attentivement toutes ces histoires et imaginait de façon plus nette le petit peuple des marchands ambulants. Son oncle avait remarqué que son corps s'allongeait, se transformait. La voix s'épaississait. Les premiers poils piquetaient son menton et son poitrail. Le souriceau qui pendait entre ses jambes gagnait en fermeté chaque matin. Il n'était plus ce gamin que sa tante pelotonnait dans ses cotillons de serge noire quand il était arrivé.

*

* *

— Antoine, nous allons rendre visite à M. Boucher, l'imprimeur, annonça l'oncle Jean. Je vais refaire mes stocks d'images de couleur pour mes colporteurs. Il n'y a pas qu'à Épinal que l'on imprime de jolies gravures pour décorer les maisons. Les colporteurs vendent des images populaires gravées sur bois qui représentent des saints, des personnalités, hommes de guerre ou corsaires, mais aussi des héros de chevalerie comme les quatre fils Aymon. M. Boucher travaille avec d'excellents papiers pour obtenir un bon résultat.

— Pourquoi ? Il y a plusieurs qualités de papier ?

— Bien sûr ! Tu ne le sais pas, mais on fabrique le papier avec du chiffon qu'on appelle aussi de la chiffe. Cette matière est acheminée vers un moulin, mise au pourrissoir, où elle trempe pendant trois semaines. Ensuite, on la hache en menus morceaux pour en faire une pâte qui est broyée au moulin à eau avec des maillets. Plus le travail est poussé, plus on obtient un papier de qualité. D'autres tâches ont lieu avant d'avoir une feuille de papier rangée en mains de vingt-cinq feuilles puis en rames de cinq cents. Tu vois, la fabrication est longue. Maintenant, tu respecteras le papier.

Une heure plus tard, Jean Quesnel, Antoine et Marie-Françoise se rendirent chez l'imprimeur.

Le garçon avait des fourmis dans les pieds et l'envie de prendre la route. L'oncle Jean l'avait parfaitement senti et en avait parlé à Pierre Hue. En embauchant Antoine, il lui offrait l'opportunité d'avoir un second petit commis. Son pays avait accepté la proposition et, dans ce cas, pas besoin de contrat d'engagement. L'oncle avait devancé la demande de son neveu.

— Antoine, avant de devenir un libraire ayant pignon sur rue ou un commissionnaire, tu dois apprendre tous les aspects de notre métier et commencer en qualité d'apprenti d'un bon colporteur.

— Qu'est-ce que c'est qu'un commissionnaire ?

— C'est quelqu'un qui réceptionne et qui diffuse dans une région des ouvrages que des éditeurs ou des libraires lui envoient pour les vendre à d'autres libraires ou à des colporteurs. En attendant ce jour-là, tu vas partir avec Pierre Hue, que tu as vu à plusieurs reprises ici. C'est un gars charmant et c'est pour cela qu'il est arrivé jeudi.

— Mais…

— Ne cherche pas à brûler les étapes, mon garçon. Tu graviras l'échelle du succès échelon après échelon. Pour cette année, travailler sous les ordres de Pierre, c'est un bon début. Ensuite, dans deux ans, je choisirai un autre colporteur qui travaille avec quatre ou cinq jeunes gars délurés comme toi. Tu ne le sais pas encore, mais ce que tu apprendras pendant cette période te servira à l'avenir. Même moi, si demain les affaires allaient mal, je reprendrais la balle de livres sur le dos et je laisserais ta tante Marie à la boutique.

— Sais-tu dans quelle direction nous allons partir, oncle Jean ?

— Je pense que vous irez à Charleroi en passant par Wargnies-le-Grand, Bavay et Maubeuge. Ensuite, vous irez peut-être jusqu'à la mer et vous reviendrez par la route de la Sambre. C'est une des possibilités, mais désormais je ne suis plus ton employeur direct !

— Et si je ne faisais pas l'affaire ?

— Pierre Hue m'en parlerait. De toute façon, tu es en de bonnes mains. Ne t'inquiète pas. La région de Coutances est un tel vivier de colporteurs et de commis en librairie que je vais bien en voir arriver quelques-uns, originaires des doyennés de Saint-Malo-de-la-Lande et de Saint-Sauveur-Lendelin. D'ici là, dors bien cette nuit !

Avant de se coucher, l'oncle Jean s'assura une dernière fois que tout était prêt pour le lendemain. Antoine Giard s'allongea sur son lit, la tête pleine de rêves, pendant que Marie-Françoise dormait comme une bienheureuse. À son tour, il allait apprendre le métier de colporteur de livres comme les gens de son pays.

Dès l'aube, le carillon du beffroi fit chanter le bronze de ses cloches. L'oncle Jean secoua le garçon d'une main énergique.

— Réveille-toi, Antoine ! Le monde appartient à ceux qui se lèvent tôt, les colporteurs comme les boulangers ou les curés.

Dehors, des cloches discrètes appelaient les nonnes d'un couvent à un premier office. Devant la porte de la boutique, il fit la connaissance de Clément, le premier commis de Pierre Hue, un garçon de seize ans, long comme un haricot, qui abordait, ce matin, sa seconde saison d'apprenti. Petit Louis et Marie-Françoise étaient blottis dans les jupons de leur tante, inquiets de voir leur grand frère partir loin d'ici.

Un dernier adieu et les deux garçons se mirent en marche, à quelques pas derrière leur maître. La première chose que Clément apprit à Antoine fut la chanson des colporteurs, à moitié chanson de marche, à moitié chanson à boire :

Je suis le colporteur,
Le marchand de bonheur,
On m'attend aux carrefours,
On m'attend dans les bourgs
Pour des histoires, toujours,
Et des secrets d'amour.

Le grand Clément lui raconta sa vie, sa première saison avec Pierre Hue. C'était intéressant, mais il était beaucoup plus bavard quand il parlait de Bertille, une jolie brunette rencontrée à la foire de Saint-Quentin, où il était resté trois semaines.

C'était la fille d'un maître charron qui fabriquait avec beaucoup de justesse les roues de lourdes charrettes et celles, bien plus petites, des brouettes. Quand il parlait de sa belle, Clément parlait plus vite que la roue d'un moulin à eau. C'est vrai qu'elle était jolie, la Bertille. Mais Antoine ne comprenait rien aux histoires d'amour ! Il écoutait Clément parler de sa Bertille sans se sentir concerné. Un jour peut-être...

Le jeune homme expliqua à son camarade en quoi consistait le métier de colporteur. D'abord étaler ses livres et interpeller le passant, ensuite aller colporter dans les rues, les cafés, les promenades, ballot sur l'épaule, en tendant au public quelques livres sélectionnés. Si le client voulait autre chose, il était toujours temps d'ouvrir le balluchon. Enfin aller dans les maisons particulières pour y rencontrer des magistrats, des notaires, des avocats, parfois des nobles. Mais cette démarche demandait de l'assurance et de l'aplomb. Ils étaient encore trop jeunes pour s'y livrer, mais leur tour finirait bien par arriver.

*

* *

Printemps 1757. Après Pâques, le soleil revenait souvent au-dessus de Valenciennes. La campagne retrouvait des couleurs, même si la situation du royaume n'était pas brillante. Depuis que la Grande-Bretagne et le roi de Prusse avaient décidé d'attaquer le pays, les armées de Louis XV ne connaissaient que des revers. Le peuple de Paris ne pouvait s'empêcher de murmurer contre un nouvel impôt qu'on voulait lui imposer. Le ministre des Finances taxait le vin, l'eau-de-vie et maintenant le tabac à râper, un produit dont les hommes ne se passaient plus. L'irritation franchissait les portes de la capitale et gagnait la province. Elle atteignit rapidement les régions situées au nord du royaume, au-delà de la Picardie. Alors, qu'allait-il se passer ?

VI

— QUEL EST LE LIVRE qui se vend le mieux ? demanda Antoine à Pierre Hue deux jours après son départ. Il serait bon que je le lise pour en parler avec davantage de facilité. On ne vend bien que ce que l'on connaît.

— Tout à fait, mon garçon ! Mais le meilleur titre dépend de ce qui intéresse le chaland. C'est à toi, par quelques questions bien senties, de le savoir. Alors, éliminons les livres de piété, les livres d'enseignement, et regardons ceux qui racontent une belle histoire. Personnellement, j'aime bien l'histoire du Bonhomme Misère…

— Je ne la connais pas.

— Comment, Antoine ! Ce n'est pas possible ! Ton oncle ne te l'a jamais racontée ? Je n'y crois pas !

— Je n'ai jamais entendu parler du Bonhomme…

— Misère ! Eh bien, la voilà, son histoire ! Un jour, saint Pierre et saint Paul quittèrent le paradis pour une promenade sur terre. Ils firent la connaissance du Bonhomme Misère, qui les reçut chez lui très aimablement, même si son logis était fort modeste.

« Pour te remercier de ton hospitalité, qu'est-ce qui te ferait plaisir, demanda saint Pierre, avant qu'on te quitte ? Des écus en or, peut-être ?

— De l'or, je n'en veux pas. Il met la haine au cœur des hommes.

— Alors, quoi d'autre ?

— J'ai une idée : dans mon pré, j'ai un pommier qui produit d'excellentes pommes, mais je n'en mange jamais car on me les vole. Mon bon saint Pierre, je voudrais que celui qui monte dans mon arbre ne puisse en redescendre sans mon autorisation.

— C'est entendu, il en sera désormais ainsi », annonça saint Pierre, qui disparut dans la nuée avec saint Paul.

À l'automne suivant, bien des voleurs furent bloqués dans l'arbre du pauvre bougre. Le prodige fut connu dans tout le pays et le Bonhomme Misère put enfin manger des pommes à sa faim… Jusqu'au jour où il entendit la brouette de la mort passer devant sa masure…

« Bonjour, la Mort, vous venez au village ?

— Oui, je viens chercher quelqu'un.

— Peut-être moi, demanda le Bonhomme Misère.

— Es-tu prêt à me suivre ?

— Pourquoi pas ?

— Alors, viens sur-le-champ !

— Pourriez-vous m'accorder une dernière faveur avant de partir ?

— Que veux-tu ?

— Je voudrais manger une dernière pomme de mon pommier. Pourriez-vous m'en cueillir une ?

— J'y vais. Tu es un brave homme et je veux bien te rendre ce dernier service. »

Quand la Mort voulut redescendre, ce fut une autre histoire.

« Bonhomme Misère, tu es un sorcier doublé d'un vaurien ! Laisse-moi descendre de ton arbre. C'est la première et la dernière fois que je me fais piéger, tu m'entends !

— Il faut respecter la volonté de saint Pierre et de saint Paul et me demander l'accord de quitter votre perchoir. Alors, promettez-moi de ne pas revenir dans la paroisse avant sept ans !

— Que vais-je devenir sans morts à emporter ? Bon, c'est entendu, je cède et je viendrai seulement te chercher le jour du Jugement dernier. »

La Mort reprit sa charrette et le Bonhomme Misère continua à vivre dans la même pauvreté, condamné à rester sur terre tant que le monde serait monde.

— Vraiment, monsieur Hue, c'est une très belle histoire que je saurai mimer devant mon étal de livres, avec des accents de sincérité dans la voix… Ce sera l'un des succès de la Bibliothèque bleue… et pour moi l'assurance de belles ventes en perspective.

— Bravo, mon garçon !

*
* *

Dans les foires importantes où il se rendait, Antoine prenait toujours quelques minutes pour voir ce qui s'y vendait. Il arpentait les allées et s'arrêtait devant les marchands d'outils. Des faux, des serpes et des faucilles, des pioches et des pics, des houes et des bêches, des cognées et des fléaux, des vans, des boisseaux et des tamis à farine, sans oublier les paniers pour les mouches à miel, bref il y trouvait tous les instruments pour le travail des paysans selon le rythme des saisons.

La tournée d'été conduisit Pierre Hue et ses deux commis jusqu'à Dunkerque. Entre-temps, Antoine avait appris que certaines auberges ne donnaient aux colporteurs de livres pour tout couchage que le foin d'un grenier assaisonné de puces. La nourriture n'était pas formidable et ils se contentaient d'œufs cuits avec du poivre et des feuilles d'oseille.

À Dunkerque, le jeune garçon tomba en admiration devant les bateaux dans le port. Dans les tavernes, sur les lèvres des loups de mer, revenait un seul nom : Jean Bart ! Ce grand corsaire qui avait sauvé Paris de la famine en capturant des bateaux chargés de blé et porté des coups très rudes à la marine anglaise restait une icône vénérée dans la ville. Pierre Hue vendait des images d'Épinal à la gloire du grand marin. Il apprit à ses apprentis que, pour vendre ces images, il fallait accrocher l'attention du public. Quoi de mieux pour capter leur attention que de leur raconter une histoire qui sentait bon la poudre, les coups de sabre, les abordages en mer du Nord, sans oublier quelques bourlingues sous le chaud soleil des Antilles. Le rêve était là, presque palpable, jusque dans ce flot de mots qui charriait un parfum d'aventures.

C'était bien beau de se laisser emporter par de belles histoires, mais il fallait garder l'œil ouvert et les sens en alerte. Les détrousseurs de gousset, les coupeurs de bourse, les malfrats en tout genre se mêlaient à la foule qui entourait le déballeur de livres et d'images. Les gens d'armes du roi en arrêtaient quelques-uns mais accusaient toujours les colporteurs de complicité, les soupçonnant de toucher leur part du gâteau. Le jeune Antoine protestait seulement ce qu'il fallait, conscient qu'il ne devait pas se singulariser et être fiché, ce qui l'empêcherait plus tard d'avoir sa patente de colporteur.

Un jour, à l'occasion d'un contrôle, un policier lui demanda s'il avait dans son ballot des ouvrages d'un certain M. Voltaire.

— C'est qui, ce monsieur ? demanda d'un ton innocent le jeune homme. Je ne connais pas le nom des auteurs des livres que nous vendons. De personne, vous m'entendez !

Le contrôleur n'insista pas, mais la question posée interpella Antoine, qui en parla avec Pierre Hue.

— Qui est ce M. Voltaire dont la prose excite tant les hommes du lieutenant de police ?

— Mon garçon, Voltaire est un des plus brillants esprits de ce siècle, apprécié par une certaine élite en Europe. Il a connu une jeunesse particulièrement turbulente et a écrit des textes si acides qu'il a été exilé à deux reprises en province avant de connaître les cachots de la Bastille. À peine sorti de sa geôle, il écrit et fait jouer une tragédie qui remporte un vif succès et devient un personnage à la mode, reçu dans les salons, invité par la cour à Fontainebleau. Tout lui sourit jusqu'au jour où il se prend de bec avec le chevalier de Rohan. Un roturier ne se bat pas à armes égales contre un noble. Une lettre de cachet l'envoie méditer sur cette problématique… à la Bastille. Il obtient ensuite de pouvoir s'exiler en Angleterre pendant trois ans. À Londres, il prend conscience que la société française doit changer, que la liberté de conscience doit être reconnue à chacun, que la toute-puissance du roi doit être restreinte. Alors, pour faire passer ses idées, il écrit. Beaucoup, tu peux me croire ! Et des textes virulents qui ne plaisent pas en haut lieu !

— Vraiment ?

— Oui. Et quand il publie, en 1734, les *Lettres anglaises*, c'est une véritable bombe jetée contre la monarchie française. Rapidement, Voltaire part se réfugier en Lorraine, auprès de Mme du Châtelet.

— Quelle vie !

— Sans devenir pour autant plus raisonnable. Voltaire écrit des pièces de théâtre mais aussi des textes philosophiques et rend visite à son ami Frédéric, le roi de Prusse. En 1756, par exemple, il publie *Poème sur le désastre de Lisbonne*.

— Lise Bonne, c'est une femme ?

— Mais non ! C'est une ville du Portugal qui a été ravagée par un terrible raz de marée qui en a détruit une bonne partie et fait des dizaines de milliers de victimes. Beaucoup y ont vu un châtiment divin. Voltaire n'a pas accepté cette perception des événements et l'a écrit. Résultat, son texte a été censuré.

— J'ai hâte de lire un de ses livres.

— Tu le feras quand tu seras rentré à Valenciennes, chez ton oncle. C'est plus prudent, tu me comprends ?

Pour Antoine, les étapes sur les bords de la mer du Nord s'achevaient. Il fallait tourner le dos aux flots agités et reprendre la route qui, d'étape en étape, conduisait à Valenciennes.

Seconde quinzaine d'octobre, il poussait en vainqueur la porte de la boutique. Moments de fête et joie des retrouvailles avant de célébrer, le 1er novembre, la fête de Toussaint. Tintement de cloches, ciel gris et pesant rappelèrent à Antoine la mort de sa mère. Entre deux ondées venait le temps des interrogations, coincé au milieu de deux volets de sa vie, une enfance blessée et une jeunesse tranquille et heureuse. Le souvenir de sa mère l'accompagna tout au long de la journée, sans avoir un endroit où se recueillir ni une pierre où poser la main et lui murmurer :

— Maman, je pense à toi.

Cette douleur lui fit comprendre que sa mère dormait là-bas, chez eux, et qu'ici il n'était qu'un voyageur en transit, un migrant. L'adolescence, avec ses envies et ses excès, le tourmentait. Elle apportait dans son ciel son lot de nuages et ravivait de vieilles blessures.

*

* *

Pendant que son frère découvrait les Flandres et le Hainaut, en 1758, Marie-Françoise, du haut de ses onze ans, grandissait à l'ombre de sa tante. Sage comme une image, elle observait la boutique, les allées et venues, l'animation les jours de marché. Comme les autres femmes de commerçants, Marie travaillait étroitement avec son mari. Entre eux, il y avait une réelle égalité dans les responsabilités, une situation que Jean Quesnel acceptait sans problème, car un colporteur doit pouvoir laisser les clés à sa femme sans craindre pour sa bourse. D'ailleurs, on sentait Marie parfaitement à l'aise derrière le comptoir, habillée de larges jupes de laine, le front têtu contre la bêtise, le regard clair. Elle s'épanouissait entre les murs de la librairie, passant spontanément de l'arrière-boutique à la vitrine, ses mains voltigeant d'un livre à un autre, d'une belle reliure à un registre. Elle savait tout faire, acheter, vendre, revendre, échanger, transporter, et toutes ces tâches, elle les apprenait à Marie-Françoise, les jours où elle n'allait pas à l'école. Elle était l'âme de ces lieux.

Quand elle rentra de chez les bonnes sœurs, Marie-Françoise retrouva sa tante en cuisine, cheveux bien peignés, robe bleue tenue par une large ceinture.

— J'aimerais bien aider, dit la fillette.

— Fais-moi le plaisir de rester là où tu es ; le temps où j'avais besoin d'aide est passé.

— J'aimerais bien…

— Non ! Une autre fois. Aujourd'hui, je suis pressée, car je dois aider ton oncle qui a reçu une livraison de la maison Garnier de Troyes, les spécialistes de la Bibliothèque bleue.

Marie-Françoise ne lâcha pas du regard sa tante, qui se retourna. Elles s'observèrent en silence.

— Allez, mets donc un tablier, tu vas nous aider à déballer les colis et à faire des tas des petits livres bleus pour pointer l'arrivage.

— Merci, ma tante.

Un jour, Marie-Françoise vit son oncle s'habiller comme un seigneur et s'en étonna.

— Mais pourquoi, mon oncle, portez-vous une épée au côté ? Vous ne partez pas faire la guerre, au moins ?

— Non, rassure-toi, fillette. Je ne vais pas te menacer ni te faire peur. Je porte cette épée parce que le roi accorde cette faveur aux libraires de son royaume, en priorité aux libraires brevetés et assermentés. Mon brevet de libraire me confère donc des avantages et le privilège de porter l'épée, mais il est pour moi une source d'obligations morales que je t'expliquerai une autre fois.

— Vraiment ?

— Oui, ma petite.

— Mais j'ai déjà croisé des gens qui avaient une épée…

— Tout à fait. Monseigneur le duc de Croy, que tu as vu à plusieurs reprises ici, en porte une lui aussi en raison des services que sa famille a rendus au roi Louis XIV et à ses prédécesseurs depuis longtemps. Je me rends en grande tenue à l'assemblée annuelle du tribunal de commerce, puisque je suis juge consulaire.

— C'est quoi ?

— Les juges consulaires sont choisis par leurs concitoyens pour régler les différends, les litiges si tu préfères, qui surviennent entre commerçants. C'est une marque de reconnaissance et un gage de sérieux pour celui qui est désigné, tu comprends ?

— Bien sûr ! En un mot, les Valenciennois savent que Jean Quesnel est un homme de bien.

— Si tu le dis, Marie-Françoise... Bon, il faut que je me dépêche.

*
* *

En septembre, la tante Marie rendit visite au vicaire de Saint-Géry. Elle souhaitait que son plus jeune neveu, Louis, apprenne à lire et à écrire.

— C'est une bonne idée, lui répondit l'homme d'Église. Avant d'apprendre la musique, le solfège ou le dessin, un enfant doit apprendre les bases du savoir, lire et écrire. Après la messe basse du mercredi, je le prendrai avec quatre autres enfants de son âge. Je dispose d'une petite salle à côté du presbytère. C'est parfait... Je verrai très vite si cet enfant bénéficie de quelques dispositions. Il a peut-être été touché par la grâce divine qui fait que tous les enfants de Dieu ne sont pas égaux devant le savoir. Vouloir apprendre est une chose, y parvenir en est une autre... Je leur raconte les belles histoires de l'Histoire sainte, de beaux récits édifiants pour leurs petites oreilles. Je leur apprends les lettres, les mots puis la lecture.

— Je vous fais confiance, monsieur l'abbé. Si tout se passe bien, son oncle souhaite qu'il aille ensuite au collège.

— Dans l'immédiat, ne brûlons pas les étapes !

*
* *

Février 1759. L'hiver avançait et l'oncle pensait déjà au prochain départ de son neveu, le lundi de

Pâques. Antoine n'y songeait guère, il avait pris l'habitude de quitter la maison en fin d'après-midi pour conter fleurette auprès de quelque rosière ou modiste. Quand l'oncle Jean découvrit le manège, il s'énerva, ce qui n'était guère dans ses habitudes.

— Il faut filer doux, mon garçon, sinon je vais te faire la couenne, comme on dit en Cotentin !

Les semaines d'hiver passaient et Antoine donnait du fil à retordre à son oncle et à sa tante. En pleine crise d'adolescence, il se révoltait contre une tutelle qu'il jugeait trop pesante. Se rebeller, se mutiner, quel beau programme dans un roman ! Mais ces belles idées, ces tentations, comment allaient-elles supporter la banalité du quotidien durant les deux mois qui restaient avant la saison de colportage ? Il ne voulait pas répondre, mais il sentait qu'un jour il se redresserait, tête haute, vaillant, plus déterminé que jamais.

— Mon garçon, comprends que, si nous ne sommes pas pauvres, nous ne sommes pas riches non plus. Nous avons acquis un peu de bien-être et, moins qu'autrefois, nous craignons de manquer. Ces chaussures à tes pieds, cette viande bouillie dans ton assiette en faïence ne sont pas arrivées ici par hasard. Non, c'est le fruit de notre travail ! Alors, si tu souhaites que cette vie plutôt agréable continue, il faut travailler. Il n'y a pas de secret.

Jean Quesnel insistait autant que possible pour convaincre son neveu. Il croyait au mérite, au travail, à l'effort, à la raison et à une réforme de l'État pour aboutir à plus de justice. C'était sensé, trop sensé pour un jeune homme qui avait envie de brûler la chandelle par les deux bouts.

— Bien sûr, mon oncle, mais…

— Il n'y a pas de mais qui tienne, il n'y a qu'une seule réponse à nous donner. Au travail, et vite ! Ne joue pas à faire ta mauvaise tête, ça ne servirait à rien. Je sais que tu es un brave gamin quand tu veux, retrousse tes manches et viens nous embrasser.

Le jeune homme eut bien du mal à se lever, traîna les pieds et embrassa son oncle et sa tante sans conviction. Cette attitude chagrina son oncle, qui ne put s'empêcher de l'interpeller.

— Tu en fais une tête, Antoine. Qu'est-ce que tu veux ?

— Mon oncle, je voudrais revoir la mer. Depuis que j'ai croisé des jeunes mousses de Pirou à la foire de la Crottée, j'ai souvent rêvé d'ailleurs enchanteurs et ensoleillés… Pas forcément des bancs de Terre-Neuve. Notre passage dans de nombreux ports de la mer du Nord a réveillé en moi l'envie de naviguer.

— Et tu ne les as jamais atteints, ces pays merveilleux ?

— Non !

— Eh bien, à défaut d'y aller, plonge-toi dans un livre qui saura être une belle invitation au voyage. Les écrivains sont de formidables aventuriers de l'esprit.

— Sans doute mais, quand on part du pays de Coutances pour rejoindre la mer, on passe par Tourville, le village du grand amiral du bon roi Louis XIV qui, tout soleil qu'il était, ne comprenait pas grand-chose à la marine. Je m'imagine souvent à la pointe d'Agon, admirant le havre de Regnéville à marée haute et dans le lointain le cap Lihou et la cité corsaire de Granville. Il a de l'éclat, mon pays ! Plus on approche de la mer, plus on sent l'odeur âcre du varech.

— Je vais voir ce que je peux faire pour t'aérer l'esprit et les poumons !

Le garçon resta muet, emporté dans sa rêverie par l'immensité de l'étendue sablonneuse les jours de grande marée.

Il laissa la mer remonter en balayant ses souvenirs. Il grandissait et avait compris, grâce à l'oncle Jean, le pouvoir merveilleux de la lecture. L'histoire de Montcalm[1], au Canada, n'avait plus de secret pour lui. Antoine avait dompté l'océan et apprivoisé ces arpents de neige qui s'étendaient du cap Tourmente jusqu'au lac Saint-Jean. Le roi s'était lancé dans une guerre contre les voisins de la Manche, les impôts pleuvaient sur le bon peuple pour financer les dépenses liées à ce conflit si lointain.

L'hiver se passa entre frimas et triste ambiance à l'heure de la soupe. Antoine se murait dans son silence. Il baissait la tête tout en pensant à Rosine, la fille du marchand de sabots, à ses jolis tétons qui pointaient sous son chemisier de fin linon.

Qui oserait dire que le printemps n'est pas la plus belle saison de la vie quand on a seize ans ?

---

1. *Général français (1712-1759) blessé mortellement en défendant Québec.*

VII

Le dimanche 8 avril 1759, Antoine ne se rendit pas à la procession des Rameaux, ce qui entraîna une nouvelle tempête autour de la table familiale. L'oncle n'appréciait pas cette forme d'indépendance. Plus grave encore, il avait appris par quelques commères à la langue bien pendue qu'Antoine bavardait souvent avec des jeunes filles, celles qui avaient une silhouette bien marquée, soulignée par de jolies hanches et des seins bien ronds. Après la prière, l'oncle lui annonça sa sentence :

— Demain soir, tu recevras trois coups de trique. Souviens-t'en à l'avenir !

Sans rien ajouter, Jean Quesnel partit se coucher. Le lendemain soir, Antoine reçut le fouet.

— Voilà, monsieur, comment je traite les amoureux ! Bonne nuit ! Vous entendez ma volonté, Antoine ?

— Oui, mon oncle.

— Je n'y veux point d'obstacle. C'est bien clair ?

— Oui.

Enfin, le lendemain de Pâques, Antoine reprit la route en compagnie d'un nouveau maître,

La Pistole. Normand lui aussi, c'était un maître colporteur plus madré, au sang plus chaud, plus jeune, moins conformiste que ce bon Pierre Hue. La Pistole, un tempérament de pirate, un type qui n'avait pas peur de son ombre, Jean Quesnel le savait et avait décidé de s'en accommoder. Ni l'un ni l'autre n'ignoraient que depuis deux ans la loi punissait de peine de mort les auteurs, éditeurs, colporteurs d'ouvrages attaquant la religion, capables d'émouvoir les esprits les plus fragiles et de porter atteinte à l'autorité du roi. Selon la nature du délit, ils risquaient une condamnation à perpétuité aux galères. C'est vrai que les ouvrages satiriques ou philosophiques avaient beaucoup plus la faveur du public que les livres d'histoire, de jurisprudence et de théologie qui plaisaient tant à la mort de Louis XIV. Le commerce des livres n'était plus de tout repos.

*
* *

Le départ d'Antoine avait créé un grand vide dans la maison. La tante Marie, toujours aussi active et attentionnée, reporta son affection vers sa nièce, Marie-Françoise, qui devenait une jolie petite jeune fille à la silhouette qui commençait à s'allonger et à s'épaissir.

Un soir, Marie annonça à Jean son nouveau projet.

— Pour l'anniversaire de ma nièce, je voudrais lui offrir un cadeau, un bijou qui serait toujours à la mode.

— Quoi, par exemple ? Une bague, un collier, une croix que l'on porte en sautoir ?

— Une croix, c'est une bonne idée.

— Dans mon pays, les femmes de bourgeois portent une croix Jeannette. Les orfèvres de Saint-Lô savent très bien les fabriquer.

— Sans doute… mais nous n'irons pas à Saint-Lô pour cet achat.

— Bien sûr que non !

— Pourquoi ne pas en parler à l'orfèvre installé derrière l'église Saint-Géry ? Si tu veux, j'irai le voir et je lui demanderai son avis et son prix.

— C'est entendu, ma bonne Marie. Mais ne fais pas trop de dépenses, car nos finances sont un peu justes depuis que nous avons racheté cette maison. La mort du propriétaire début janvier a précipité les choses. Ne nous plaignons pas, maître Alphonse Lavallée a bien arrangé la vente et a négocié pour nous un paiement étalé auprès des héritiers.

Une fois la maisonnée couchée, Jean Quesnel pouvait lire tranquillement avant de dormir dans cette demeure qui lui appartenait, fier du chemin parcouru.

*
*   *

Premières journées de mise en jambes, premières sensations de liberté sous le soleil. Les colporteurs de livres qui avaient de l'expérience s'entouraient d'apprentis qui partaient faire les marchés et les foires que leur maître leur attribuait. Un matin, changement de temps, le printemps avait cédé devant le retour d'un hiver trop vite oublié et cinq lieues de mauvaise route attendaient Antoine. Cinq lieues à marcher face au vent qui foudroie, face à la pluie qui harcèle, qui griffe, qui pince, froide comme un glaçon qui pend à la pointe du toit de la soupente aux pires moments de l'hiver. Une pluie froide comme la faim qui tenaille un ventre vide et un cœur pas si sec que cela.

Après ces cinq lieues mal digérées, le clocher d'une petite ville perçait à peine sur la ligne d'horizon. Il ne restait plus au jeune homme qu'à terminer son trajet. En silence. Pas la peine de se plaindre quand on a choisi la route plutôt que le calme rassurant d'une boutique de libraire. Souvent, quelques phrases de son oncle, lâchées avec son air de ne pas y toucher, lui revenaient à l'esprit, sans le laisser en repos.

— Renard qui dort n'attrape point de poules ! Comprends, mon garçon, que se coucher de bonne heure et se lever matin rend l'homme sage, riche et sain.

Antoine agitait la tête pour confirmer son accord.

— Tu sais, on ne grandit que dans les difficultés surmontées, toi comme les autres. Tu dois faire en bien des domaines ta propre expérience avant de la confronter à ce que je t'ai dit. Tu es le maître de ton destin. Personne d'autre !

Ce soir-là, après avoir marché les pieds dans la boue, les yeux délavés par la pluie, il comprenait ce que ces mots signifiaient. Grandir, devenir un homme, ce n'était pas une partie de plaisir. Au fait, c'était peut-être lui, ce Juif errant dont la Bibliothèque bleue avait fait l'un de ses héros, une histoire à succès qui passionnait les publics les plus divers, un livre que les lecteurs s'arrachaient : *L'Histoire admirable du Juif errant.*

Le plus prudent était d'évoquer le sujet avec son maître colporteur.

— Pourquoi un homme était-il condamné à marcher sans trêve ni repos jusqu'au Jugement dernier ? demanda Antoine à La Pistole. Est-ce parce qu'il avait tourné le dos à notre Seigneur Jésus, sacrifié sur la croix dressée sur la colline du Golgotha ?

— Certainement ! tonna le maître colporteur. Fuir en pareilles circonstances était une faute grave, mon petit gars, un terrible péché qui court de génération en génération, sans espoir de rachat, sans espoir de rémission. Tu vois, ce Juif errant n'en finit pas de marcher pour secourir les miséreux que le Ciel a mis sur son chemin. Des béquillards, des scrofuleux, des paralytiques, bref des rebuts de l'humanité si l'on y ajoute quelques lépreux et d'autres mécréants. Le marcheur impénitent doit avoir le cœur bien accroché pour tendre la main à ces affamés, pour soigner leurs plaies béantes, suppurantes, purulentes. Coupable, et donc condamné jusqu'à la fin du monde. Seul le pardon de Dieu pourra le tirer de cet enfer.

Antoine n'en croyait pas ses oreilles ; c'était donc ça, l'histoire du Juif errant ! Une parabole que le bon peuple avalait sans piper, alors que la société française brillait dans le siècle des Lumières. Les Voltaire, les Diderot, les Rousseau, les philosophes qui tonnaient contre l'Église, contre l'arbitraire sous toutes ses formes, contre l'obscurantisme, avaient encore beaucoup de pages à noircir avant d'éclairer les esprits de leurs contemporains.

— À moins que ce Juif errant ne soit qu'un éternel insatisfait qui court jusqu'à l'horizon pour chercher fortune ? avança Antoine.

— Peut-être qu'il espère trouver ailleurs les réponses à ses questions, répondit La Pistole. Les leviers qui font bouger les individus sont si variés qu'un autre Juif, le dénommé Jésus, a affolé les populations d'autrefois. Il parlait d'amour, de paix, de concorde dans un monde en guerre, injuste et inégalitaire, dans une Palestine occupée par les Romains. Tu comprends que rien n'est simple dans notre monde de pécheurs.

— Moi, je préférerais lire autre chose.

— Dans la Bibliothèque bleue ?

— Pourquoi pas !

— Ces petits livres s'adressent à tous les publics. Tu pourrais lire des romans de chevalerie. Tu aimes l'action, tu seras servi. À moins que tu préfères un ouvrage qui contribue à ton éducation, à soigner ton comportement dans tes relations avec des bourgeois ou dans ta propre famille. Tu pourras lire aussi des livres qui parlent des métiers. Si tu lis *L'État de servitude ou la Misère des domestiques*, tu comprendras qu'il y a bien plus malheureux que toi.

— Dans l'immédiat, les quatre fils Aymon et leur cheval Bayard me plaisent ; leur histoire face à Charlemagne va me plaire.

— Bonne lecture, Antoine.

*

* *

Un soir, à l'auberge, Antoine se laissa tomber sur un tabouret, la mine défaite, les bras ballants.

— Tu te plains de ressentir de la fatigue dans les jambes, dis-moi ? lui demanda La Pistole.

— Oui… Soixante livres de marchandises à porter sur son dos, dans un coffre en planches tenu par une longe en cuir, ça pèse à la fin de la journée.

— Sais-tu que les colporteurs qui ne vont pas tarder à avoir des cheveux blancs mettent dans leurs souliers des feuilles d'armoise ou de mauve ?

— Qu'est-ce donc ?

— Des plantes !

— Magiques ?

— Peut-être pas, mais elles soulagent, ça, c'est certain ! Un dicton populaire qui s'est transmis depuis la plus haute Antiquité le confirme : « Quiconque connaît les vertus de l'armoise en met sous sa chemise. »

— C'est entendu. Quand je passerai devant la boutique d'un herboriste, j'en achèterai pour deux sols. Merci du conseil.

Et il fila se coucher.

Dès l'aube, la pluie avait repris, une pluie de printemps pénétrant jusqu'au cœur des sillons pour faire lever le blé, l'orge et l'avoine. Antoine découvrait avec plus d'attention une région qu'il connaissait mal. Des chaumières épaisses, de petits oratoires en brique, des églises au centre des villages et des champs immenses. Il était surpris à certains endroits où se dressaient des perches qui caractérisaient les houblonnières. Les plantes grimpaient comme des lianes sur des fils de fer tendus d'une perche à l'autre. Autre point d'étonnement, ces clochers sans église. Les gens d'ici les appelaient des beffrois et les aimaient pour leurs carillons qui, imperturbables, sonnaient les heures, été comme hiver.

Antoine pensait souvent aux aventures de Robinson Crusoé, ce marin écossais abandonné sur une île au beau milieu de l'océan Pacifique. Il avait lu et relu l'histoire de ce Selkirk, le véritable Robinson, dans un fascicule édité à Troyes chez la veuve Garnier. Cet homme, débarqué par son capitaine avec ses habits, son lit, un fusil, une livre de poudre, un couteau, un chaudron, une bible et quelques autres livres de piété, ses instruments et ses livres de marine, était parvenu à pourvoir au mieux à ses besoins dans un univers hostile.

Du haut de ses seize ans, Antoine enviait la vie de ce personnage, cent fois meilleure que celle des pauvres marins qui pêchaient la morue. Il avait rêvé des goélettes de Granville mais trouvait que les livres offraient aussi de merveilleux voyages. Il proposait de manière systématique les aventures de Robinson Crusoé, car il savait que cet aventurier ne trahirait pas son lecteur. Qui n'aurait songé à redevenir un bon sauvage au milieu d'une nature en harmonie avec l'homme, une nature généreuse au point de lui offrir les moyens de sa subsistance ? Qui ? Sans doute pas Rousseau, qui plaidait pour un retour à la nature.

De temps à autre, quand les affaires ne marchaient pas bien, quand le doute le torturait, il s'interrogeait sur ce métier de colporteur de livres.

— Et vous, La Pistole, pourquoi, faites-vous ce travail ? questionna-t-il, un soir où la recette était bien maigre.

— J'aime mieux me livrer à ce commerce que de demander l'aumône en chemin ou devenir soldat dans les armées du roi et aller mourir à mille lieues de chez moi. Lorsque j'aurai gagné assez d'argent, je repartirai dans mon pays et je m'y installerai de manière définitive, un commerce, une maison, un carré de jardin et des volailles, il n'en faut pas plus pour se sentir comblé.

— Fort bien ! Mais vendre des livres sur les places publiques ou dans les auberges n'est pas de tout repos…

— Un instant, mon garçon ! Il est bon que tu subisses cette épreuve à ton tour, comme ton oncle et comme tant de gens du pays de Coutances l'ont connue avant toi.

— Je n'en vois pas la nécessité. Cette expérience ne changera rien à ma vie.

— Tu te trompes ! coupa La Pistole. Et puis, si ce n'est pas pour toi, c'est pour ton oncle que je le souhaite. Je te connais un peu ; tu es gai comme un pinson, quelque peu moqueur, mais rassure-moi, fais donc ton travail avec une réelle détermination.

*

* *

Une fois par semaine, Antoine retrouvait les autres apprentis colporteurs de La Pistole. En règle générale, les apprentis signaient un contrat de six ans ou moins, en fonction de leur âge, jusqu'à leurs dix-huit ans. Au terme du contrat, ils touchaient un pécule, soit pour s'installer à leur compte, soit pour devenir commis d'un maître sur la route ou en boutique.

Le maître attribuait chaque semaine un secteur géographique à ses apprentis ; il découpait la région en pétales de marguerite, de façon à ne pas se concurrencer durant la semaine. Chaque lundi, les apprentis lui rendaient des comptes, l'un après l'autre : ils montraient l'état de leur stock et le complétaient. Ce jour-là, les jeunes gens buvaient de la bière et mangeaient un plat solide qui tenait au corps, par exemple une bonne carbonade de bœuf. Antoine adorait voir dans son assiette un morceau de paleron bien doré, avec des oignons, des pommes de terre et, sur le tout, une cuillère de cassonade. Il retrouvait pour une fois la qualité et les saveurs de la cuisine de sa tante, à Valenciennes.

La fine équipe parlait d'autres colporteurs croisés sur les marchés, des individus prêts à tromper les acheteurs, à sortir de dessous le manteau des livres licencieux, si osés qu'ils auraient fait s'enfuir une dame patronnesse et rougir une coquette.

— Oh ! cette semaine, j'en ai rencontré un qui m'a cassé les oreilles, raconta Gilles Gosselin. Il fallait l'entendre devant les halles aux grains, ce gaillard. Il avait de l'aplomb, je peux vous le garantir. Il était inépuisable, intarissable comme un tonneau sans fond.

— Et ses affaires ?

— Solides comme l'individu qui savait forcer la main des clients, qui embobelinait les paysannes en faisant les yeux doux à leurs filles.

Qui, dans cette ambiance joyeuse, parlait le plus fort autour de la table ? Gilles Gosselin ou Louis Laisney, originaires de Gouville, François Folliot, natif de Blainville, ou le gars Antoine Giard, qui avait presque oublié Servigny ? Tous, à tour de rôle. Car ils évoquaient les péripéties de la semaine, le couchage dans les fermes, rarement dans les bras d'une servante. Lorsque la nuit tombait sur la campagne, lorsqu'il pleuvait dru, ils n'hésitaient pas à demander une place dans la grange. À la veillée, ils fascinaient les enfants qui les regardaient avec admiration. Les jeunes colporteurs racontaient quelques histoires étonnantes, le condensé d'un petit livre à couverture gris bleu comme le ciel du Nord.

Cette semaine, François Folliot raconta qu'il avait découvert Bruges, la rue du Sablon et la maison de l'Anguille, les canaux qui ceinturaient la ville, la place des Tanneurs, où se dressait le pilori. L'hospice de la Poterie lui avait assuré un couchage pendant huit jours, solution pratique, mais il n'était pas question de traîner en ville et de s'arsouiller.

Pourtant, à l'heure des retrouvailles, ils aimaient surtout parler du pays, puisque le grand colportage de livres était aux mains des marchands du Cotentin. Apprentis et maîtres appartenaient à de vastes réseaux qui reposaient sur des liens familiaux ou territoriaux.

Le mardi matin, le petit groupe repartit vers le nouveau point d'ancrage que lui avait fixé La Pistole, avant d'aborder la semaine de travail et de se charger d'un nouveau lot de livres. L'été avançait. Une fois franchi le pont Saint-Michel, qui enjambe la Lys, Antoine Giard s'installa à Gand, une ville qui abritait le château des comtes de Flandres, une impressionnante construction édifiée sur le modèle des fortifications des croisés en Syrie. Admiratif, il resta planté quelques minutes devant le beffroi, la plus haute tour de la ville, avec les cinquante-deux cloches du carillon. Ensuite, il installa son déballage devant la halle aux grains, juste au pied du beffroi.

La semaine suivante, il retrouva la mer du Nord à Ostende, verte et blanche, moutonneuse, nerveuse, toujours inattendue. Il flâna sur le quai des pêcheurs, admira la tour des Templiers avant de s'installer devant l'église Saint-Pierre-et-Saint-Paul. Ostende, Antoine apprécia bien vite cette ville avec ses rues et des escaliers entre des maisons de brique, avec des portes coiffées d'un panneau de bois sculpté et, dans les cours, beaucoup d'enfants tout dépenaillés qui jouaient en criant.

Pendant que le jeune apprenti colporteur vendait ses ouvrages, La Pistole arpentait les quais d'Ostende, à l'affût de livres subversifs imprimés à Londres ou à Amsterdam. Dans sa jeunesse et peut-être encore pendant l'hiver, il pratiquait la contrebande avec les îles Anglo-Normandes, comme les gens de son pays. De Pirou, de Blainville et d'Agon, ils étaient nombreux à passer en fraude les livres, le tabac, les chaussettes, les bas de laine qui étaient revendus sur les marchés, en Bretagne, en Normandie et dans les Pays de Loire. La contrebande ne datait pas d'aujourd'hui. Déjà, sous Louis XIV, les curés du littoral avaient reçu l'ordre du roi de lire en chaire un texte menaçant d'excommunication ceux qui ne dénonceraient pas les fraudeurs et leurs cachettes.

Cette menace n'avait rien changé et, à la fin du règne de Louis XV, la fraude avait pris un nouveau visage. Les femmes y jouaient un rôle essentiel. On les appelait les « pacotilleuses ». Elles étaient près de six cents entre La Hague et le Mont-Saint-Michel à se rendre à Jersey pour y acheter des tissus de laine, de la flanelle, du velours, des bonnets et des bas. Quand elles débarquaient, elles cachaient dans leur brassière trois douzaines de bas et sous leurs jupes cinquante mètres de tissu.

De leur côté, certains colporteurs avaient compris qu'il y avait de l'argent à gagner en revendant des livres interdits. La Pistole s'y était essayé, avait gagné puis avait tout perdu le jour où les gabelous l'avaient attrapé. Six mois de cachot à Coutances avant de retrouver la liberté et de repartir sur les routes. Ici, sur les quais d'Ostende, il flairait les bonnes affaires, persuadé que ses apprentis seraient assez malins pour en écouler une partie. Le solde, il le proposerait à des maîtres colporteurs comme Robert Le Planquais ou Richard Legendre, de solides gaillards qui couvraient un vaste territoire, du Brabant jusqu'en Lorraine en passant par le Luxembourg. Même s'il y avait un risque sérieux en cas de contrôle, ces commerçants ambulants tenteraient quand même le coup. Depuis le père Adam, le goût du fruit défendu demeure toujours aussi tenace, quelles que soient les époques et la nature du fruit.

Ce soir-là, Antoine soupa seul. La Pistole avait rendez-vous dans un estaminet avec un marchand de Jersey qui faisait relâche avec son voilier dans le port.

Le lendemain matin, à l'auberge, Antoine s'arrêta sur le seuil des cabinets, une petite pièce sombre avec pour tout équipement une planche percée posée sur un baquet en bois. Deux pieds gênaient l'entrée du réduit. Le garçon poussa fort la poignée et sentit une masse qui obstruait la porte. Un filet de sueur commença à lui courir le long du dos. Il resta appuyé contre le mur du couloir avant de reprendre ses esprits. Paniqué, le souffle court, il fila jusqu'à la pièce où dormait La Pistole et le secoua vivement.

— Ah ! c'est toi, Antoine. Qu'est-ce qui t'arrive, si tôt ?

— Je crois qu'il y a un homme qui a fait un malaise dans l'entrée des cabinets. Son corps empêche d'ouvrir complètement la porte.

— Dis-lui de dégager ! marmonna La Pistole qui, visiblement, n'avait pas fini de cuver une soirée bien arrosée.

— Je crois qu'il n'entend plus rien.

— Bouge pas, j'arrive.

Le temps d'enfiler ses braies, de placer sa ceinture, et La Pistole était debout. Sans dire un mot, il précéda Antoine dans le couloir. Il s'accroupit devant la porte et attrapa l'un des pieds.

— Dis, mon gars, faut te réveiller ! On a besoin de la place pour aller cabiner, grogna-t-il tout en le secouant. Il est pas en forme, le compagnon. Antoine, pousse donc encore peu, que je puisse me glisser et l'empoigner par l'encolure.

La Pistole se contorsionna pour passer dans l'entrebâillement de la porte.

— Il ne ronfle même pas, ce gars-là ! Je ne sais pas ce qu'il fabrique.

La Pistole réussit à passer son buste, ses bras et fit glisser le malheureux et le posa dans le couloir.

— C'est le marchand de Jersey que vous avez croisé hier ; on dirait qu'il est mort, avec ses yeux grands ouverts et son regard figé.

— Tais-toi, Antoine !

— Mais…

— Bon Dieu ! Il n'y a pas de mais, tempêta La Pistole, qui s'était relevé comme un diable qui saute de sa boîte. Tu vas te taire maintenant, dit-il en plaçant sèchement sa main sur le visage d'Antoine. Pas un mot, tu m'entends, pas un mot à qui que ce soit, sinon on va nous accuser, ajouta-t-il, les yeux brillants d'une cruauté que le jeune homme n'avait jamais remarquée.

— Ce mort, on en fait quoi ?

— On va le mettre dans le cellier au fond de la cour, derrière les barriques de vin. Passe devant ! Tu vas faire le guet. Maintenant, notre sort est lié comme les doigts de la main, comprends-tu ? Toi parce que tu l'as découvert, moi parce que je suis ton patron.

— Oui, La Pistole.

— Ce n'est ni à toi ni à moi de découvrir officiellement ce cadavre. Il faut laisser cela à plus malheureux que nous ; de toute façon, la police interrogera l'aubergiste. Pas de blagues ! Nous sommes dans la main du diable. À nous d'être assez malins pour en sortir.

— Si demain nous sommes pris, notre destin sera dans les mains de la justice, reconnut le jeune homme.

— Dans ce cas, Antoine, nous devrons faire bonne figure, en gens honnêtes que nous sommes, conclut La Pistole sur un ton qui ne laissait pas la place au moindre commentaire. Allez, on avance. Passe le premier dans l'escalier et ouvre l'œil.

La dissimulation du cadavre fut réglée en deux minutes. Antoine respirait profondément pour calmer son pouls qui s'agitait.

— Hier soir, vous étiez ensemble dans un estaminet du port, dit-il. Vous avez parlé de Jersey, de Guernesey et ça a réveillé de mauvais souvenirs. À lui ou à vous, je ne sais pas, mais vous avez réveillé quelque chose de pas très net et, le genièvre aidant, vous avez dû vous attraper par le col… Que sais-je encore ?

— Antoine, c'est la dernière fois que je te le dis, tais-toi ! Tu vas apprendre que, dans la vie, on doit savoir tenir sa langue, sinon gare… File dans ta chambre et attends que je te fasse signe pour venir manger ta soupe.

— Je n'ai pas faim !

— Tant pis, tu mangeras mieux ce soir !

À Ostende, la tournée était loin d'être achevée. La Pistole et Antoine allaient devoir encore se supporter pendant des semaines. Le jeune homme comprit que ce cadavre était le fruit d'une bagarre entre deux ivrognes, peut-être à cause d'un ancien litige commercial. Ce marchand de Jersey avait-il donné aux autorités françaises le nom de colporteurs qui diffusaient des livres interdits ? Avait-il fait des entourloupes à La Pistole, il y a quelques années, dans les îles Anglo-Normandes ? La Pistole l'avait reconnu et avait décidé d'avoir sa peau. Dans ce cas, pourquoi l'avoir tué à l'auberge ? À moins qu'il ne s'agisse d'une querelle à cause d'une femme entrevue, une présence furtive qui provoquait du désir, un désir qu'ils auraient été bien incapables d'assouvir. Pourtant, une femme pour deux hommes, il fallait un vainqueur et un vaincu.

Désormais, Antoine Giard avait peur mais ne le montrait pas, car il avait compris que La Pistole était prêt à tout sous des abords aimables. Le jeune apprenti devenait méfiant. Dans sa tête se bousculaient le doute, la culpabilité, l'angoisse. La Pistole n'était plus au-dessus de tout soupçon, mais il n'était pas question de le dénoncer. Il fallait le supporter, même s'il sentait bien qu'au fil des étapes leurs réactions changeaient ; le conflit larvé qui persistait entre eux pouvait éclater à tout moment comme un orage, un soir d'été. Il suffisait d'un rire d'Antoine un peu fort, d'une broutille, d'une porte qui claquait pour mettre La Pistole en rogne. Le jeune apprenti colporteur gardait son calme avec beaucoup de maîtrise de soi. Sans s'en rendre compte, ces difficultés imprévues le faisaient grandir.

La veille de l'arrivée à Valenciennes, La Pistole lui proposa d'aller boire une bière dans un estaminet plutôt calme.

— Ici, nous allons pouvoir causer tranquillement, tu t'en doutes.

— Bien sûr, il aurait fallu être stupide pour ne pas s'y attendre.

— Très bien. Comprends que l'affaire d'Ostende est un secret entre toi et moi... et personne d'autre. Ni ton oncle ni une des petites chéries que tu vas avoir et auprès de qui tu voudras fanfaronner ne doivent être au courant. Motus et bouche cousue ! Il en va de ta vie comme de la mienne. Demain, nous ferons les comptes, je repartirai en Normandie ou à Paris jusqu'au printemps pour faire d'autres affaires et, le lundi de Pâques de l'année prochaine, nous repartirons sur les routes comme deux amis, unis par leur secret. Désormais, tu n'es plus un gamin, Antoine, je peux te le garantir. Tu es un homme de parole et tu sais que tu dois tenir ta langue.

— Entendu, maître La Pistole.

— Dans ce cas, trinquons et vidons nos bières. Nous avons encore une journée de travail demain pour boucler cette saison de colportage.

VIII

Antoine rentra en novembre 1759. Le jeune homme avait profité de cette longue tournée et semblait assagi. L'oncle Jean, qui l'observait, parut rassuré. Quelques jours après, un colporteur passa la porte de la boutique. Il était trempé, à peine protégé par son grand manteau que certains appelaient un bisouart, en référence à la toile bise dont il était confectionné. La pluie tombait avec force et balayait l'entrée de la boutique.

— Bonjour, monsieur, dit Antoine sans savoir à qui il avait affaire.

— Bonjour, le Cotentin ! Ça va-t-y, les p'tiots ?

— Ah ! c'est vous, maître Le Planquais, je ne vous avais pas reconnu, capuchonné comme vous l'êtes.

— Mieux vaut être bien protégé par ce temps…

— Que puis-je pour vous ?

— La Pistole m'a dit que vous aviez ici un joli stock de livres et que je pourrais faire mon marché ici, au lieu de courir à Paris ou à Rouen.

— C'est peut-être vrai, mais les clients importants comme vous, ce n'est pas de mon ressort ; c'est mon oncle qui les traite. Attendez un peu, je vais aller le chercher dans la réserve.

— Merci, mon garçon.

Robert Le Planquais n'avait pas poussé cette porte par hasard. Comme d'autres colporteurs, il n'était pas très argenté et le crédit était pour lui un vrai souci. Il souhaitait acheter avec un paiement différé plusieurs fois durant la saison et faire des remboursements à chaque passage. Jean Quesnel finit par arriver et la conversation s'engagea pour parler du temps, des affaires et des facilités à accorder.

— Vous savez, maître Quesnel, je ne vous demande pas un crédit à perte de vue mais une facilité, par exemple commencer à vous payer au bout de trois mois et solder la totalité de ma dette à la fin de la saison.

— C'est comment, ton nom ?

— Robert Le Planquais.

— Tu es d'où ? demanda Jean Quesnel assez sèchement.

— De Muneville-le-Bingard, pas loin de Coutances…

— Oh ! je connais… et pour cause, je suis né là-bas, mais je vis à Valenciennes depuis des années. Le Cotentin, je n'y suis retourné que pour récupérer mes neveux et ma nièce qui mouraient de faim chez leur père. Le pays de Coutances, c'est un beau pays que tu vas revoir dans deux ou trois semaines à mon avis. Je n'ai pas encore eu l'occasion de travailler avec toi, mais nous avons peut-être des connaissances en commun.

— Sans doute, j'ai vu votre neveu pendant l'été, je connais La Pistole depuis longtemps et aussi Charles Gosselin, et puis François La Vieille, et puis…

— Allez, c'est bon ! Mais j'espère que ces compagnons ne me diront pas que tu es un grigou, tu m'entends ?

— J'en suis certain !

— Dans ces conditions, tu pourras coucher ici dans la soupente de l'entrepôt. Plusieurs de tes collègues y passent une ou deux nuits avant de reprendre leur voyage.

— Merci beaucoup, monsieur Quesnel.

Le lendemain, Robert Le Planquais partit en direction d'Amiens. Avant l'heure de la soupe, Jean Quesnel s'installa à son bureau dans la boutique, prit du papier pour le courrier, tailla une plume d'oie et se mit à écrire au curé de Muneville :

Monsieur le curé, comme d'autres commerçants en livres, je suis souvent sollicité pour faire du crédit à des colporteurs de passage. Je viens de rencontrer Robert Le Planquais, qui m'a dit être un habitant de votre paroisse. J'aimerais m'en assurer. Par ailleurs, je voudrais savoir s'il est sérieux et solvable pour que je puisse faire du commerce avec lui ou pas. Apposez sur mon courrier la lettre B s'il est bon payeur, D pour un douteux, M s'il est mauvais. Je vous prie de compter sur mon entière discrétion. Ayez la bonté de me répondre dans les semaines à venir pour prendre mes dispositions pour la prochaine saison. Votre obligé, Jean Quesnel, libraire breveté et assermenté.

*

* *

Pour le turbulent Antoine, l'accalmie fut de courte durée. De belles jeunes filles marchaient sur les places de Valenciennes, papotaient à la sortie de la messe. Antoine savait se glisser dans les groupes où il fallait se faire voir. Un soir, l'oncle Jean fronça les sourcils. Quoi ! Son neveu osait encore jeter son dévolu sur les péronnelles devant l'église Saint-Géry sans sa permission. Il devait se calmer !

L'hiver arriva plus sec, plus mordant et aussi plus triste que les années précédentes, même si les vitrines des commerçants regorgeaient de victuailles appétissantes.

Janvier 1760. Des dizaines d'étourneaux morts gisaient dans les champs. Ils soulignaient combien la saison était dure. Dans la famille, la tante Marie fut malade, puis ce fut le tour de Marie-Françoise. Jean Quesnel partit chez le docteur pour essayer de comprendre. Il écouta attentivement ce que le médecin lui raconta.

— Il règne, mon bon monsieur Quesnel, une maladie générale qu'on appelle grippe ; elle commence par un rhume et un violent mal de tête. Cela provient des brouillards qui remontent des zones marécageuses et du mauvais air. Depuis un mois, il n'y a pas une maison dans la ville où il n'y ait eu de malades. On saigne, on boit beaucoup de lait chaud avec une petite branche de thym, d'autant que cette grippe est accompagnée de fièvre. Personnellement, je conseille les lavements et on en guérit après quelques jours. Vous n'avez rien à craindre, les gens âgés sont plus exposés que des hommes de votre âge et de votre corpulence.

Le marchand de livres rentra chez lui rassuré. Il savait aussi qu'un peu de genièvre dans de l'eau chaude avec une cuillère de miel valait bien les préparations de l'apothicaire. Il fallait attendre des jours meilleurs. Tout simplement !

En mars, Pierre Hue rendit visite à son ami Jean Quesnel et passa des commandes pour entamer la saison. Les deux hommes ne purent s'empêcher de parler de ce fameux Voltaire, dont les grands bourgeois lettrés réclamaient les ouvrages.

— Mais, mon bon Jean, tu n'es pas au courant des nouvelles ?

— De quoi ?

— Voltaire a acheté un petit château en France, dans le pays de Gex, à une lieue de la Suisse. Alors, il est tranquille…

— Je n'en doute pas !

— En plus, il travaille depuis deux ans avec un éditeur de Genève, un dénommé Gabriel Cramer, un commerçant qui a le bras long et des correspondants dans toute l'Europe. Ceux qui ne peuvent pas lire Voltaire dans le royaume de France peuvent aller prendre les eaux en Suisse ou ailleurs, ils auront de la lecture. Au fait, sais-tu qu'il vient de publier un nouveau conte philosophique, *Candide ou l'Optimisme* ?

— Oui, et je crois que les censeurs l'ont interdit sans tarder.

— Qu'importe, le livre va circuler sous le manteau ou au fond des boîtes des colporteurs.

— C'est possible, mais je ne jouerais pas à ce jeu-là.

— À propos, même *L'Encyclopédie* de Diderot et d'Alembert est censurée. Leur nouveau volume aura du mal à se vendre. Du reste, Voltaire n'est pas d'accord sur la marche à suivre avec les autres auteurs pour la diffusion du livre.

— Ah bon ? Il se pique de commerce, maintenant !

— Oui, et il a même dit quelque chose qui va te plaire : « Je voudrais bien savoir quel mal peut faire un livre qui coûte cent écus. Jamais vingt volumes in-folio ne feront de révolution ; ce sont les petits livres portatifs qui sont à craindre. »

— C'est formidable qu'il ait dit ça, mais j'ai bien peur que ses propos n'excitent encore un peu plus les censeurs du roi et les forces de police.

Trois jours plus tard, Jules Lecuirot poussa la porte de la librairie Quesnel. Ce natif de Montsurvent qui avait commencé dans ce métier à l'âge de douze ans avait montré très vite des capacités évidentes. À vingt ans, il disposait d'une charrette à deux chevaux. Ce signe de réussite évidente lui donnait du crédit chez les marchands. Il parcourait la moitié de la France pour proposer almanachs, *canivets*[1], gravures de mode, cartes géographiques, Bibliothèque bleue, romans et pièces de théâtre. On le voyait sur les marchés et sur les foires mais, en plus de ces manifestations, il démarchait les lecteurs disposant de moyens financiers, les ecclésiastiques, les gens de robe, avoués, avocats, juges, greffiers. Il leur proposait des pièces de Racine, Corneille ou Molière, des ouvrages sur l'histoire de la Rome

1. *Images pieuses entourées de dentelle en papier ou en tissu.*

antique. Parfois des ouvrages philosophiques ou érotiques qu'il dissimulait dans le double fond de sa charrette, disaient les mauvaises langues et les jaloux. Il avait compris qu'il tenait un bon filon en s'adressant à une clientèle aisée, recrutée dans une frange d'amateurs instruits et lettrés. À l'issue de ce travail de porte-à-porte, il notait sur un carnet les bonnes maisons, leur emplacement, les surnoms de la servante ou du cocher, les liens avec d'autres personnes de la même famille qu'il pouvait croiser.

Le grand Jules cherchait comment toucher d'autres lecteurs qui pourraient avoir envie de lire. Comment les atteindre ? En leur proposant des ouvrages accessibles aux gens des campagnes ou des faubourgs, des lecteurs occasionnels trop timides pour franchir la porte d'une librairie. Jules Lecuirot se voulait un maillon essentiel dans le commerce du livre et n'hésitait pas à se rendre dans des bourgs un peu reculés à l'occasion d'une bonne foire dûment répertoriée, car il ne laissait rien au hasard. Dans ces endroits perdus qui s'animaient seulement une ou deux fois par an, il assurait la grande parade des petits livres bleus et transformait son étal, quelques planches posées sur deux tréteaux, en un théâtre du monde avec ses mystères et ses émotions.

S'il s'approvisionnait chez Jean Quesnel, Jules n'hésitait pas à aller à Paris et se faisait livrer chez un cabaretier au Petit-Montreuil, la paroisse voisine de Versailles, par des éditeurs de Genève et d'Amsterdam pour les livres interdits. Le commerce des livres défendus était florissant en Hollande et en Suisse. Ces deux petits pays protestants et républicains, refuges des libertés politiques, philosophiques et religieuses, étaient des centres de production actifs pour les ouvrages philosophiques, satiriques et même pour les livres libertins. Des ouvrages licencieux comme *Le Colporteur* et *La Vie du père Norbert*, signés Chevrier, étaient parmi les plus recherchés. *Le Portier des Chartreux*, *Thérèse philosophe* ou *La Pucelle* connaissaient un joli succès. Jules Lecuirot appartenait à un monde un peu clandestin. Cet aventurier du livre se livrait à une vente lucrative mais dangereuse, car la censure était très développée. Le directeur de la librairie, sorte de ministre de la Littérature, était placé sous les ordres du chancelier et travaillait en étroite collaboration avec le lieutenant général du royaume. Ce poste, auparavant honorifique, était devenu très remarqué et très sensible compte tenu de la production fort importante d'ouvrages philosophiques et de pamphlets. À l'entrée de Paris, les commissaires du Châtelet effectuaient des contrôles sur les livres qui arrivaient, assistés par des exempts de la police et par des inspecteurs de la Chambre syndicale. Les risques étaient évidents, en rapport avec les gains espérés.

Les auteurs du royaume étaient tenus de soumettre leurs manuscrits complets à un l'un des deux cent cinquante censeurs qui contrôlaient avant parution les ouvrages dans leur spécialité. Ils obtenaient ensuite une lettre de privilège qui validait l'impression. Les livres imprimés à l'étranger devaient en théorie être soumis à la Chambre syndicale de la communauté où résidaient les libraires qui ne pouvaient les retirer sans un billet du syndic. S'affranchir de contraintes aussi pesantes motivait beaucoup de monde. Du reste, beaucoup de livres défendus étaient imprimés à Rouen ou à Lyon, même s'ils portaient la mention Genève ou Amsterdam. À Rouen, les frères Machuel et leur cousin s'en étaient fait une spécialité. Un commissionnaire installé à Paris sur la montagne Sainte-Geneviève récupérait les livres qui arrivaient de Rouen par la voie d'eau. Il les faisait débarquer au Pecq afin d'approvisionner facilement Versailles, Marly et Saint-Germain. Les livres interdits étaient alors aux portes de Paris.

*
* *

Pâques 1760. À Valenciennes, à l'occasion de cette fête religieuse très suivie, des fidèles des paroisses environnantes venaient en ville pour assister à un bel office. En pareille circonstance, tante Marie mettait une bonne volaille à rôtir au four, qu'elle servirait avec une purée de panais. Il y aurait aussi du fromage de Hollande et des douceurs.

Le lendemain, Antoine reprit la route et retrouva en fin de journée La Pistole et un de ses apprentis colporteurs. Retrouvailles animées autour d'un gobelet de vin rouge. Certains soirs, il couchait dans des fermes estaminets, sortes de cabarets perdus en pleine campagne. On s'y désaltérait et l'on y mangeait un bon plat confectionné avec des produits de la ferme et des jardins environnants. Certaines étaient bien connues, car les colporteurs se repassaient les bonnes adresses.

Antoine retrouva les routes qui l'emmenaient aux confins de la Hollande. Voltaire et les philosophes faisaient à nouveau beaucoup parler d'eux. *L'Encyclopédie* était interdite à la vente par décret royal. Qui allait oser le transgresser ?

Le jeune apprenti colporteur fit de bonnes affaires à Courtrai. Ici, les eaux calcaires de la Lys contribuaient à la fortune de la ville, des bourgeois et du peuple, car on y rouissait le lin produit dans la région nord du royaume, du pays de Caux jusqu'à la province de Groningue et de Zélande. Dans cette ville cossue, les habitants aimaient les plaisirs de toutes sortes, la bonne chère bien entendu, mais également les distractions de l'esprit. Antoine s'installa pendant deux semaines à proximité du béguinage Sainte-Élisabeth. Il avait appris que ses bâtiments regroupés autour d'une grande cour fleurie attiraient du monde. Ce passage ne pouvait être que bon pour ses affaires.

Il séjourna ensuite à Furnes, à l'occasion de la procession des pénitents, le dernier dimanche de juillet. Devant l'église Sainte-Walburge, des comédiens jouaient le drame de la passion de Notre-Seigneur Jésus-Christ en mettant en scène des personnages symboliques dignes du Moyen Âge. Là encore, la foule venait de loin et les affaires y étaient satisfaisantes durant quelques jours. Après, il passa dans différentes petites villes avant d'arriver à Wiez, à l'occasion de la fête de la bière. D'autres apprentis de La Pistole s'installèrent à Alost pour le carnaval.

Pendant l'été, Antoine délaissait les autres apprentis pour jouer avec les jeunes filles et les gars des villages où il s'arrêtait. Le groupe s'amusait dans des parties d'escarpolette, de chèvre, de pucelle et de belle-mère[1]. Quand la nuit tombait, les jeux devenaient moins innocents avec les plus grandes.

Celles qui n'avaient pas trouvé de bon ami étaient moquées par les plus chanceuses qui se mettaient à chanter :

Comme la rose effeuillée,
Elle sera bientôt,
Comme la prune secouée,
Elle sera mangée…
La pauvre infortunée,
Elle sera fanée…

La vie était belle et Antoine connaissait parfaitement le circuit qu'avait établi La Pistole. Ils arrivèrent un beau matin à Dunkerque. Fidèle à ses habitudes, le maître colporteur vint traîner sur les quais. Il espérait bien trouver quelques ouvrages des philosophes que le pouvoir royal avait censurés. Il aurait bien aimé se procurer un lot du livre de Voltaire, en particulier *Candide*, dont la diffusion clandestine marchait toujours bien. Cet auteur, peu connu du peuple et de la petite bourgeoisie, était réservé à une élite qui le réclamait, et l'on disait qu'il s'en était écoulé plus de vingt mille exemplaires dans l'Europe des Lumières. L'idée était trop belle…

Le maître colporteur en profita pour rendre visite au libraire Boubers qui, outre sa boutique, avait un dépôt au Petit-Montreuil, où il faisait passer en fraude des bas, des chapeaux et des livres interdits. Quelques colporteurs qui assuraient le trafic pour

1. *Jeux d'enfants à la campagne.*

son compte faisaient de longs détours pour éviter les grands centres et les postes de douane. Ils s'acoquinaient avec des grands valets dans des châteaux perdus qui leur servaient d'entrepôt. D'autres disposaient de malles à double fond, une astuce parmi mille ruses possibles. La Pistole et Boubers allèrent vider une pinte de bière à la taverne. À mi-voix, le libraire lui présenta les titres dont il disposerait cet hiver.

— J'en vendrai à Paris dès le mois de décembre ; j'ai une chambre discrète au fond d'une impasse, lui avoua La Pistole, et je fais mon petit commerce sans faire de bruit.

— Ça me convient parfaitement, et tu le sais…

La Pistole revint plusieurs fois sur les quais. Un matin, un matelot du *Marité*, un brick battant pavillon anglais, avait repéré son manège.

— Vous cherchez quelque chose, monsieur ?

— Oui, je suis toujours à la recherche d'une bonne affaire… Mais je ne suis pas pressé.

— De l'alcool ? Des bas de laine ? Ou autre chose ?

— Autre chose !

— Des livres, j'imagine ?

— Exact !

— Ce n'est pas ma spécialité, mais revenez demain. Notre maître d'équipage connaît du monde et il a parmi ses relations l'homme qu'il vous faut.

— Dans ce cas, à demain. De bonne heure, bien entendu !

Le matelot enleva son bonnet de laine bleue qu'il avait conservé sur la tête et salua La Pistole.

Le jour suivant, dès que les premières cloches se mirent à sonner, La Pistole sauta de sa paillasse, prit de l'argent, sa pipe au bec, et partit vers le port. Le *Marité* était toujours à quai.

Le matelot héla le commerçant. Il lui présenta l'homme qui vendait des livres interdits. Le marchand ambulant acheta quarante ouvrages de Voltaire, dix de Diderot et d'autres perles, paya et repartit. Il n'avait pas franchi la guérite qui marquait la sortie du port que deux hommes en armes l'arrêtèrent.

— Service du roi. Ouvrez votre ballot !

— Pourquoi ?

— Ne posez pas de questions et faites ce que l'on vous dit !

La Pistole posa son balluchon et l'ouvrit.

— Des livres ! Je vois que monsieur est dans le commerce... Papiers, s'il vous plaît. Belle sélection, dites-moi ! *Le Christianisme dévoilé*, *L'Homme aux quarante écus* et le *Bélisaire*, de Marmontel, bravo !... Sans oublier nos philosophes qui haïssent le roi et la religion. Formidable !

Dix minutes après, le maître colporteur était emmené manu militari vers le poste de police. Commerce de livres interdits, contrebande, la peine était lourde. Ce délit n'entraînant plus la peine de mort, le colporteur échapperait à la question destinée à lui faire avouer le nom de ses complices. Il fut condamné à la peine la plus dure. La censure était si rigoureuse que le pauvre La Pistole subit pendant cinq jours la peine du carcan, une énorme pièce de bois qui encerclait le cou et qu'il portait sur les places publiques. Il était exhibé avec un panneau indiquant le motif de sa peine et les passants n'hésitaient pas à lui cracher au visage ni à lui lancer des pierres.

— Vaurien ! Crapule ! Hérétique !

— Que cela vous serve de leçon, disait une mère à ses jeunes enfants. Cet homme a volé et il est puni de cette façon.

— C'est horrible ! murmura l'aîné.

— Non, mon garçon, c'est la justice du roi.

Les insultes pleuvaient et le maître colporteur n'avait plus qu'à lever les yeux au ciel pour espérer que ce supplice s'arrête. Ensuite, il fut marqué au fer rouge avant de rejoindre le bagne de Toulon, réservé aux galériens, pour une durée de dix ans.

La Pistole partit avec un petit groupe, les prisonniers enchaînés les uns aux autres. Une poignée de soldats les encadra jusqu'au Havre. Dans la forêt après Rouen, un prisonnier tenta de se faire la belle. Un coup de feu claqua et l'homme roula comme un lapin de garenne un jour de chasse. Les dernières lieues jusqu'à la capitale furent tendues, sans boire ni manger. Le séjour à la prison de Bicêtre permit de faire une pause salutaire avant de repartir vers Marseille. Cette fois, plus de trois cents prisonniers enchaînés allaient traverser une grande partie du royaume à pied. Un voyage éprouvant avec, en moyenne, six lieues parcourues chaque jour. Ceux qui rejoignaient Brest étaient soumis au même régime et arrivaient dans le grand port du Ponant après vingt-quatre jours de marche. À destination de Marseille, la chaîne souffrit pendant plus de trente-trois jours.

À chaque halte, les soldats disposaient leurs fusils en faisceau dans les herbes des talus. Un sergent, bonnet sur la tête, fumait sa pipe tandis que d'autres soldats allaient se soulager dans les fourrés. Les galériens devaient supporter la promiscuité, le regard de leurs compagnons immédiats pendant qu'ils soulageaient sur place leurs besoins naturels.

Le colporteur, muet depuis quarante-huit heures, se décida à parler à ses voisins. Devant lui marchait Jean Boisard, un pêcheur expérimenté du village d'Yport, arrêté pour avoir chapardé au curé quelques lapins et une demi-douzaine de pigeons, et derrière, c'était Philippe Alix, un ivrogne notoire originaire de Saint-Lô en Percy, un protestant, comme beaucoup d'hommes dans la chaîne. Plus loin, c'était un homme qui avait tenté de passer aux Îles, un de ces malandrins recherchés pour toutes sortes de crimes. Chaque lieue franchie les éloignait de leur vie antérieure. La Pistole pouvait regretter l'appât du gain qui l'avait poussé... Mais il était trop tard. Son arrestation était-elle la conséquence du meurtre du marchand de Jersey qui avait dénoncé quelques « pacotilleuses » ? S'agissait-il d'un piège tendu par le juge pour se mettre en valeur ? Avait-il été surveillé par un complice du commis des douanes, un fraudeur récemment arrêté qui échappait ainsi aux galères pour une peccadille et touchait une prime avant de fuir ailleurs ? Il ne savait pas s'il devait y voir un retour de bâton après le crime commis. Il manquait peut-être un détail au juge pour l'arrêter. Et voilà qu'il s'était fait coincer bêtement, sans avoir ouvert l'œil ni pris le temps de repérer les lieux. Allait-il survivre à ces conditions de vie si particulières, aux nuits à la belle étoile, à la gelée du matin, au soleil cuisant, aux coups de fouet, aux travaux pénibles ? Il n'en savait rien. Les galères étaient l'institution pénitentiaire où échouaient protestants trop hargneux, contrebandiers, marins de toute la Méditerranée pris à faire du trafic ou à porter les armes contre le royaume. Un petit nombre de condamnés se retrouvait aux avirons sur les galères, la plupart assuraient dans les arsenaux tous les travaux pénibles ou dangereux.

Bien entendu, après son arrestation, La Pistole n'avait pas rejoint l'auberge où Antoine l'attendait à l'heure de la soupe. Le jeune homme patienta une heure et, de guerre lasse, se fit servir par la jouvencelle du lieu. Il se coucha et constata au lever que La Pistole n'était toujours pas là. Que faire ? Il prit la décision de faire le tour des autres apprentis. Deux à trois heures de marche pour trouver le premier. Antoine expliqua la situation, craignant qu'il soit arrivé malheur au maître colporteur en traînant sur les quais. Un coup de couteau à la taverne ou dans un recoin était toujours dans le domaine du possible. Il le savait par expérience.

Il décida qu'il allait gérer le groupe, au moins le temps que durerait l'absence de leur maître. Dans l'après-midi, il reprit la route pour voir le second apprenti. Pas de trace du maître ! Antoine renouvela ses explications, ses conseils de prudence et surtout le discours à tenir. S'ils étaient interrogés par la police, les jeunes colporteurs devaient dire qu'ils travaillaient pour son oncle de Valenciennes, pour Jean Quesnel, libraire assermenté et juge au tribunal de commerce. Il fallait insister sur la respectabilité de ce commerçant chez qui se servait le duc de Croy. De cette façon, leurs liens avec La Pistole seraient occultés. Le lendemain, il poursuivit son périple, vit le troisième colporteur et rentra à Dunkerque. Pas question d'aller se promener sur les quais ni de déballer de la marchandise.

Au bout de cinq jours, il aperçut La Pistole, tenu en laisse comme un vulgaire chien par un garde avec le carcan autour du cou. Un panneau indiquait la nature de son délit. Leurs regards se croisèrent, mais ils ne bronchèrent pas. Ni l'un ni l'autre. Pas le moindre geste qui aurait pu mettre les agents du roi sur la piste de complices.

Quand il apprit l'arrestation de La Pistole, Boubers, le libraire de Dunkerque, écouta le récit qu'on lui fit avec beaucoup de détachement. D'autres colporteurs travaillaient pour lui et il disposait autour de la capitale de bonnes adresses pour stocker des livres interdits qui feraient le bonheur de nombreux libraires. Alors, un homme de plus ou de moins, quelle importance ?

En fin de semaine, Antoine fit preuve d'esprit d'initiative. Il se comporta avec les autres apprentis comme leur patron. Un rôle qu'ils acceptaient parfaitement tant la prudence d'Antoine et le silence de La Pistole avaient évité qu'ils ne soient arrêtés à leur tour, interrogés et peut-être fouettés. Depuis dix ans, la police royale avait reçu des instructions pour pister les fraudeurs et les vendeurs d'ouvrages qui perturbaient les esprits. Voltaire n'avait pas été le seul à loger à la Bastille. De nombreux abbés de cour, des savants, de beaux esprits trop frondeurs y avaient séjourné. Tous étaient accusés d'avoir écrit des vers ou des pamphlets contre le roi, ses ministres, et souvent contre la religion. Dans ce contexte à risques, Antoine avait agi avec beaucoup d'autorité. Désormais, il récupérait l'argent, fournissait la marchandise à vendre. Quinze jours plus tard, il fonça à Valenciennes en diligence expliquer la situation à son oncle. Il lui remit l'argent dont il disposait et reprit de la marchandise pour compléter les stocks. Jean Quesnel décida que les apprentis colporteurs continueraient à travailler de la même façon. Tous les quinze jours, il leur rendrait visite en charrette, avec une réserve de livres et des produits à vendre. Il définirait avec eux foires, marchés et bourgades où opérer en précisant qu'Antoine était chargé de récupérer leur argent. Du haut de ses dix-huit ans, Antoine faisait preuve d'un bel aplomb et d'une grande maîtrise de soi face à l'imprévu.

Pourtant, l'arrestation de son maître ne cessait de l'interpeller. Pourquoi La Pistole avait-il été arrêté ? Sans doute parce qu'une mouche, c'est-à-dire un mouchard attaché aux exempts de la police, surveillait les quais en permanence. Les allées et venues du marchand ambulant ne lui avaient pas échappé et il en avait informé son tuteur. L'opération avait été vite montée et La Pistole pris la main dans le sac. Et puis, les colporteurs en général, et ceux du livre en particulier, pâtissaient d'une mauvaise réputation auprès des forces de police. Catalogués la plupart du temps comme des voleurs, buveurs, coquins et libertins.

Pour se changer les idées, Jean Quesnel décida de participer à quelques foires pas très loin de Valenciennes. Louis, qui était du voyage, avait bricolé une petite caisse capitonnée avec des bouts de tissu. Deux larges rubans de velours qui passaient autour de son cou la tenaient en position contre son ventre.

— Demandez les aventures incroyables de Cartouche, le roi des voleurs, le prince du pavé de Paris ! Demandez…

En faisant le tour de la foire et en poussant son compliment tous les vingt pas, le petit vendeur montra qu'il avait du talent. Pour le récompenser, l'oncle Jean lui donna une pièce. Le premier salaire de colporteur du petit Louis !

Début novembre, après le retour d'Antoine, l'oncle et son neveu songèrent à la prochaine saison de colportage. Jean Quesnel ne voulait pas reprendre la route. En mars, il proposa à Pierre Hue de prendre en main l'équipe des jeunes apprentis, sachant qu'il serait secondé par Antoine, qui avait gagné beaucoup en autorité. De son côté, il viendrait toutes les quatre semaines récupérer l'argent et apporter de la marchandise. Son entrepôt en regorgeait.

En janvier 1761, Antoine proposa à son oncle d'ajouter à leur assortiment un livre publié en Hollande depuis trois ans et signé Jean Marteilhe. Son titre : *Mémoires d'un galérien du Roi-Soleil*.

Une manière comme une autre de dire à La Pistole que ses amis du Nord ne l'oubliaient pas.

Une manière d'indiquer que, malgré leurs accrochages passés, Antoine le respectait encore.

IX

1762. À Valenciennes, le petit Louis Giard grandissait. Le vicaire qui lui avait appris à lire l'avait préparé à sa première communion, un jour de mai, lors d'une messe basse. Ce prêtre était apprécié par la tante Marie, qui l'invitait de temps à autre à partager leur repas du dimanche après la grand-messe. En revanche, Jean Quesnel n'appréciait pas outre mesure ce visiteur. La lecture des philosophes et de Voltaire en particulier le rendait très circonspect face aux choses de la religion, même s'il n'en parlait jamais à sa femme. Son sang normand le rendait méfiant. Le curé cherchait à servir les intérêts de l'Église en suggérant au commerçant de cesser de vendre des auteurs que sa hiérarchie condamnait.

En grandissant, devenu très espiègle, Louis commençait à agacer sérieusement sa tante, qui finissait par ne plus le supporter. Il avait des fourmis dans les jambes. Ce n'était plus le petit garçon de quatre ans que tante Marie avait recueilli mais un gamin turbulent qui courait dans les ruelles de Valenciennes avec une bande de petits vauriens. Il marchait dans les caniveaux, s'amusait à faire peur aux filles et rentrait le soir attifé comme un diable, sale et hirsute.

Plus tard, elle avait accepté que l'on fête comme il se doit la communion solennelle de l'enfant, puisqu'il avait été assez assidu au catéchisme. Cette cérémonie était pour les familles l'occasion de sortir leurs beaux vêtements et tante Marie, qui appréciait les belles toilettes, n'aurait pas voulu se priver de cet office où le sacré n'était pas forcément au premier rang.

Les beaux jours et le début de l'été n'y changèrent rien. Plus le temps passait, moins tante Marie appréciait cet enfant de dix ans qui n'était pas le sien, elle qui était désolée de ne pas avoir connu les joies et les souffrances de la maternité. Avec les années, elle devenait aussi rigoriste que les jansénistes. Elle maudissait ces tendances bestiales lors de désagréables corps-à-corps avec son époux. Marie réussit à persuader son mari de mettre Louis en pension. « En prison », lui avait-elle dit quand sa langue avait fourché... Jean Quesnel l'avait regardée, étonné, et avait tenté de la ramener à la raison, lui conseillant de revenir à une plus juste proportion dans la sanction.

— Louis est comme tous les enfants. Trop vif...

— Effronté, tu veux dire, coupa Marie d'un ton très sec.

— Oh ! calme-toi. La vie s'occupera de redresser son caractère trop bouillant, mais de là à le mettre en pension, je pense que tu vas un peu vite en besogne.

L'oncle Jean n'insista pas. Marie avait ses humeurs et, dans ces moments-là, le bon sens masculin n'avait aucune prise. Le jeune Louis partirait à Cambrai, à l'abbaye Saint-Wasnon, devenue collège pour les fils de petits-bourgeois, de paysans aisés, de sous-officiers des armées du roi. Il reviendrait à Valenciennes pour les fêtes de Noël et de Pâques. Quel soulagement pour elle !

Changement d'ambiance. Après le confort de la maison Quesnel, Louis allait découvrir la discipline rigoureuse d'un pensionnat alors que son caractère le portait à l'indépendance, à l'insoumission. À croire qu'Antoine, son aîné, exerçait une mauvaise influence sur lui. Parfois, il frisait l'insolence et Jean Quesnel se demandait quelle fâcheuse idée il avait eue en récupérant ses deux neveux et sa nièce. Il aurait pu rester tranquille, sans le souci d'élever ces trois enfants. Il fixait Louis et se disait qu'il n'en ferait jamais un lettré, un professeur, un avocat, une personnalité de Valenciennes. Un échec prévisible, difficile à accepter !

Dans son coin, Louis s'interrogeait à propos de sa mère trop tôt disparue et dont il n'avait pas de souvenir précis. Il avait beau questionner Marie-Françoise ou Antoine, il ne savait pas à quoi elle ressemblait. Alors, dans l'univers merveilleux qu'il inventait, il transformait cette pauvre paysanne usée par les maternités à répétition en havre d'amour. Différente forcément de la tante Marie, qui n'était que sa mère adoptive. Malgré son air taciturne, Louis poussait bien. Il bénéficiait d'une bonne nourriture, ce qui n'était pas le cas de nombreux enfants qui mouraient jeunes. À cette époque, dans le Hainaut, la variole et la typhoïde faisaient des ravages.

Quand la nouvelle de son départ en pension lui fut annoncée, Louis resta figé, sans voix, planté devant l'horloge indifférente à son malheur. La comtoise oscillait imperturbablement dans son coffre de merisier ciré.

Fin septembre, Jean Quesnel l'accompagna au collège de Cambrai. Une fois les vêtements de Louis rangés dans son armoire au dortoir, il le laissa avec ses camarades. Le libraire en profita pour visiter la ville et pensa y ouvrir une succursale. Dans quelques années, il pourrait y installer Antoine, qu'il aurait marié entre-temps. Voilà un sujet qui allait alimenter les conversations avec Marie à son retour.

Après le monde douillet de l'enfance et de sa famille d'adoption, Louis entra dans un autre univers. Derrière les murs de l'internat se jouait une autre partie, plus violente, plus angoissante. Il fit l'apprentissage de la vie en collectivité, le dortoir qui sentait parfois l'urine, le réfectoire avec ses relents de soupe aux choux, les repas en silence, la chapelle aux savoureux parfums d'encens qui montent durant les offices. Il constata que certains vieux prêtres se consolaient de leur amertume en usant et abusant des bouteilles de vin de Moselle. L'alcool les excitait, faisant sauter le verrou de leur moralité et il ne restait aux enfants agressés que des larmes de déshonneur enfouies sous le duvet de l'oreiller. Les promenades en rangs par trois à travers la campagne parvenaient à peine à couper la journée du dimanche, qui s'étirait en longueur, entre la messe basse du matin, les vêpres en fin d'après-midi et les complies avant d'aller au lit. Louis constata que les plus grands n'hésitaient pas à fuguer après l'office du matin pour aller se promener en toute liberté. Lui, il suivait le mouvement général et partait de temps à autre en groupe pendant une heure visiter les malades qui souffraient sur leur grabat, sous l'œil bienveillant des bonnes sœurs de l'hôpital.

*
* *

La saison du colportage revint avec les beaux jours. Parmi les titres que certains bourgeois achetaient : *Du contrat social*, de Jean-Jacques Rousseau. Lors d'un arrêt à Arras, sur la route du retour, après Saint-Pol-sur-Ternoise, Antoine vendit cet ouvrage à un avocat de la ville du nom de Maximilien Robespierre. Cet homme à la silhouette imposante s'était bâti une solide réputation en défendant un notable de Saint-Omer qui avait installé un paratonnerre sur son habitation. Trop moderne, l'invention ! Le conseil municipal lui avait enjoint d'enlever l'installation. Robespierre avait défendu le bourgeois, plaidé habilement et gagné. Le paratonnerre avait pu rester en place.

En novembre 1762, Antoine rentra de ses longs mois sur les routes. Pour lui changer les idées, sa tante l'envoya chercher des provisions, des tranches de porc salé chez le charcutier, de l'huile et de la chandelle à l'épicerie. Dans cette boutique, il remarqua la jeune vendeuse et la regarda attentivement. À la rougeur qui s'installa jusqu'à la pointe de ses cheveux, il comprit qu'il ne la laissait pas indifférente. Son visage rose s'éclaira d'un sourire. Elle lui rendit son regard insistant. Touché en plein cœur, le pauvre garçon ! Il était coincé par deux autres clientes derrière lui et par les marchandises qui occupaient le sol pavé de la boutique, par les barriques de vinaigre, d'huile et de vin qui bloquaient le passage et toute envie d'aller vers elle. Léontine Vermeulen le fixait avec son regard tendre, doux. Attirant.

Antoine avait la tête à l'envers, convaincu d'avoir déjà rencontré cette jeune personne quelque part. Mais où ? Sacré nom d'une pipe ! Peut-être au marché, quand les femmes achètent sur des étals des vêtements de seconde main, des robes, des casaquins, des jupes, des bouffantes ou des déshabillés. Léontine y trouvait les vêtements que portaient des personnes récemment décédées, la femme du procureur, la femme de chambre d'une marquise. Le souvenir des morts s'envolait grâce à la vente de leurs vêtements, qui retrouvaient une seconde jeunesse.

Dans l'épicerie, Antoine était troublé comme un gamin à qui on offre un sucre d'orge, un matin de Noël. Quelle apparition, cette jeune silhouette lumineuse, dans cette boutique sombre ! À l'instant où il s'y attendait le moins. Il sortit en saluant de façon exagérée l'épicier et sa fille. Il était visiblement ému et ce détail n'avait pas pu échapper au boutiquier. Antoine revint à la librairie le cœur chaviré. Il ne tenait plus en place. Il n'avait plus qu'une idée en tête : traverser la grande rue pour mieux s'arrêter devant l'épicerie.

Au bout d'une semaine, le changement de comportement d'Antoine n'avait pas échappé à Jean Quesnel.

— Quelque chose ne va pas, mon garçon ? Je te sens tout chose. Es-tu malade, chagriné ? Que sais-je encore ? As-tu attrapé une mauvaise maladie en voyage ?

— Non, mon oncle, tout va bien, répondit Antoine, d'un ton visiblement gêné.

— Ne serais-tu pas amoureux ? C'est une bonne maladie, que diantre !

Antoine piqua un fard et rougit comme un premier communiant. Jean Quesnel se contenta de sourire. Il avait vu juste.

— Ah ! Nous y voilà ! N'en dis pas plus, tu t'es trahi. Alors, dis-moi quelle est l'heureuse élue qui te met dans un pareil état ?

Antoine bredouilla quelques banalités avant d'avouer le prénom de la jolie fille de l'épicier. La boule qui lui nouait l'estomac s'était soudain envolée. Il se sentait léger, tellement heureux. Et si libéré.

— Tu as bon goût, mais ne précipitons pas les choses. Plaisez-vous et j'en parlerai ensuite à son père. Encore faut-il que cette alliance lui convienne avant de penser à autre chose.

— Mon oncle, l'amour est une chose très sérieuse…

— J'en suis bien d'accord.

— Alors, je crois qu'il convient que les époux puissent se choisir en toute liberté, en toute indépendance, sans pression de part et d'autre. L'amour est un partage…

— Écoute-moi bien, Antoine. Vous êtes jeunes tous les deux. Au printemps, tu repartiras sur la route et, des jouvencelles, tu vas encore en rencontrer, tu le sais, et parfois de très belles qui font tourner les têtes et chavirer les cœurs les plus résolus. Nous en reparlerons plus sérieusement à la Saint-Martin. C'est plus sage, crois-moi !

Antoine entendit le discours de l'oncle mais n'en continua pas moins à sourire à sa belle épicière. Son ami des premiers jours, Clément, lui servait souvent d'alibi. Les deux jeunes gens se promenaient ensemble et allaient de conserve à l'épicerie pour les besoins de l'une ou l'autre des familles. Parfois, Antoine filait loin de la Grand-Place, en direction des remparts, où sa belle le rejoignait. Deux ou trois fois, une vieille femme les avait épiés. Elle se dandinait devant la porte de sa maison, la bonnette de travers, la bouche remplie de jurons. Ils avaient détalé, craignant cette bigote médisante et son regard aigu. Sa langue bien pendue était prête à lâcher son fiel auprès d'autres mégères. Vous imaginez le scandale dans Valenciennes ! Un jour, en compagnie de Clément, Antoine l'avait traitée de vieille sorcière, de cul pelé et de mille autres choses aimables. Elle les avait menacés avec son bâton et aurait sans doute couru après eux si ses jambes tordues et usées ne l'avaient pas trahie.

Antoine rêvait toujours à sa belle. Il pestait car il n'avait pas obtenu le baiser qu'il aurait souhaité, pas un de ces petits bisous posés du bout des lèvres sur la joue. Il attendait mieux… Le souffle chaud de Léontine Vermeulen dans son cou, le contact de lèvres tremblantes qui courent sur la peau, des mains au visage, des lèvres jamais rassasiées qui allumeraient le feu… Bon Dieu, comme cela devait être bon !

Léontine dans ses bras, c'était une belle façon de penser à autre chose que cette guerre qui tournait mal outre-Atlantique. Depuis qu'il avait appris la perte de Québec et de Montréal, Antoine se disait souvent qu'il avait bien fait de ne pas partir là-bas. De temps à autre, il évoquait le sujet avec son oncle et, bien souvent, le ton montait :

— Mon garçon, pour gagner une guerre, il faut se poser les bonnes questions, celles qui fâchent mais qui permettent d'identifier les faiblesses de notre dispositif, les décisions à prendre et les moyens à mettre en œuvre.

— Depuis la mort de Montcalm à l'automne 1759, qu'a-t-on fait pour redresser la situation ? interrogeait Antoine.

— Pas grand-chose, je te l'accorde. Au sein de l'appareil de l'État, chacun a cherché à se couvrir quand il a senti que la situation tournait mal.

— Mais mon oncle, qui a pris conscience autour du roi qu'il s'agissait d'une guerre aux enjeux importants ?

— Peu de monde !

— Nous avons été pris dans un engrenage terrible, celui des erreurs d'appréciation, de l'indécision, des renoncements successifs.

— Antoine, quand on mène une guerre à plus de mille lieues de chez soi, il faut que les troupes soient commandées par des hommes d'expérience qui ont déjà fait preuve d'autorité et de sang-froid sous le feu de l'ennemi.

— Le roi sait-il vraiment qui a été envoyé là-bas ? Je finirais par me le demander. À Versailles, on s'agite dans des jeux de pouvoir alors qu'il faudrait prendre des décisions énergiques et cruciales pour le royaume. Mon oncle, combien faudra-t-il de défaites pour que les hommes politiques, les courtisans imbéciles cèdent la place aux hommes d'État ? Je me le demande et ça me révolte.

— Le royaume ne comprend rien à ces guerres qui se passent trop loin de ses frontières. Le Haut-Canada, la vallée de l'Ohio, ça intéresse qui ? Je voudrais bien le savoir. Malheureusement, les ministres ont agi avec trop de retenue et de scrupules.

— Le roi est trop faible et nous réagissons comme des moutons au moment où il faudrait montrer les dents. Le drapeau à fleurs de lys ne mérite pas les territoires lointains où il flotte et les Anglais sauront nous chasser avec pertes et fracas !

— Tu es toujours aussi excessif, mon pauvre Antoine.

— Non, je ne crois pas ! Et je sais que j'ai raison sur le fond ! Bonsoir, mon oncle.

*

* *

Printemps 1763. Le soleil pointait enfin le bout de son nez, encore un peu rougi et engourdi par les derniers frimas. La route appelait les colporteurs de livres et les autres. Pour Antoine, partir n'était plus une aventure mystérieuse. Il en connaissait les aléas et possédait de mieux en mieux les ficelles du métier. Il se sentait libre et fier de l'être. Désormais, il était devenu maître colporteur et partait avec deux apprentis. Pourtant, il ne cessait de penser aux dernières phrases prononcées par son oncle avant de partir :

— Au fait, Antoine, la fille de l'épicier te trouve fort à son goût. C'est une nouvelle qui doit t'aider à marcher des dizaines de lieues, d'aujourd'hui jusqu'à la Saint-Martin.

— Bien sûr, oncle Jean !

Le garçon restait bouche bée, paralysé par cette flèche de Cupidon. « Elle m'aime, la petite épicière, se disait-il. C'est formidable. » Rapidement, il avait retrouvé ses esprits et sauté au cou de son oncle. Que du bonheur ! En ce lundi de Pâques, la journée s'annonçait bien, vent léger, soleil agréable et, dans les arbres, des rossignols chantaient :

Auprès de ma blonde,
Qu'il fait bon, fait bon, fait bon,
Auprès de ma blonde,
Qu'il fait bon dormir.

Louis regarda son aîné partir. Il le trouvait génial, l'enviait de voir du pays et de bécoter les filles. Cet hiver, avec Léontine Vermeulen, c'était sérieux. Antoine ne parlait plus que d'elle. Louis s'en moquait.

— Et Léontine par-ci, et Léontine par-là !

Le gamin se demanda un instant si son frère allait reprendre la route ou s'il allait devenir commis épicier par amour.

La première nuit, à l'*Auberge des Quatre Frères Aymon*, Antoine, la mine défaite, les yeux de chien battu, eut du mal à trouver le sommeil. Tout en pensant à Léontine, il écoutait le silence de la nuit, les bruits feutrés dans la rue, le cri de la chouette chargé de mauvais présages. Demain, c'était garanti, les affaires seraient calamiteuses, à moins que le chat de l'auberge, à son lever, ne fasse basculer le mauvais sort. Il finit par s'endormir d'un sommeil léger, flottant entre rêve et réalité.

Un jour, en marchant sur un chemin mal empierré, truffé d'ornières, il s'était tordu la cheville. Le lendemain matin, violette, elle avait doublé de volume. Pas question de reprendre la route dans ces conditions, il était incapable de poser le pied sur le sol, de s'appuyer sur son bâton et de porter son ballot de livres.

La femme de l'aubergiste partit chercher un rebouteux qui habitait au fond d'un hameau, un curieux individu qui chassait les taupes qui ravageaient jardins et prairies. Un homme qui possédait mille recettes pour soigner les maux les plus divers.

— Antoine, je vous présente Martin le taupier. Il saura chasser votre mal. Vous pouvez lui faire confiance.

L'homme sortit de son havresac de coureur des bois des petits pots en grès garnis d'onguents de sa fabrication.

— Mon jeune homme, n'aie pas peur, je prépare mes pommades avec les meilleures plantes de la forêt, avec du sang de salamandre quand j'en trouve, de la bave de crapaud et du gros sel. Patiente deux jours sans bouger et tu pourras reprendre la route. Tu vas poser ta cheville…

— Où ça ?

— Là, sur mon genou, et je vais te masser.

Martin le taupier palpa la peau tendue et douloureuse ; il étala un premier onguent et massa doucement en suivant les fibres des muscles et du tendon froissé. Puis un second qui chauffait la peau. Antoine donna quelques pièces au bonhomme et lui promit de s'arrêter en fin de saison, quand il rentrerait à Valenciennes, pour lui régler le solde. Promesse de colporteur !

Deux jours plus tard, Antoine se sentait mieux et Perrine, la servante de l'auberge, l'avait aidé à trouver le temps moins long… Ainsi passaient les années depuis qu'il était colporteur de livres. Il avait appris à très bien lire, à suivre la vie des livres, à prendre la route avec un ballot garni d'almanachs, d'images pieuses, de livres de jardinage, sans oublier *Le Grand* et *Le Petit Albert*[1]. Désormais, il connaissait en Flandres, dans le Hainaut, chaque village, chaque bourg, chaque foire aux toiles. Il savait se repérer quand la nuit tombait, en regardant l'étoile du berger.

Comme promis, Antoine repassa à l'auberge où il avait été soigné, fit appeler le rebouteux et paya sa dette. Ainsi passa la saison du colportage avec son lot de nuages grisâtres qui couraient sur la plaine avant de fuir en bord de mer. Maintenant, c'était le moment du retour, avec, en perspective, la veillée au coin du feu et les sourires de sa belle.

Début novembre, il arriva juste à temps pour la foire Saint-Martin. Il aida son oncle à présenter un large choix de livres sur des tréteaux, à proximité du champ de foire. Les derniers animaux vendus, les

---

1. *Ouvrages de magie et de sorcellerie.*

montreurs d'ours et de marmottes repartis, chacun s'apprêta à hiverner. Jean Quesnel attrapa son neveu par l'épaule.

— Viens, mon garçon, j'ai à te parler.

Jean Quesnel venait d'un pays de raison, d'équilibre, de sagesse, ce qui expliquait une certaine retenue de sa part quand il fallait aborder des sujets délicats. Une réserve qui signifie que l'on parle de certaines choses avec gravité. Et sans reprendre son souffle, il enchaîna :

— Antoine, je crois qu'avec la petite de l'épicerie vous vous plaisez beaucoup. Vous bavardez ensemble à la sortie de la messe, c'est bien. Tu traînes souvent dans son quartier avec ton ami Clément, c'est moins bien. J'en ai parlé à son père. C'est un homme que j'estime sans très bien le connaître. C'est une bonne famille et je crois qu'il approuve l'union qui se dessine.

Jean Quesnel s'arrêta pour reprendre son souffle et le fil de ses idées. Il regarda son neveu droit dans les yeux, avec ce regard profond qui était sa marque.

— Désormais, tu pourras lui parler sans avoir à te cacher, elle non plus. Quand elle viendra dans notre rue, elle pourra pousser la porte de la librairie et vous pourrez bavarder à votre aise. Quand on est amoureux, on a mille choses à se raconter.

Après la soupe et la prière du soir, Antoine monta se coucher. Il allait rêver de sa belle toute la nuit. Il la voyait entrer dans la boutique. Léontine se pinçait le nez, importunée par les encres d'imprimerie, à moins que ce ne soit par la colle pour les dosserets des livres, une colle qui puait la peau de lapin ! Léontine ressortait précipitamment. Antoine avait beau l'appeler, crier de toutes ses forces, la belle ne revenait pas ! En sursaut, il se réveilla, comprit que c'était un cauchemar stupide et se rendormit.

Le lendemain, Antoine retrouva une Léontine en chair et en os. Il était intimidé et ne savait que lui dire après le terrible rêve de la nuit. Pas un mot, pas le moindre geste. Léontine fit un pas vers lui et son mollet toucha la jambe du garçon. Il devait admettre qu'elle était vraiment à ses côtés et qu'elle lui offrait le plus charmant des sourires en guise de cadeau de bienvenue pour son retour...

Léontine Vermeulen éclata de rire puis se mit à parler de la longueur de l'été, de ses moments de doute, de la crainte de l'oubli. Et voilà qu'une nouvelle porte s'ouvrait sur une vie à partager. Ensemble.

La femme de l'épicier les avait rejoints pour faire plus ample connaissance avec le jeune colporteur avant d'avouer :

— Ton père a besoin de toi à la boutique, Léontine. Allez, viens...

— À une autre fois, Antoine.

Mère et fille partirent d'un pas décidé. Léontine esquissa un léger mouvement de la tête pour apercevoir son amoureux. Elle savait où était son devoir. Antoine restait planté comme un piquet le long d'une clôture, immobile. À chaque fois, il était ravi de retrouver sa douce.

Les visites se multiplièrent, les baisers volés aussi. Léontine lui souriait, un peu gênée, avant de se lancer dans de longues conversations. Elle voulait en savoir plus sur les villes qu'Antoine avait déjà visitées à quarante ou cinquante lieues de

Valenciennes. Il lui parla du beffroi de Gand, avec toutes les cloches du carillon, de la ville d'Ypres avec sa prestigieuse Grand-Place et sa halle aux draps. Promis, si Antoine gagnait assez d'argent, il en achèterait une ou deux paires pour constituer leur trousseau. Il l'emmena avec ses belles paroles sur les canaux de Bruges et dans d'autres endroits où tant de choses étonnantes enrichissaient la connaissance du voyageur.

« Quel marchand d'histoires, cet Antoine Giard ! » pensait Léontine Vermeulen.

X

PRINTEMPS 1764. Pour la première fois, le départ d'Antoine ressemblait à celui des matelots qui quittaient Granville ou Dunkerque pour la pêche lointaine. Sur les quais, des femmes pleuraient, car elles savaient la mer cruelle. Tous ceux qui partaient ne reviendraient pas. Touchés par la maladie, les accidents, les coups de vent, bien des marins disparaissaient dans les eaux froides de Terre-Neuve ou de l'Islande, et leurs femmes se mouraient à force de les attendre. Aujourd'hui, qu'en était-il ? La guerre s'était terminée sur une série de revers qui avaient coûté au royaume de France sa présence au Canada et dans les Indes orientales. Qui oserait revêtir l'uniforme des soldats du roi dans une armée qui n'avait pas su faire face ? Le duc de Choiseul, ministre de la Guerre, tapa du poing sur la table et décida de remettre de l'ordre dans les rangs des armées en s'inspirant de ce qu'avait fait le roi de Prusse, le grand Frédéric. Il fallait raffermir la discipline, l'état d'esprit, l'organisation des troupes à pied et relever la marine.

À Valenciennes, Léontine Vermeulen était aussi désespérée que les femmes de ces marins qui voyaient les navires disparaître derrière la ligne d'horizon. Elle restait plantée sur le pavé luisant, au milieu de la rue, devant l'oncle Jean, la tante Marie et Marie-Françoise.

Son ballot de livres sur le dos, Antoine partait vers Cambrai, où il devait retrouver Pierre Hue le temps d'une soirée et son petit monde. Il marcha vers la sortie de la ville, passa les remparts puis une dernière redoute occupée par des soldats en faction. Encore quelques pas et devant lui s'ouvrait l'immensité de la campagne, sans oublier les puits de mine, dont les cheminées fumaient. Si tout allait bien, cette tournée conduirait Antoine jusqu'à Ostende. L'océan pourrait lui parler, loin de la foule, juste après les dunes. Sur les flots verts, un visage danserait sur la crête des vagues, celui de Léontine qui lui causait. Le long du rivage, il n'y avait plus qu'elle, plus rien d'autre, si ce n'est le piaillement des mouettes avides de poissons morts qui traînaient sur le sable. D'un œil distrait, Antoine suivait les oiseaux gourmands d'air, de soleil et de vie. Comme lui.

Chaque jour, le jeune maître colporteur travaillait avec une ardeur qui faisait plaisir à voir. Il passait moins de temps au cabaret, l'esprit occupé par le souvenir de sa belle. Il parlait avec ses camarades des malheurs de la France qui avait perdu de si beaux territoires au Canada. Les gens de Granville, d'Honfleur, de Dieppe et du Poitou y étaient installés en grand nombre. Ce n'était pas bon pour les affaires, ces revers de fortune !

À distance, Antoine et Léontine, les deux amoureux, s'attendaient. Les feux de la Saint-Jean qui crépitaient sur les places des villages signalaient l'entrée dans l'été. Il faisait de plus en plus chaud. Un climat torride ! Pas un orage pour laver les rues de Valenciennes qui devenaient de plus en plus sales, envahies d'immondices, de cadavres de chiens crevés, d'eaux usées. L'apothicaire avait signalé au libraire que les cas de fièvre maligne se multipliaient. Avec cette grosse chaleur, les gens n'avaient plus d'appétit ; ils buvaient une eau qui n'était plus très bonne ni très saine.

L'épidémie de typhoïde couvait. Pas d'orage, seulement cette canicule qui épuisait les plus faibles ou les plus vulnérables. Un midi, la femme de l'épicier vint prévenir Marie Quesnel que Léontine était au plus mal. Ses soucis de santé avaient réclamé la présence d'une sœur soignante. Petite bonne femme sympathique, sœur Thérèse s'installa donc dans la chambre au-dessus de l'épicerie, elle qui était entrée dans les ordres à la suite d'un vœu prononcé quand elle souffrait horriblement de douleurs à la colonne vertébrale. Le médecin était passé et n'avait pas laissé espérer de rétablissement. La jeune fille était condamnée. La volonté divine en avait décidé ainsi.

— Comment peut-on prévenir Antoine ? demanda l'épicière entre deux sanglots. Léontine voudrait tant que son bon ami Antoine soit à ses côtés pour l'aider à revivre. Seule sa présence pourrait la sauver, répétait-elle. Vous savez, nous ne voulons pas la démoraliser. Alors, que faire dans ces conditions ?

— Prévenir Antoine ? Comment voulez-vous que nous le fassions ? répondit Jean Quesnel, que les sanglots avaient interpellé au point de quitter son pupitre. À l'heure qu'il est, pour sa deuxième saison en tant que maître colporteur, il doit se trouver à près de cent lieues de Valenciennes, presque aux frontières du pays de Hollande. Comment le prévenir ? Il faudrait d'abord retrouver l'endroit où il est basé puis savoir où il a envoyé ses apprentis, que l'on ne peut laisser seuls dans la nature. Vous parlez d'une histoire !

— Mais monsieur Quesnel, c'est la vie de ma fille qui est entre vos mains ! Faites quelque chose, je vous en supplie !

— Même le meilleur coursier ne pourrait vous ramener Antoine avant une semaine, c'est impossible malgré la meilleure volonté de vous aider. Mon neveu est comme un marin sur la mer lointaine, il est injoignable. Je crois qu'il faut vous y résoudre... et attendre fin octobre, début novembre.

— Alors, que vais-je dire à Léontine ? Je dois la rassurer et la réconforter.

— Dites-lui que je vais prévenir Antoine par le prochain maître colporteur qui va passer à la boutique. Je les connais tous et ils me doivent bien un service de cette nature, même s'ils doivent faire un détour de dix à quinze lieues pour lui remettre une lettre que je vais écrire. À moins d'une quinzaine de jours à trois semaines, il n'est pas raisonnable d'espérer quoi que ce soit. Rassurez cette pauvre petite qui est entre les mains de la Providence.

Trois jours plus tard, Léontine Vermeulen rendait son âme à Dieu. Le glas sonnait au clocher de Saint-Géry. Jean Quesnel, sa femme, Marie-Françoise et Louis assistèrent à l'office, placés sur les bancs derrière la famille. Après l'absoute, le cercueil reprit sa place dans le corbillard que tirait un vieux canasson efflanqué. Lui aussi manquait d'eau, d'herbe fraîche et d'un bon picotin d'avoine. La sécheresse frappait tout le monde, même les bêtes. Une poignée de terre sur le cercueil dans la fosse, un signe de croix tracé avec un rameau de buis, et c'en était fini de Léontine.

La lettre que l'oncle Jean avait commencée resta sur son bureau. Inachevée.

Plongé dans son travail de colporteur en livres, Antoine serrait les dents. Depuis trois nuits, il dormait mal et entendait un chien hurler à la mort. Agité par des rêves douloureux, il voyait Léontine monter sur un bateau, hisser une voile noire et partir au loin. Elle s'enfonçait dans la nuit profonde. Sans étoiles...

*

* *

Automne 1764. Louis retourna sans plaisir au collège de Cambrai. Il retrouva des visages connus et découvrit de nouveaux élèves. En grandissant, les collégiens ne se faisaient pas de cadeaux. Chacun toisait l'autre pour savoir qui il était vraiment. Louis ne put échapper à un flot de questions.

— Tu t'appelles Louis Giard mais tu habites chez Jean Quesnel, le libraire de Valenciennes. Cet homme n'est donc pas ton père ?

— Non, c'est mon oncle !

— Et comment peux-tu en être certain ? demanda sèchement Baptiste Cathelain, le fils d'un avoué de la ville.

— C'est le frère de ma défunte mère...

— Que tu dis ! Mais tu es peut-être un enfant volé ou un enfant trouvé…, avança un de ses camarades. Ma mère m'a raconté qu'à Paris on abandonne des dizaines de nourrissons toutes les nuits devant le porche des églises. Le matin, ils sont conduits à l'hôpital des Enfants trouvés. Ensuite, un homme en emporte trois sur son dos dans une boîte matelassée vers une nourrice, quelque part en Picardie ou en Normandie. Voilà le fin mot de l'histoire, Louis, tu n'as pas de parents et tu es arrivé à Valenciennes, à dos d'homme, par hasard !

— Mais on a tous des parents, Baptiste, même s'ils ne sont pas à nos côtés. Il n'y a que toi, crétin de Cathelain, pour croire que les enfants naissent dans les choux ou qu'ils sont apportés par une cigogne. Baptiste, tu es bien comme tous les Camberlots[1], tu n'es qu'une tête de sot !

Cette conversation entre garçons qui montaient en graine griffait le cœur encore vert du jeune Louis. Il découvrait une forme de méchanceté gratuite que lui envoyaient au visage ses camarades réunis autour de lui. Plus que jamais, il ressentait le froid derrière les hauts murs du collège, un froid vicieux qui s'immisce sous la peau et qui tenaille. Il déplorait l'absence de sa mère au milieu des fumées d'encens à la chapelle. À sa façon, il était un enfant abandonné et recueilli par un homme qui se prétendait être son oncle, avant d'être à nouveau jeté par sa tante dans ce collège où les jésuites ne rigolaient pas avec la discipline. Sa petite tête ne

1. *Diminutif pour désigner les habitants de Cambrai.*

cessait d'agiter les idées les plus folles. Que faire pour échapper à ces cerbères ? Où aller ?

Louis grandissait dans l'ennui qui suintait des vieux murs couverts de mousse et de lierre. Il rêvait de Granville, la cité corsaire, dont son oncle lui avait parlé. Du cap Lihou, lui racontait-il, la mer s'étend à perte de vue, charriant à la pointe des vagues un perpétuel désir de grand large. Il rêvait qu'il s'approchait de l'eau qui léchait les rochers. Imprudent, il s'avançait et un paquet de mer l'emportait… Il n'avait ensuite qu'un souvenir vague de ce qui lui arrivait dans les profondeurs vert émeraude peuplées de crabes géants et de pieuvres tentaculaires.

Que devait-il tenter maintenant que son univers était tout noir ? Faire le mur pour quitter cet affreux pensionnat et battre la campagne en attendant de trouver un colporteur qui accepterait de l'employer comme petite main ? Continuer à s'inventer des histoires échevelées ? Raconter à ses camarades qu'il était le fils d'une lingère et d'un grand du royaume, un familier du roi qui, un jour, viendrait le chercher et l'habillerait comme un petit marquis ? Mille folies l'agitaient quand il lui aurait fallu simplement cette tendresse maternelle envolée à tout jamais.

La nuit, dans le dortoir glacé, Louis laissait ses larmes couler.

*
* *

Quand Antoine rentra à Valenciennes, début novembre 1764, il flottait dans la cuisine une bonne odeur d'ail et d'oignons frits qui allaient accompagner un plat de viande dont tante Marie avait le secret. Elle s'affairait à ses marmites sans dire un mot. Comme si Antoine n'était pas là… Le jeune homme devina à la mine triste de sa tante et à son mutisme prolongé qu'il était arrivé malheur. Il pensa à son jeune frère, Louis, qu'une mauvaise plaisanterie n'effrayait pas. Un peu trop casse-cou, le petit. Et s'il lui était arrivé un accident ? Ou à Marie-Françoise ? Non, ce n'était pas possible. Du reste, il entendait son pas menu descendre l'escalier conduisant à la grande salle à manger. Alors ?

— Que se passe-t-il donc ici ? lança-t-il d'un ton à peine aimable à sa tante. Rien de bon, à voir vos têtes d'enterrement à toutes les deux.

— Doux Jésus, grinça tante Marie en levant les yeux au ciel.

— Dis-moi, demanda Jean Quesnel à son neveu, j'avais remis à Noël Lajoie, un colporteur de Gouville, une lettre pour toi que j'avais écrite la veille de sa mise en terre. Je te faisais part de son décès après une maladie foudroyante.

— Mais de qui me parles-tu ?

— De Léontine, mon pauvre garçon.

— Comment ! Léontine est morte et je l'apprends aujourd'hui ? Vous êtes ignobles ! Ce n'est pas possible ! Que vais-je devenir sans elle ?

Il éclata en sanglots, broyé par cette nouvelle terrible. Tous leurs beaux projets étaient emportés par le flot du malheur. Que faire ? Que dire ? En vouloir à Dieu ? En vouloir aux médecins qui ne savaient pas soigner ni arrêter les épidémies, peut-être ? Un jour, c'est la guerre qui passe et qui ravage des villes entières. On reconstruit, on rebâtit et le lendemain une peste inconnue frappe à son tour.

— Mon Dieu, ne m'abandonnez pas !

Antoine se réfugia contre l'épaule de son oncle, plus attentif que jamais à sa douleur.

— Va te reposer dans ta chambre, Antoine. Demain ou après-demain, nous irons rendre visite aux parents de Léontine ; ils y seront sensibles, tu t'en doutes…

Les jours passèrent, plus sombres les uns que les autres. Le jeune homme ne parvenait pas à se ressaisir, tourmenté par les idées les plus folles. Il s'en voulait tellement de ne pas avoir été présent au bord de la tombe de sa chérie, de ne pas avoir partagé avec les proches de Léontine la poignée de terre que l'on jette sur la dépouille, l'arrachement final, la sensation du vide. Et, avec l'épicier, les pas sur le sable granuleux de l'allée du dernier soupir.

— Antoine, lui dit son oncle une quinzaine de jours plus tard, pour remonter la pente, il faut te lancer à corps perdu dans le travail. Tu connais le métier de colporteur de livres mais, si tu veux devenir libraire, tu dois passer cinq années d'apprentissage pendant lesquelles tu restes célibataire. Tu en profites pour apprendre le latin. Un professeur ou l'université établiront un document justifiant de tes connaissances. Ensuite, tu pourras passer devant la Chambre syndicale pour obtenir ton brevet de libraire, qui te coûtera quelques centaines de livres. Aussi ai-je passé un mot à mon ami Victor Lefrançois, libraire à Condé-sur-l'Escaut. Il va te prendre pendant un an comme premier commis.

— Comment ça ?

— Tu encadreras deux apprentis. En liaison avec ton patron, tu leur définiras leur travail chaque jour. Victor, qui a quinze ans de plus que moi, est vraiment dans la force de l'âge. Il connaît le métier sur le bout des doigts et va compléter ta formation. Tu ne connais pas tous les grands classiques de la littérature française. Il t'en parlera mieux que moi. Il t'apprendra à tenir les comptes d'une affaire comme la sienne, payer les charges en temps et en heure, passer les commandes aux éditeurs de Paris, Rouen et Lyon. Le travail est très varié, beaucoup plus que sur la route. Toute affaire commerciale repose sur trois fondements : les clients, les fournisseurs et le personnel. Avec lui, je suis convaincu que tu apprendras à les connaître et à les respecter. Dimanche prochain, tu prépareras ton balluchon avec ta tante et tu prendras la diligence. Condé, ce n'est pas loin, cinq lieues tout au plus, mais c'est, à mon avis, la meilleure façon de tourner cette page si douloureuse pour nous tous. Tu reviendras à la maison quand tu en auras envie.

Le premier lundi de janvier 1765, Antoine découvrit cette ville aux allures de bourgade flamande qui avait pris beaucoup d'importance depuis que la paix de Nimègue l'avait rattachée au royaume de Louis XIV. Casernes et nouvelles fortifications édifiées par Vauban et par Du Buat donnaient à ses habitants un sentiment de sécurité. Le dimanche, les familles se promenaient volontiers parmi les ruelles anciennes et admiraient les beaux hôtels particuliers construits depuis peu, ainsi que l'église Saint-Wasnon, fierté récente des Condéens.

Quelques semaines après, sur les conseils de Victor Lefrançois, Antoine passa devant le château féodal de Nicolas d'Avesnes, désormais transformé en arsenal militaire. Il s'arrêta devant le kiosque à musique et alla faire un tour dans un estaminet. Il remarqua des femmes accoudées aux tables, plongées dans des conversations où s'étalait leur vie sentimentale. Des femmes mûres, grasses, aux cheveux longs et luisants, qui semblaient usées par des maternités et des excès en tout genre. Elles buvaient des bières ambrées avec un entrain démoniaque qui l'effrayait. Il n'avait pas envie de leur adresser la parole. Il vida sa chope et partit marcher dans les rues.

Cette ville, comme les paroisses environnantes, se développait rapidement depuis qu'on y avait trouvé du charbon de terre. Des centaines de familles y travaillaient et se logeaient où elles pouvaient, souvent dans des conditions misérables. Ces pauvres gens qui avaient fui la médiocre situation de journaliers agricoles n'étaient pas mieux considérés ici. Les choses bougeaient lentement depuis que les petites sociétés minières avaient fusionné pour donner naissance à la Compagnie des mines d'Anzin.

Pour Antoine, il y eut des jours d'hiver trop froids, trop tristes, trop longs. Il y eut des pluies grises qui tombaient sur son cœur, des neiges abondantes qui le clouaient à la maison des Lefrançois. L'angoisse l'envahissait. Non, ça n'était pas possible de gâcher sa vie, enfermé dans une chambre sans âme, coincé entre un lit, une table, une armoire, deux chaises… Sinistre !

La mort de Léontine Vermeulen, c'était trop bête, trop absurde... Même si les siens lui manquaient, Antoine n'avait pas envie de revenir à Valenciennes ni de repasser devant l'épicerie où brillaient dans son souvenir les nattes blondes de Léontine parmi des tonneaux remplis de harengs en saumure, des barres de savon de Marseille, des pains de sucre enveloppés dans du papier bleu. Il aurait attendu un petit salut du bout de doigts qui n'existaient plus. Son rêve de tendresse n'avait plus qu'à partir en lambeaux. Et puis, si le père de son amie était venu au-devant de lui, de quoi auraient-ils parlé ? De la fatalité, du destin auquel personne n'échappe ? Mieux valait se taire et, pour y parvenir, rester à distance était la meilleure solution... ou du moins la moins mauvaise.

Il passa à Condé-sur-l'Escaut une année, puis d'autres. Il admirait les façades des boutiques qui se décoraient de branches de sapin, de guirlandes de gui à l'occasion des fêtes de fin d'année. Il flânait. En ville, les commères parlaient beaucoup d'une enfant du pays, la demoiselle Clairon, qui avait commencé sa carrière de comédienne à Rouen à seize ans. En raison de sa vie mouvementée, elle y avait gagné le surnom de Frétillon. Ensuite, elle avait rejoint Paris pour entrer à la Comédie-Française. Un soir, lors d'une cabale contre l'acteur Dubois, elle refusa de jouer et la salle, en colère, scanda : « La Clairon en prison, Frétillon aux cabanons ! » Le lendemain, en raison de ce scandale, la salle des Fossés-Saint-Germain fut fermée et les comédiens conduits à la prison de Fort-l'Évêque, y compris la belle Clairon.

Un mois plus tard, l'incident était clos. La capricieuse partit se reposer chez Voltaire à Ferney, puis en Provence, mais dut attendre un an avant de retrouver la troupe des Comédiens du roi.

À Condé, le travail constituait pour Antoine le meilleur rempart contre l'état dépressif qui n'en finissait pas de le tenailler. Pas de comédienne aux formes généreuses pour lui déclamer à gorge déployée des poèmes ou des scènes du répertoire, seulement une sortie au cabaret de temps à autre ou la lecture d'un bon livre. Un livre mais pas un opuscule dans la collection de la Bibliothèque bleue, cette époque était révolue. Désormais, le jeune commis en librairie recherchait des lectures plus solides, un conte de Voltaire par exemple. À moins qu'il ne trouve un ouvrage de Diderot ou de Rousseau. Comme les esprits éclairés de son temps, le jeune homme suivait les combats du solitaire de Ferney en faveur du chevalier de La Barre. L'homme des Calas, comme on l'appelait désormais, s'était passionné pour ce jeune de dix-huit ans accusé sans preuve d'avoir mutilé un crucifix et que l'on avait retrouvé pendu au domicile de ses parents. Arrêté, torturé, son père avait été condamné à être décapité. Après l'exécution, son corps avait été jeté sur un bûcher et les aides du bourreau avaient lancé dans les flammes un exemplaire du *Dictionnaire philosophique*, de Voltaire. C'en était trop ! Et pourtant, dans cet ouvrage, les phrases généreuses ne manquaient pas : « La morale est une, elle vient de Dieu ; les dogmes sont différents, ils viennent de nous... » Plus loin, à propos des disciples de Mahomet : « Ils craignirent les railleurs et les philosophes. C'était avoir trop de délicatesse. Ils pouvaient se fier aux commentateurs qui auraient bien su expliquer l'itinéraire de Mahomet jusqu'au ciel. Les amis de Mahomet devaient savoir par expérience que le merveilleux est la raison du peuple. »

*

* *

Pour les fêtes de Noël 1767, Antoine accepta de venir à Valenciennes, heureux de retrouver son oncle, sa tante, sa sœur et son jeune frère qui, du haut de ses quinze ans, était un beau jeune homme dévoré par une adolescence incandescente.

Louis lui raconta ce qui s'était passé depuis huit mois. Au collège de Cambrai, il supportait de moins en moins le lever dès 6 heures du matin, la messe basse quotidienne et le morceau de pain sec distribué à 7 heures. Il avait connu toute la panoplie des punitions, la retenue, le pain sec pendant vingt-quatre heures, les heures de piquet au dortoir. À la longue, il avait appris à dormir debout pendant cette station pénible et, quand il se couchait, il était écrasé de fatigue. Généralement, le lendemain, la matinée se passait mal, incapable de mobiliser son attention durant les cours.

À force de voir Louis Giard faire le garnement, les jésuites avaient convoqué Jean Quesnel en juin. L'indiscipline notoire de Louis en classe, à la chapelle et même au réfectoire avait entraîné des sanctions dont certaines étaient retombées sur des camarades de classe qui s'étaient plaints auprès de leurs parents. Le père de Baptiste Cathelain avait même sollicité un entretien avec le père supérieur et n'avait pas mâché ses mots.

— Ce Giard est de la graine de fripon et personne ne sait au juste d'où il sort, avait précisé le jésuite à ce père de famille très en colère.

C'est le même jésuite qui avait reçu dans son bureau Jean Quesnel à la veille des vacances d'été.

— Monsieur Quesnel, vous feriez mieux de garder Louis à la maison à la rentrée prochaine. Vous m'entendez ?

— Ce n'est rien, monsieur l'abbé, Louis ne comprend rien aux règles de vie en communauté.

— Bien sûr que si ! s'était permis de dire Louis en coupant la parole à son oncle.

— Mon garçon, vous êtes impardonnable ! Vous n'avez plus votre place parmi nous, avait tranché le jésuite. Vous devriez comprendre qu'exister, ce n'est pas transgresser les règles de ce collège, c'est travailler avec assiduité et dans un bon état d'esprit. Petit crétin, vous ne l'avez pas compris. Dégagez de suite… et vous aussi, monsieur. Vous faites un bien triste tuteur ! avait-il ajouté en fusillant Jean Quesnel du regard.

Louis avait rangé ses affaires et était rentré en diligence à Valenciennes, très en colère. Non parce qu'il avait été renvoyé du collège, mais parce que son oncle ne l'avait pas défendu devant les enseignants en soutane. Le garçon s'était dit que son père, aussi pauvre paysan inculte qu'il était, l'aurait mieux soutenu et ne serait pas resté timoré comme l'avait été l'oncle Jean. Cette remontrance dans le bureau du père jésuite l'avait énervé, rendu agressif.

Que valait donc ce père de substitution ? À ses yeux, pas grand-chose !

Petit homme débonnaire, Jean Quesnel avait marqué trop de déférence, trop de respect vis-à-vis des jésuites. Il n'était qu'un commerçant modeste face aux propriétaires terriens influents ou aux gens de robe dont les fils fréquentaient l'établissement. Cependant, il avait deviné que son neveu devait être malheureux sur les bancs d'une classe à écouter le cours en silence alors qu'il y avait tant de choses excitantes à faire dehors. Ce garçon avait besoin de donner libre cours à sa force vitale. Coincé dans le règlement intérieur du collège, Louis n'était pas à son aise. Quand son énergie était contrecarrée, il était sous pression et prêt à tous les chahuts.

Dans la diligence, Louis s'était payé le luxe de fredonner une comptine du cru :

À l'école,
Panse molle,
Cul battu,
J'irai plus !
C'est entendu,
À l'école…

Catastrophé, l'oncle l'avait attrapé par l'épaule et l'avait secoué pour marquer sa désapprobation.

— Qu'est-ce que tu as dans le crâne, Louis ? Je me le demande. Il faudra bien te décider à prendre un chemin ou un autre. Dans l'immédiat, tu vas rejoindre une équipe d'apprentis colporteurs.

Le garçon avait le sentiment qu'entre ces murs on lui avait gâché la vie. Au fil des mois, une révolte sourde l'avait consumé. Les études ne l'intéressaient plus… Partir faire l'apprenti n'était en aucun cas une sanction pour lui et ne l'avait pas dérangé outre mesure. Quand on n'a pas encore de poil au menton, l'optimisme est logique, se disait-il. Pas de temps à gaspiller à ruminer son renvoi du collège. Louis en était convaincu, ce coup de pied au cul allait lui rapporter de l'or, car le destin ne fait jamais les choses par hasard.

Une semaine plus tard, l'oncle Jean l'avait emmené retrouver Pierre Hue et son équipe. Louis avait été déçu, car il aurait préféré travailler avec Antoine, mais l'oncle Jean avait considéré que la situation pouvait être explosive. Il avait donc confié Louis à ce bon Pierre. L'ancien collégien avait découvert le pays de Cassel, qui dominait la région, et la promenade le long des anciens remparts. Du haut du mont des Récollets, le regard portait à l'ouest jusqu'à l'horizon marqué par le cordon de dunes qui bordait la mer. Le garçon appréciait les paysages vallonnés avec les champs bordés de haies et les mares entourées de saules têtards. Tout paysage différent des remparts de Valenciennes lui semblait intéressant.

Un sentiment de révolte l'agitait encore au retour de cette courte saison de colportage. Heureusement, Louis avait une petite chérie, Jeanne, la fille de l'horloger, qu'il avait retrouvée en rentrant du collège. Quand Louis parlait d'elle avec son frère, loin de sa tante, il l'appelait Jeanneton et utilisait parfois le diminutif charmant de Tonton. Antoine en souriait. Il avait connu le soleil avec sa douce Léontine Vermeulen, dans une éducation sentimentale pleine de fièvre. Il enviait son jeune frère…

Quant à sa sœur, Marie-Françoise, elle avait vingt ans et une silhouette à faire se retourner les jeunes gens entreprenants.

— Tu songes peut-être à te marier, ma sœurette ? demanda Antoine.

— Me marier ? Mais j'ai tout mon temps, répondit-elle devant la famille réunie à table. Maintenant, je travaille à l'imprimerie de M. Bernard-Joseph Boucher, qui est très réputée pour ses planches coloriées. Sa femme, Angélique, a un très bon coup de crayon et c'est elle qui m'initie à ce métier que je n'aurais jamais pu exercer si nous étions restés à Servigny. Je crée des dessins et des planches à ses côtés, des histoires de soldats au Canada ou aux Indes, de marins comme Jean Bart sur les océans. C'est passionnant !

— Ah, mon Dieu ! Quelles idées vous met-on dans la tête vous, les jeunes filles d'aujourd'hui ? ronchonna tante Marie.

— Une idée simple, profiter de notre jeunesse et apprendre un métier ! répliqua Marie-Françoise. Qu'en penses-tu, Antoine ?

— Je suis mal placé pour avoir un avis sur la question, car, à la vitesse à laquelle je suis parti pour me marier, je vais finir vieux garçon, dit-il en éclatant de rire.

— Veux-tu qu'on s'en occupe ? proposa tante Marie, qui en frétillait par avance.

— Merci, ma tante, pas dans l'immédiat.

— Mon grand frère, je suis certaine que tu as une bonne amie à Condé. Un beau garçon comme toi ! Les filles doivent tourner dans tes pas. Tu nous caches quelque chose…

— Oh ! tu sais, Marie-Françoise, je ne sors pas beaucoup. Je préfère le calme de ma chambre et les plaisirs de la lecture. Depuis que notre oncle m'a fait découvrir les écrits de Voltaire, je ne cesse de lire cet auteur et les autres philosophes contemporains.

— Tu es bien trop sérieux, Antoine, se plaignit la tante Marie. Comment veux-tu que j'arrive à convaincre ta sœur des bienfaits du mariage quand elle voit le triste exemple de son frère ?

— J'ai tout mon temps, ma tante. Je verrai plus tard…

— Mais, Marie-Françoise, le mariage est une chose sacrée, il faudrait y songer…

— J'aimerais faire un mariage d'amour et je verrai si un beau jeune homme partage mes sentiments avant de devenir mon mari.

— Comme tu veux, ma nièce, mais nous en reparlerons.

Le lendemain, Marie-Françoise s'ouvrit à son frère du souci que représentait ce mariage que comptait arranger tante Marie.

— Antoine, que peut-il se passer ? Je ne suis qu'une jeune fille pauvre, sans fortune, dont le père vit quelque part en Normandie. Quel sort m'attend ? Sans doute pas la rencontre avec le fils d'un riche commerçant de la ville…

— Marie-Françoise, ce qui est bien, c'est que tu travailles et que tu apprennes un métier.

— Comprends, mon cher Antoine, que je ne veux pas rester bloquée à la maison ou à la boutique, avec ma tante sur le dos et un oncle qui rabâche souvent les mêmes histoires. Encore heureux qu'il n'y ait pas sous ce toit une grand-mère qui raconte sa vie au temps de Louis XIV !

— Marie-Françoise, ne désespère pas ! Un galant arrivera le jour où tu ne l'attendras pas. À trop forcer la chance, tu finis peut-être par l'éloigner. L'amour est une aventure capricieuse.

— Écoute-moi ! Ce que je redoute par-dessus tout, c'est de me voir imposer pour époux un veuf ayant quinze à vingt ans de plus que moi. Comment refuser ?

Antoine restait songeur. Il n'était pas mieux loti que sa sœur, même s'il avait un travail à Condé. Il ne possédait pas de boutique, pas de charge administrative, pas de prairies qui pourraient faire rêver de futurs beaux-parents. Être un garçon sérieux ne suffisait plus en ces temps où certains malins accumulaient de gros profits depuis la fin de la guerre de Sept Ans.

La famille fêta le Nouvel An sous une touffe de gui, comme en Normandie, afin d'attirer sur eux les faveurs des puissances du Ciel et de la nature.

— Tu vois, Antoine, c'est pour éviter pareille situation que je travaille. Je me constitue des économies et si, un jour, je dois partir, je pourrai me débrouiller.

— Marie-Françoise, pourquoi ne viendrais-tu pas à Condé ? Je t'aiderai à trouver du travail. Parmi les officiers du régiment de Mailly, peut-être rencontreras-tu quelqu'un de charmant.

— J'y songe parfois, mais partir causerait un chagrin immense à notre oncle. Mais, toi comme moi, un jour nous devrons prendre notre envol et quitter cette maison, que ça plaise ou non !

— Comme tu parles, Marie-Françoise, je n'en reviens pas ! Enfin, n'en fais pas trop ! Si la tante Marie trouve tes économies, elle va les confisquer.

— Ne t'inquiète pas ! Pour le moment, je me débrouille... et bien, tu peux me croire !

— Mais je te crois, ma sœurette. J'entends la tante qui nous appelle. Descendons de suite pour ne pas éveiller les soupçons.

La tante Marie leur proposa une promenade en famille pour aller admirer la nouvelle construction qui faisait la fierté des habitants de Valenciennes, l'hôpital général, qui venait d'être mis en service et qui avait été financé par un impôt sur la bière.

Le lendemain, Antoine repartit à Condé. Marie-Françoise le regarda traverser la place, un pincement au cœur. Elle enviait son frère.

XI

ANTOINE RETROUVA SA CHAMBRE et sa pile de livres. Son ami Voltaire était fidèle au rendez-vous des bons amis, ses idées couchées sur un papier un peu raide qui sentait bon.

Le philosophe semblait infatigable dans sa lutte contre l'obscurantisme. La diffusion de *L'Homme aux quarante écus* fut interdite. En librairie, sûrement ! Mais c'était compter sans les colporteurs qui prenaient un vrai risque pour que les libertés avancent. Ceux qui étaient arrêtés en possession de ces ouvrages étaient marqués au fer rouge, comme du vulgaire bétail avant sa mise au marais, et ensuite envoyés aux galères. *Le Christianisme dévoilé*, attribué au baron d'Holbach ou à Damilaville, connaissait un traitement identique en raison de sa critique virulente de la religion et du clergé. Une fois encore, toutes les vérités n'étaient pas bonnes à dire.

À l'occasion des fêtes religieuses et des jours chômés, Antoine se rendait souvent à Lille pour y découvrir une cité active qui rayonnait sur la région. Il avait regardé avec intérêt la maison de Gilles du Boe, un grossiste en épicerie qui avait bâti au siècle précédent ce bel édifice de style flamand le long de l'ancien port sur la Deule. Antoine passait devant des taudis, des canaux insalubres, des maisons basses qui puaient la misère ouvrière ; il évita des charrettes à bras avant d'arriver à l'hôtel de la Monnaie, reconstruit après l'incendie qui l'avait ravagé en 1649 ainsi que tout le quartier. Devant la Bourse stationnaient cochers et voituriers et leurs attelages.

Au bout de cinq ans, son oncle lui conseilla de changer d'air et de passer une année chez les Garnier, à Troyes. Depuis un siècle, cette lignée d'imprimeurs était connue et respectée par le petit monde des colporteurs. Très entreprenante, chaque génération avait développé l'affaire. Jean Garnier avait racheté l'imprimerie de la veuve Oudot en 1763 à la faveur de démêlés judiciaires de cette famille. Considérée comme la meilleure maison d'édition pour marchands itinérants, la reprise de l'affaire Oudot était une belle opportunité. Jean, avec l'aide de ses fils Pierre et Jean-Antoine Garnier, avait bénéficié pour la reprise de l'entreprise Oudot du soutien de nombreux artisans et patrons de la ville qui travaillaient dans la mercerie, les rubans, les galons. À ce titre, ils ravitaillaient les marchands ambulants qui touchaient à tout, aiguilles, boutons, lacets, sans oublier la littérature populaire. Ces porte-balles n'avaient pas la même réputation que les colporteurs spécialisés en livres, mais leur petit commerce fonctionnait bien. Jusqu'à présent, l'oncle Jean Quesnel les avait dédaignés. Erreur ? Prudence excessive ? Après le retour d'Antoine à Valenciennes, il serait toujours temps d'aviser.

À Troyes, le jeune homme prit le temps d'étudier les catalogues de livres que Jacques Oudot avait réalisés il y avait une trentaine d'années et que, bien entendu, possédait Jean Garnier. L'un de ces catalogues indiquait que l'on vendait dans la même boutique plusieurs sortes de livres de piété, et principalement ceux qui sont en usage dans les écoles chrétiennes pour l'éducation des enfants. Une partie était consacrée aux livres pour les écoles de charité, où allaient les enfants les plus pauvres. À côté des ouvrages de piété ou d'enseignement, les Garnier publiaient des ouvrages de magie et des livres professionnels comme *Le Cuisinier français* et *Le Jardinier français*. Ces sujets inattendus firent réfléchir Antoine. Après avoir interrogé discrètement les colporteurs qui venaient en boutique, il comprit que ces ouvrages professionnels étaient très demandés. Les maraîchers installés autour des villes de quelque importance constituaient une belle clientèle. Quant aux livres de cuisine, c'était un cadeau idéal pour une fille à marier. Alors…

Au fil des semaines, le jeune homme avait sympathisé avec Jean-Antoine Garnier, qu'il considérait comme un professionnel très averti.

— Monsieur, votre maison dispose d'un catalogue très complet, mais je n'y vois pas de recueils de chansons, avait-il remarqué.

— Effectivement, Antoine ! Pendant des années, nous avons délaissé ce genre de publication, mais je vais publier à nouveau un recueil qui s'intitulera *Le Trésor des chansons anciennes*, destiné aux mères de famille, et puis également une *bible de Noël* contenant des cantiques religieux ou populaires, dont certains se chantent sur des airs connus.

— Vous ne mettez pas les portées musicales ?

— Non, peu de gens lisent la musique ; on se contente de leur indiquer sur quel air il faut chanter, parfois un air de chanson à boire ou une chanson d'amour qui a traversé les années. Tout le monde les connaît. Même les chanteurs des rues pourront en vendre, encore faut-il qu'ils aient un peu d'argent pour se payer les premiers exemplaires.

— C'est toujours le même problème ; vendre, c'est simple ; se faire payer, plus compliqué !

— Eh bien, mon cher Antoine, je vois que le métier est en train de rentrer. Bravo !

Autre sujet d'étonnement, Antoine constata qu'il y a un siècle les Oudot, Jacques et Nicolas, avaient ouvert des boutiques à Paris pour approvisionner les colporteurs et les libraires de la capitale et des environs, se mettant ainsi à l'abri des tracasseries administratives qui entravaient souvent la circulation des livres. Des succursales, une idée à creuser !

Antoine quitta la Champagne après une année de travail et de découvertes. Au cours de ses discussions avec Jean-Antoine Garnier, il avait appris que le métier de marchand d'estampes se développait beaucoup. Leurs boutiques se multipliaient et dépassaient en nombre celles des libraires. Souvent, elles étaient tenues par d'anciens colporteurs de livres qui se sédentarisaient. Là encore, une réflexion à pousser.

Devenu très indépendant, Antoine retrouva avec une certaine appréhension son oncle et sa tante, mais avec plaisir la boutique de Valenciennes qui disposait maintenant d'un atelier d'imprimerie. Sa sœur travaillait à Condé-sur-l'Escaut. Par relations, elle avait trouvé une place d'employée aux écritures chez un notaire. Son départ, qui remontait à plus d'un an, ne choquait pas Antoine, qui s'était fait l'avocat de Marie-Françoise auprès de son oncle et de sa tante.

Lui, il était heureux dans une vie active bien organisée. À chaque âge ses plaisirs. Au cours de sa jeunesse, il avait fréquenté divers milieux, connu des personnalités les plus contrastées, avait surmonté l'épisode de l'arrestation de La Pistole. Il n'était pas né dans ce pays mais s'y trouvait bien, même si, les soirs de cafard, il songeait aux mousses qui nettoyaient la morue sur les plages de galets, du côté de Saint-Pierre ou de Terre-Neuve.

À Valenciennes, le soir, les conversations étaient animées. Le neveu fourmillait de projets d'agrandissement de l'affaire qu'il soumettait à son oncle. Le commerce des estampes ne pouvait être négligé et il était impératif de l'ajouter aux activités traditionnelles de leur commerce. D'autant qu'il avait rencontré à l'occasion d'un déplacement à Lille Gilles et Pierre Baumel, installés dans le Hainaut comme marchands de livres. Ils étaient les fils d'un laboureur de Blainville. Ce seul nom évoquait tant de souvenirs pour Antoine, qui se revoyait à la foire de la Crottée, à Coutances, à bavarder avec deux mousses de cette paroisse.

C'était bien beau, ces projets et ces opportunités, mais l'oncle savait que son neveu avait passé la trentaine et qu'il serait bon qu'il trouve chausse à son pied. Jean Quesnel lui expliqua le sens des alliances quand deux familles de qualité réalisent un beau mariage. Si demain Antoine voulait devenir un libraire reconnu, un homme qui pouvait donner naissance à une dynastie de marchands d'estampes, d'éditeurs, de libraires, quoi de mieux qu'un mariage judicieux ?

Jean Quesnel inculquait à Antoine le sens de la famille parmi d'autres valeurs qui fondent un ménage heureux. Antoine souriait mais ne bronchait pas.

Le hasard, de nouveau, décida pour lui. C'était une situation qui lui convenait, car il croyait aux signes du destin et au mouvement du balancier. Si le mariage tant espéré avec Léontine n'avait pas eu lieu, c'était parce que le destin en avait décidé ainsi. La suite, quelle qu'en soit la forme, devait lui donner raison…

Quand Jean Quesnel lui disait qu'il fallait faire preuve d'une certaine méfiance vis-à-vis de ceux qui n'étaient pas du pays de Coutances, tante Marie était prise d'une curieuse quinte de toux, aussi forte qu'inattendue. Pour travailler avec Jean Quesnel, les colporteurs devaient montrer patte blanche et décliner leur identité et leurs références. À chaque occasion, le marchand croisait, autant que possible, les informations les concernant.

*

* *

Un jour d'automne, Antoine alla faire quelques achats sur le marché, à la demande de sa tante. Il acheta les dernières carottes d'un maraîcher.

— Il n'y en a plus ? demanda, éplorée, une jeune fille.

— Non, mademoiselle. Ce monsieur a eu les dernières.

— Oh là là ! Que va dire ma mère ?

— Rien, car je vous offre les miennes, si vous le permettez, mademoiselle, bredouilla Antoine en les mettant dans le panier en osier de la jeune fille.

— Combien vous dois-je ?

— Un sourire fera l'affaire, mademoiselle...

— Alors, je les garde ?

— Oui. Elles sont à vous.

— Vous êtes un amour, monsieur.

La jeune fille piqua un fard qui empourpra son visage délicieux. Que n'avait-elle pas dit là ? Sa reconnaissance s'arrêta sur cette phrase et elle partit à toutes jambes. Le dimanche, ils se croisèrent à nouveau sur la Grand-Place, se saluèrent et échangèrent quelques banalités.

— Alors, ces carottes, elles étaient succulentes ? plaisanta-t-il.

Elle éclata de rire !

Pendant l'hiver, Antoine fit plus ample connaissance avec Bernardine Boucher, dont le père était un libraire imprimeur très connu à Valenciennes. La jeune fille était fort accorte et portait avec bonheur la fraîcheur de sa jeunesse. Elle avait dix ans de moins qu'Antoine. La mère de Bernardine, native de Saint-Omer, s'appelait Angélique Delsart, un patronyme aux résonances flamandes. Le grand-père de Bernardine avait été contremaître chez un imprimeur. Jean Quesnel et le père de Bernardine se rencontrèrent trois ou quatre fois à la taverne. Le projet de mariage était lancé.

À l'approche des fiançailles officielles, Antoine supportait de moins en moins les parties de cache-cache auxquelles les amoureux devaient se soumettre. En février, à l'occasion de la Chandeleur, les familles décidèrent que le mariage aurait lieu avant le début de la saison de colportage.

Un jour, Antoine s'arrêta au pied du beffroi, alors qu'il marchait avec son oncle Jean.

— Sais-tu que, sur cette esplanade, lui dit l'oncle Jean, il y a deux générations, on a brûlé des protestants ?

— Non, je ne le savais pas.

— L'époque de la révocation de l'édit de Nantes par Louis XIV a été terrible, ici comme partout. C'en était fini de la liberté religieuse en France et de la paix qui l'accompagnait. Par dizaines, les protestants ont fui le royaume. En Normandie, catholiques et protestants avaient appris à vivre ensemble depuis le début du XVIe siècle alors qu'ici les deux communautés étaient agitées par de vives tensions. La tolérance religieuse, personne ne l'admettait. Surtout pas les gens d'Église ! Quand la décision du roi a été connue, les protestants par milliers ont fui. Avec leurs coches, leurs carrioles, leurs charrettes, ils encombraient les plaines du nord et partaient vers la Hollande. À l'est, leurs coreligionnaires rejoignaient les pays de l'opulente Rhénanie. Des maîtres artisans de toutes les corporations, de bons compagnons, des marins confirmés, des soldats, des officiers ont quitté le pays. Les foires de printemps ont perdu pendant un temps leur éclat et leur activité. Toutes les affaires en ont pâti.

— Je comprends mieux que Voltaire ait mis si souvent sa plume au service de la tolérance religieuse, indiqua Antoine. Ces femmes voilées dans leur cloître, que comprennent-elles du monde ? Elles sont dans une situation d'absolue soumission. Est-ce cela la dignité d'un être humain ?

— Mon neveu, il y aurait beaucoup à dire sur ce qui se passe dans les couvents, sur les moines, sur les nonnes. Ah ! Les temps ont bien changé. Dieu seul sait ce que l'avenir nous réserve. Peut-être avons-nous mangé notre pain blanc.

— Nous sommes des gens travailleurs, mon oncle…

— Oui, mais il y a des jours où ça ne suffit plus, la guerre civile peut éclater à tout moment. Quand la crise frappe la population dans son ensemble, riches et pauvres ne dépensent plus guère. La machine du commerce et de l'économie se grippe et la misère se propage. Les impôts deviennent insupportables. Insoutenables. Le peuple grogne avant de gronder. Mais qui, à Versailles, s'en soucie ? Je te le demande.

— Personne !

— Eh oui, et c'est bien là le drame, Antoine. Ces petits marquis poudrés, bien en cours auprès du monarque, commandent aux clercs de l'Administration qui se considèrent à leur tour comme des privilégiés. Ils ne veulent pas qu'on le dise et se prennent pour des rouages indispensables à la bonne marche du pays. Que produisent-ils, ces gens de l'Administration ? Rien ! Pas un setier de blé ou d'orge, pas un clou pour ferrer les chevaux, pas un coupon de tissu ni une douzaine de chandelles ! Rien ! Ces gens-là qui noircissent du papier à la plume d'oie, qui pondent des décrets, des contrôles et des taxes ne sont que des parasites... Les temps sont durs, Antoine, et j'ai bien peur qu'ils ne le deviennent de plus en plus. Je te le dis tout net, il arrivera un jour où les gueux crieront dans la rue et accrocheront la tête des nobles et des percepteurs des impôts au bout de leurs piques. Trop tard ! Le roi ne saura plus comment s'y prendre pour ramener la paix civile.

— Que voulez-vous, mon oncle, si le roi se décide à faire une nouvelle campagne militaire contre nos voisins, le budget du royaume va encore être mis à mal.

— C'est toujours la même chose. Le roi parade à la tête de ses armées et le peuple trinque.

— Plus bas, mon oncle ! Si des oreilles malintentionnées nous entendaient, nous finirions tous les deux aux galères.

Les prédictions sinistres que l'oncle Jean débitait à longueur de journée allaient bien finir par se réaliser. Les mauvais présages, ça ne trompe jamais ! À moins que ce ne soit la peste qui frappe.

Dans l'immédiat, la famille Giard n'était pas malheureuse, elle mangeait à sa faim de grosses potées flamandes garnies de choux et de carottes.

Le 10 mai 1774, le tocsin sonnait aux clochers des églises de France ; le bon roi Louis XV venait de trépasser de la petite vérole.

*

* *

Le 31 mai 1774, Antoine Giard se prépara à prendre pour épouse Bernardine Boucher, la seconde fille du libraire installé sur la Grand-Place de Valenciennes, à l'angle de la rue de Famars. Dès le matin, les amis des deux familles et les parents se retrouvèrent chez la future, qui mettait une dernière main à sa toilette. Dans le Hainaut, et dans la bonne ville de Valenciennes en particulier, la tradition voulait que ce soit en cortège que la famille et ses invités marchent vers l'église.

La cérémonie eut lieu avec le décorum qui convenait. Fumée d'encens, sonnerie de cloches, enfants de chœur dans une aube rouge et un surplis blanc, gerbes de fleurs derrière le maître-autel, aucun détail n'avait été omis. Jean Quesnel appréciait à leur juste valeur ces moments qui signaient aux yeux de tous sa respectabilité au terme d'une vie de travail assidu. Des souvenirs affluaient dans le cœur de ce brave homme mûr pour devenir l'un des échevins de sa ville.

Antoine prit sa jeune épousée par la main pour sortir de l'église au milieu de parents et d'amis. Leurs pas résonnaient sur le pavé de l'allée centrale du transept. Antoine devait l'avouer par la suite : il avait les jambes en coton et le cœur bouleversé par l'éclat de la cérémonie. Sur le parvis de l'église Saint-Géry, les garçons d'honneur et leurs demoiselles lancèrent des dragées et des grains de blé.

Le cortège quitta l'église avec toute la pompe souhaitable en pareille circonstance. Pour la cérémonie,

Jean Quesnel avait tenu à mettre les petits plats dans les grands. Le libraire portait sous son chapeau une petite perruque ronde, sur les épaules une belle redingote en velours noir à col ras dans laquelle sa silhouette massive en imposait. Il tenait au côté droit son épée, signe distinctif d'un maître libraire assermenté, chaussé de souliers à boucle, les jambes serrées dans des bas de couleur lie-de-vin.

La famille Boucher avait aménagé un entrepôt de l'imprimerie pour y accueillir le déjeuner. Des draps tendus sur les murs cachaient le crépi. Rien ne manquait pour faire ripaille, des pâtés en croûte, des terrines, des jambons, des poulets grillés, des cochons de lait.

Entre deux verres de vin, Antoine pensa à sa famille du Cotentin. Son père aurait été si heureux de participer à cette fête. Comme tous les paysans, il était vissé à sa terre et aux travaux quotidiens qu'imposait l'exploitation d'une ferme.

Le soir, Antoine et sa femme se retrouvèrent dans la chambre parée pour l'occasion. De grands draps de lin étaient recouverts d'un jeté de cotonnade, rayé de bleu et de blanc, comme la nouvelle tenture de la pièce posée par le tapissier dans l'après-midi. Le menuisier ébéniste avait apporté une commode, une table et trois chaises.

Bernardine ne connaissait pas grand-chose aux délices de l'amour charnel. Antoine l'a caressée, embrassée, et le désir les a traversés. Leurs mains se sont frôlées, ont couru sur les courbes de leurs corps. Ils se sont enlacés dans une étreinte qui leur a semblé sans fin. Antoine a trouvé la voie de son sexe soyeux, pour le plaisir et par volonté de se perpétuer. La nuit fut entrecoupée par des embrassades déchaînées et des enchevêtrements nombreux. Antoine et Bernardine étaient désormais mari et femme pour le meilleur et pour le pire. Antoine goûtait à l'amour, non seulement durant ces deux minutes où les anges se couvrent de leurs ailes pour n'être pas jaloux de son plaisir, mais bien au-delà.

Au fil des semaines et des mois, Bernardine ne pouvait se plaindre de sa belle-famille. Bien acceptée, elle aidait la tante Marie pendant que l'oncle Jean était à la boutique ou à l'atelier d'imprimerie. Mais, parfois, Marie s'emportait quand le rangement ou la vaisselle n'allaient pas assez vite à ses yeux.

À la veillée, le jeune couple prenait place près du feu, devant le poêle de faïence blanche, après une douce journée d'automne, quand le soleil encore tiède s'était envolé en fin d'après-midi. Antoine fermait les yeux tout en savourant la voix si proche qui le berçait. Bernardine tricotait, un bandeau de velours sur ses cheveux peignés vers l'arrière. Son corset soulignait sa taille et son chemisier laissait apparaître une poitrine ronde et ferme. Elle avait l'humeur douce et le caractère aimable, des qualités essentielles pour s'attacher un homme.

Le soir, caché entre les draps, Antoine rassurait sa jeune femme :

— Laisse-la dire, Bernardine, et fais à ton rythme, ma douce. Tu ne le sais pas encore, mais tante Marie n'est pas une mauvaise femme pour deux sous. Seulement jalouse de notre amour et aigrie de ne pas avoir enfanté. Du reste, si elle avait eu des enfants, je pense que notre oncle ne serait pas venu nous chercher en Normandie, et toi et moi nous ne nous serions pas connus. Dommage, n'est-ce pas ?

— Antoine, tu ne peux savoir comme je me sens bien à tes côtés. Je voudrais que le temps du bonheur n'en finisse pas.

— Et moi, entre deux caresses, je bois tes paroles, fraîches comme un ruisseau au printemps. Tu me parles de tout et de rien, de Dieu qui nous protège, de babioles sans intérêt, et j'aime la musique de tes mots, légers comme les paroles d'une chanson.

Le dimanche, ils s'offraient pendant une promenade hors de Valenciennes une pause dans une guinguette au bord de l'Escaut, où ils dépensaient dix sols. Parfois, ils restaient jusqu'à l'heure du souper, en tête à tête, et mangeaient de bon appétit du jambon, du petit salé aux lentilles, un morceau de fromage et avalaient un demi-setier de vin.

Bien vite, Bernardine attendit son premier bébé. Sa poitrine devint plus ronde et ses joues plus roses. Après un bel été, les teintes rougeoyantes de l'automne, les premiers frimas confirmèrent la lente transformation de son corps qui devenait l'antre protecteur de ce premier enfant. Son regard se teinta d'une promesse heureuse et de bienveillance. Le petit être, en son sein, lui ouvrait de nouveaux horizons. L'avenir leur appartenait dans un royaume en paix. Antoine la protégeait, la couvait de mille attentions délicates, en homme raisonnable qu'il était devenu. Dix ans de plus donnaient quelques devoirs.

— Bernardine, ne sors pas sous la pluie. C'est mauvais pour toi et pour notre petit. Imagine un instant que tu glisses sur les pavés... Non, ce serait une catastrophe que je ne veux pas envisager.

— Voyons, Antoine... Ne sois pas aussi timoré.

Le jeune époux la regardait droit dans les yeux tandis qu'elle lui souriait avec une pointe de malice.

— Je suis prudente, tu le sais bien... Presque trop !

— Mais tu insistes, dis-moi. Tu es une sacrée petite bonne femme, quand même.

Antoine était heureux, parfois traversé par un chagrin furtif, une brève émotion en songeant à son pauvre père resté au pays normand. Son esprit se peuplait de tombes dispersées autour de l'église de Servigny et, plus loin, dans d'autres villages.

— Quelque chose ne va pas ? demandait Jean Quesnel.

— Mais si, tout va bien !

Le jeune époux comprenait que ce serait faire preuve d'une exigence déplacée que de ne pas apprécier le bonheur qui l'entourait.

— Ce midi, après la soupe, va donc prendre l'air avec ta belle, suggéra l'oncle Jean. Tu verras, après, ça ira mieux. J'ai connu ça quand j'avais ton âge.

— Merci, mon oncle.

— Nous irons saluer mon père..., annonça la jeune femme.

— Et ta mère, Angélique.

— Bien sûr !

Avec Bernardine, Antoine marcha pendant une heure. Ils avançaient, fouettés par l'air vif de ce début d'hiver. Les canaux étaient gelés et les poules d'eau couraient le long des berges. Un vol de canards traversa la nuée. Ces volatiles n'avaient pas encore envie de retrouver leur pays plus au nord. Ils attendraient sagement le début du printemps sur les bords d'un canal ou dans une roselière.

XII

STUPEUR ! LE 16 DÉCEMBRE 1774, Marie-Françoise Giard mettait au monde une petite Félicité-Adélaïde à Condé-sur-l'Escaut et sa famille n'en savait rien. L'enfant était le fruit de ses amours avec Charles-Joseph Feneulle, un Condéen que Marie-Françoise fréquentait depuis un an. Comme tous les enfants dont les parents n'étaient pas mariés devant le curé, la petite Félicité fut déclarée bâtarde, punie pour la faute de son père et de sa mère. Le concubinage était autorisé, même si la religion l'interdisait. Le couple, qui avait trouvé un logement, payait son loyer chaque mois. Le propriétaire n'avait rien à dire. Pas de commentaires moralisateurs, merci !

Quand elle apprit la nouvelle, la tante Marie entra dans une colère noire et se fâcha tout rouge.

— Impardonnable !

Le mot avait jailli de sa bouche. Elle criait, hurlait, tempêtait, jetant les torchons de la cuisine par terre.

— Comment notre nièce a-t-elle pu nous faire un tel affront ? Après tout ce que nous avons fait pour elle, dit Marie en pleurant à chaudes larmes. C'est inadmissible, Jean ! Tu m'entends, inadmissible !

Elle se frappait la poitrine et enchaînait les signes de croix. Pourtant, il tenta de calmer sa femme. L'un et l'autre n'approuvaient pas du tout l'attitude de Marie-Françoise, qui ne leur avait pas présenté son ami, ni cette liaison qui n'avait pas été régularisée devant le curé. Tout le monde le sait, les filles du Nord sont réputées sages… tant qu'elles ne sont pas enceintes. Les vieilles toupies de la petite ville, les grenouilles de bénitier trouvèrent un joli sujet de sarcasmes. Les veuves corpulentes et les vieilles filles portant le collier des Enfants de Marie firent chorus. Médire de son voisin et de sa voisine remplit les heures creuses sous le ciel du Nord et aide à rentrer chez soi pour y retrouver sa médiocrité habituelle.

Marie-Françoise avait appris à vivre loin du regard de son oncle et de sa tante. Elle avait multiplié les prétextes pour partir de Valenciennes. D'autant qu'elle avait connu des amours contrariées. À deux reprises, elle s'était laissé séduire par des garçons qui bavardaient avec elle après la messe du dimanche. Son oncle et sa tante avaient accepté qu'ils viennent jouer avec eux aux cartes ou aux dominos l'après-midi. Les dimanches suivants, quand le temps le permettait, Marie-Françoise et son cavalier marchaient ensemble, à quelques dizaines de mètres de leurs chaperons. L'aventure sentimentale semblait bien engagée quand les parents du premier garçon avaient su assez vite que Marie-Françoise n'était qu'une orpheline élevée par son oncle et sa tante, des gens respectables installés à Valenciennes. Respectables, mais quand même… Le garçon avait abandonné ses habitudes charmantes.

C'est alors qu'elle avait décidé de s'installer à Condé-sur-l'Escaut et de travailler chez un notaire. Marie-Françoise avait avalé son chagrin et l'avait oublié dans les bras d'un autre, guère plus fidèle. Sa tante s'était inquiétée. Qu'allait-on en faire ? Chaque commerçant le sait, une marchandise gardée trop longtemps à l'étalage perd de sa valeur ; il en est des filles à marier comme des coupons de tissu ou des articles de quincaillerie. Résignée et déçue, la jeune fille s'apprêtait à coiffer Sainte-Catherine, jusqu'au jour où elle avait rencontré Charles-Joseph Feneulle.

Sa vie maintenant, avec ce premier enfant, c'était à Condé. Charles l'avait remise sur la route d'un nouvel amour, plus charnel, plus passionné que d'autres. À ses côtés, elle rayonnait et assumait son existence. Il avait bien accueilli la nouvelle quand elle lui avait annoncé qu'elle était enceinte. Ils étaient de plus en plus amoureux, bien conscients que cette maternité leur apporterait de nouvelles responsabilités. Un enfant était né, il fallait quand même songer à régulariser la situation des parents.

En avril 1775, Jean Quesnel se résolut à faire le voyage jusqu'à Condé-sur-l'Escaut.

— Ma nièce, comprends que, dans la famille, la faute d'un seul de ses membres salit tous les autres. Aie pitié de ma vieillesse qui s'annonce et qui me pèse chaque jour un peu plus. Je souffre tellement de douleurs dans les articulations et j'ai l'estomac noué par ces contrariétés.

Marie-Françoise aimait trop son oncle pour lui répondre trop vivement ; elle se contenta de baisser la tête.

— Marie-Françoise, pourquoi ne t'expliques-tu pas ? Ce Charles est bien le père de ton enfant... Alors ?

— Oui, il l'est, et je pense qu'il a toutes les qualités pour devenir un bon père de famille. Il est aimant aussi bien avec moi qu'avec la petite. En vous cachant notre relation, j'ai voulu vous épargner, vous et tante Marie, après plusieurs déceptions sentimentales. J'ai choisi moi-même mon mari, sans votre consentement, et je comprends que cette décision vous ait blessés. Maintenant, il faut regarder devant nous, dans l'intérêt de nos familles et des autres enfants à naître. Ils ont besoin de connaître celui qu'ils considéreront comme leur grand-père. Pardonnez-moi, oncle Jean, et faisons la paix.

— Ma nièce, je n'ai pas d'autre choix que de regarder la vérité en face. Mariez-vous vite et tout rentrera dans l'ordre.

— Nous ferons rapidement le nécessaire, c'est promis.

— Merci, ma petite.

Jean Quesnel se leva et prit sa nièce dans les bras. Ce baiser de paix valait tous les discours, toutes les paroles. À la porte de l'appartement, le vieux libraire essuya une larme.

— Au revoir !

Une fois la porte refermée, Marie-Françoise se retrouva soulagée, dans le silence de la pièce. Dans les étages de l'immeuble, des enfants couraient. Le bruit de leurs cavalcades réveillait ceux qui étaient encore assoupis. Le soleil était levé depuis bien longtemps.

Trois semaines après, l'oncle Jean revint à Condé. Sur place, il eut à nouveau une longue conversation avec sa nièce. À la fin, Marie-Françoise se laissa aller.

— Mon oncle, je te demande pardon. J'ai fait des erreurs, mais je crois qu'il fallait que je les fasse. On n'échappe pas à son destin.

— Je te pardonne, ma petite. Il faut que jeunesse se passe, et maintenant elle est passée. Tu aurais dû nous en parler plus tôt. Les mots sont là pour s'expliquer.

— Merci.

— Je te répète ce que je t'ai dit la dernière fois, pensez à vous marier rapidement.

— Ne t'inquiète pas. J'aime beaucoup Charles. C'est un bon choix et nous allons nous marier.

— Ma petite, faire le choix d'un compagnon ou d'une compagne pour la vie n'est jamais simple. Mais, tu l'apprendras également, vivre au quotidien n'est jamais évident non plus.

L'oncle Jean marqua une pause pour se rappeler qu'il avait pris du temps avant de se persuader qu'un mariage avec Marie était raisonnable. Cette jeune veuve ne voulait pas rester seule et elle l'avait bousculé. Les premiers mois de leur vie commune avaient donné lieu à des échanges parfois vifs et chacun avait fini par trouver ses marques et établir une belle harmonie qui se poursuivait.

— Tu vois, Marie-Françoise, ajouta-t-il, quand j'ai réalisé que j'aimais profondément ta tante, je m'en suis voulu. J'aurais pu m'en rendre compte plus vite. Aujourd'hui, nous sommes en fusion l'un avec l'autre.

— J'en ai eu l'impression dès mon arrivée à Valenciennes.

— Maintenant, il va nous falloir un certain temps pour nous habituer à l'idée que tu es mère de famille et demain épouse.

Marie-Françoise, qui pratiquait l'oncle Jean depuis plus de quinze ans, savait parfaitement ce qu'il voulait dire. Elle ne se méprenait pas sur ses propos et devait laisser le temps adoucir les rancœurs.

Pendant ce temps, à Valenciennes, le ventre de la jeune Bernardine s'arrondissait au fil des mois. L'enfant à naître s'agitait dans son ventre et pointait son pied sous la peau tendue de sa mère. Il bougeait à nouveau et Antoine était très satisfait de le sentir si remuant. Quand il sera né, ce gaillard ne restera pas les deux pieds dans le même sabot. Il se voyait emmenant son héritier trottiner sur les chemins qui aboutissent à l'Escaut.

Le destin de cet enfant était tout tracé : à son tour, il serait colporteur en livres et en almanachs comme on savait si bien le faire dans la famille. Antoine se jurait de l'initier au métier sur les champs de foire en Flandres et en Champagne. À la Saint-Martin de novembre, son fils le rejoindrait à la boutique et le père de famille lui transmettrait tout ce qu'il savait.

Il avait une envie folle de transférer son savoir, ses connaissances qui s'étoffaient chaque jour, car Antoine lisait beaucoup. Il avait attrapé la même maladie que l'oncle Jean ! Chez ces gens-là, on ne trichait pas, on ne mentait pas, on travaillait. Moins on parlait et mieux on se portait… Comme le disait l'oncle, ceux qui parlent tout le temps n'ont rien dans la tête tandis que ceux qui parlent un peu ont peut-être quelque chose dans les méninges. Causer jusqu'à un certain point qu'Antoine n'hésiterait pas à franchir avec son héritier, pourquoi pas ? « C'est merveilleux d'être père et de lui passer le témoin », se disait Antoine, imaginant une belle histoire sans concevoir un seul instant que mille et un grains de sable puissent contrarier ou faire capoter ce beau projet.

Le 19 février 1775, peu après minuit, Bernardine fut prise des premières douleurs de l'enfantement. Le jeune mari réveilla sa tante pour savoir la conduite à tenir. Elle l'envoya chercher la vieille Germaine qui, depuis bien longtemps, mettait au monde les enfants du quartier. Pendant ce temps, Marie activa le feu du poêle et celui de la cuisine pour faire bouillir de l'eau. Elle plongea la main dans une de ses armoires pour en sortir des serviettes et des linges coupés en bandelettes afin d'emmailloter le bébé.

Antoine revint à la maison, suivi de la vieille femme, son panier au bras garni de potions pour frictionner le nouveau-né et d'onguents pour la mère. L'un derrière l'autre, ils montèrent dans la chambre où ils trouvèrent Bernardine et tante Marie. Quelques bavardages avant que Marie n'envoie son neveu jouer dans sa cour.

— C'est désormais une histoire de femmes ! trancha Marie Quesnel. Descends à la cuisine, Antoine, fais chauffer de l'eau dans un chaudron et mange ta soupe, si tu peux ! Au moins, pendant ce temps-là, tu ne traîneras pas dans nos jambes.

Jean Quesnel arriva à son tour à la cuisine, avala un petit verre de genièvre et commença à s'affairer comme si de rien n'était. Un enfant allait naître ici, peut-être qu'ailleurs un vieux mourait au même instant. Il n'y avait rien à dire devant ces deux points de repère, séquences incontournables de la condition humaine depuis que l'homme est sur terre. Antoine chercha à s'occuper, travailla dans la réserve, poussa jusqu'à l'écurie pour donner du fourrage au cheval. Les deux hommes firent semblant de travailler tant les heures leur paraissaient longues.

Alors que l'angélus du matin carillonnait au beffroi, tante Marie descendit à la cuisine. Livide ! Antoine comprit aussitôt qu'il était arrivé malheur.

— Approche, mon garçon, tu vas monter dans quelques minutes seulement. Bernardine doit se reposer.

— Et le petit ?

— Tu verras bien…

Quand Antoine a poussé la porte de la chambre, il a aperçu le petit corps posé sur la table. Inerte. Les yeux clos. Son fils !

Sur le lit, Bernardine gisait, immobile, le nez pincé, les paupières bleuies, pâle comme un cadavre. Il ne put s'empêcher de crier.

— Calme-toi, mon garçon, murmura tante Marie en le prenant par le bras. L'accouchement a été difficile. Ta femme est très affaiblie mais vivante. Quant au petit, il n'a pas résisté à la mise au monde. Le cordon entouré autour du cou l'a étouffé. Tu vas demander au curé de bénir sa dépouille. Pendant ce temps, Bernardine va continuer à se reposer et dormir, si elle le peut.

Un jour de grisaille s'abattait sur Antoine. La chambre sentait le sang et la mort. Il trouvait que cette odeur imprégnait peu à peu toute la maison. Que se passe-t-il dans la tête d'un père quand les rêves qu'il a échafaudés s'écroulent ? Chaque minute, il s'effondrait un peu plus et tombait dans un puits sans fond. Ce soir, il ne dormirait pas. Ni demain. Il ne cesserait de tourner en rond dans ce lit qu'il occuperait seul tant que Bernardine serait trop affaiblie. Il était trop tôt pour comprendre que la douleur renvoie à la rédemption et que ce premier drame vécu par son ménage laisserait des traces indélébiles à la différence des instants de bonheur, plus éphémères et plus fluides. Il resterait marqué avec autant de cruauté qu'une marque au fer rouge sur le bras d'un condamné aux galères.

Comment croire en l'avenir après pareil coup du sort ? Comment imaginer que le soleil puisse encore se lever sur Valenciennes ?

Huit jours plus tard, les gazettes parisiennes qui s'étalaient sur le comptoir de la boutique ne parlaient que d'un événement : Voltaire était enfin revenu dans la capitale. Mieux ! La troupe de la Comédie-Française répétait sa pièce *Irène*, qu'elle allait donner en représentation. Le chevalier des causes perdues, le prophète de la tolérance et des libertés individuelles reprenait place parmi les siens sans que ses livres soient saisis pour autant. Ces bonnes nouvelles avaient fini par griser toute la famille quand… Quand Pierre Hue arriva le samedi soir, sans prévenir, et trouva ses amis complètement effondrés. Il apprit la triste nouvelle que représentait la mort d'un nourrisson, porteur de tant d'espérances pour ses parents, s'associa à leur chagrin et fut invité à partager la veillée avec eux.

— Au fait, Pierre, pourquoi es-tu là, si tôt dans la saison ? Qu'y a-t-il de si important à nous dire ?

Pierre Hue bredouilla quelques banalités avant d'expliquer qu'il était porteur de mauvaises nouvelles. Pour d'autres, il serait resté chez lui. Mais, pour Jean Quesnel et pour son neveu, il n'y avait pas cinquante solutions. Il avait dû prendre la route.

— Voilà… À Servigny, ton père, Antoine, se meurt à petit feu. Il faut faire vite si tu veux lui parler avant qu'il ne s'éteigne à tout jamais.

Antoine n'avait pas d'autre choix que de partir dès le lendemain matin. Les relais de poste fonctionnaient mieux qu'il y a vingt ans, quand il avait quitté le Cotentin, mais traverser une partie du royaume demeurait un long voyage. Malgré les bouquets que Bernardine, sa mère et tante Marie avaient déposés au pied de l'autel de la Vierge dans l'église Saint-Géry, il y a un mois, les larmes l'emportaient sur les joies.

Après cinq journées de diligence, Antoine arriva à Carentan et trouva un meunier qui le véhicula jusqu'à Périers. Il poursuivit son chemin à pied et marcha à belle allure sur la route royale de Périers à Coutances. Avant Monthuchon, il coupa en direction de La Rondehaye, observant des paysans qui charriaient du fumier avec un lourd tombereau. Plus loin, un clocher se découpait devant lui. Irréel comme un songe dans la douceur d'un mois de mars baigné par le vent de la mer.

— Servigny !

Un meuglement de vache lui répondit en écho. C'était la première fois qu'il revenait au pays depuis vingt ans et ce clocher n'avait pas changé d'allure depuis son départ. Il ressentit un choc, heureux du chemin qu'il avait parcouru grâce à son oncle, mais également très inquiet en raison de l'état de santé de son père et de celui de Bernardine. La ferme familiale surgit au détour du chemin.

Antoine poussa la porte de la grande pièce. Très affaibli, son père était couché et Marie Grandin, assise sur une chaise, filait de la laine tout en le surveillant.

— Bonjour, papa, c'est moi… Antoine… ton fils aîné.

— Ah ! Antoine, c'est tout bonnement incroyable, marmonna son père du fond de son lit. Pour une surprise, c'est une surprise. Comment as-tu su que ma santé n'allait pas fort ?

— C'est Pierre Hue, un de nos clients, qui a fait la route pour venir nous prévenir à Valenciennes.

— Quelle histoire, mon garçon ! Je croyais que j'allais mourir sans revoir mon grand gars et je me demandais si Dieu serait bon pour une fois.

— Ne dis pas ça, papa.

— Approche-toi donc, que je sente ta main dans la mienne.

Le père et le fils se regardaient en silence. Seul le rouet de Marie Grandin faisait un léger cliquetis dans la pièce. Pas plus ces retrouvailles que le départ d'Antoine, rien ne semblait émouvoir cette femme peu chaleureuse. Un cœur de pierre, cette Marie-là…

Antoine observa son père qui ne bougeait guère. Le colporteur en livres envoya le petit du voisin prévenir le curé de son arrivée, en guise de remerciements, car c'est ce brave homme qui avait prévenu Pierre Hue. Le desservant vint saluer Antoine, car il savait que le petit paysan de Servigny était devenu un monsieur, associé au commerce de son oncle et marié à la fille d'un maître imprimeur de Valenciennes. En un mot, Antoine était devenu une personnalité respectable. Le curé repartit comme il était venu, confirmant simplement qu'on pouvait le déranger à n'importe quelle heure du jour ou de la nuit.

Antoine replongea dans ses réflexions. Il songea à sa mère, Élisabeth, à ses frères et sœurs enterrés depuis si longtemps, à la vie désolante de son père, consacrée en totalité au travail. Il songea à sa tête quand il les avait abandonnés tous les trois avec l'oncle Jean, un matin d'automne. Un regard vide, sans doute pour mieux dissimuler son désarroi et cette forme d'humiliation que représentait leur enlèvement par son beau-frère. Son père n'avait peut-être pas mérité ce coup du sort…

Pourtant, alors qu'il faisait preuve d'indulgence vis-à-vis de son père, Antoine revoyait les pleurs de sa mère, ses colères et sa silhouette de vieille femme desséchée. Une fois encore, il se trouvait devant un mur et se disait qu'à l'époque il n'était encore qu'un gamin et que ces malheurs en cascade, ce n'était pas son affaire.

Le soir venu, la porte tirée, Antoine s'installa au bout de la table. Petite, boulotte, ramassée, la Marie Grandin le dévisageait comme un étranger.

Ils se connaissaient si peu… Il y avait si longtemps qu'ils s'étaient vus et ils avaient si peu de choses à se dire… Pour se donner une contenance, Marie Grandin alla jusqu'à son rouet rangé dans un coin de la pièce. Elle s'en servait beaucoup durant les veillées pour filer le lin que Pierre-Antoine faisait rouir dans la rivière, le chanvre ou la laine comme aujourd'hui. La présence d'Antoine la gênait. Elle sortit dans la cour pour rentrer ses volailles, leur donner un peu de grain et de pissenlits. Au moins, pendant ce temps-là, elle n'aurait pas à parler…

Le jeune homme se réjouissait à l'idée de revoir ses oncles et tantes de La Rondehaye, ses cousins et ses cousines. Il regrettait de ne pas être présent aux côtés de sa chère épouse, qui avait tant besoin de lui en ces moments douloureux. Chère Bernardine, qui apportait son regard lumineux sur ses journées de travail. Les grandes plaines des Flandres n'avaient rien de comparable avec ce pays vallonné, aux haies vives pour délimiter des champs minuscules où des vaches trop maigres paissaient entre les rangées de pommiers. Au fil des années, Antoine avait appris à aimer sa terre d'adoption, ce pays aux immenses étendues sur lesquelles glisse le regard, et aux cheminées fumantes qui indiquent les puits de mine.

Il mit une journée avant de s'habituer au rythme de cette petite paroisse si différente de Valenciennes. Il avait l'impression d'être un étranger dans la maison de son père, qui déclinait à vue d'œil. Il était revenu ici, comme le lui avait suggéré Pierre Hue, et avait le sentiment d'accomplir son devoir. Il passait des heures à côté du lit sans rien dire, juste à attendre le dénouement. Son père n'avait pas touché à l'écuelle que lui avait apportée Antoine. Il ne savait appeler que Marie Grandin, qui courait partout. Traire les vaches, écrémer le lait, faire le beurre, s'occuper du bétail, elle ne manquait pas de travail. Dans l'après-midi, Pierre-Antoine cracha du sang et perdit ses dernières forces. La fin était proche. Passerait-il la nuit ? Ce n'était pas certain. Antoine faisait les cent pas du lit à la porte de la maison, sortant de temps à autre pour regarder le ciel étoilé sans pouvoir lire dans la course des nuages son propre avenir.

Son père s'en allait, entre quelques râles suivis de soubresauts et de longs moments de silence. Marie Grandin, assise sur une chaise cannée, pleurait à chaudes larmes. Elle perdait le paysan avisé qui la faisait vivre tant bien que mal, malgré les mauvaises récoltes, sans rechigner sur ses efforts. Tout à coup, Pierre-Antoine Giard eut un éclair de lucidité et s'adressa à son fils :

— Antoine, je t'en prie, tu devrais revenir vivre au pays. Tu pourrais reprendre la ferme et faire le colporteur à la belle saison, un mois ou deux. Ainsi, tu pourrais arrondir la propriété et tu deviendrais un bon laboureur.

— Désolé, papa, mais ma vie est ailleurs, en Flandres, avec femme et enfant. Nous venons de perdre notre premier bébé, mais nous en aurons d'autres… Je ne reviendrai jamais ici. Comprends-le, une bonne fois pour toutes !

C'était dit sans ménagement. De quoi achever un homme usé, à bout de forces.

Au petit jour, Pierre-Antoine Giard décéda alors que les coqs dans les basses-cours se saluaient déjà.

Le curé arriva peu après. Antoine et Marie Grandin s'agenouillèrent pour réciter la prière des défunts. Après la visite du curé, Antoine partit marcher dans la campagne. Ému de laisser derrière lui la maison où il était venu au monde. Il parcourut des champs où il avait travaillé autrefois et se demandait ce qu'étaient devenus ceux qui avaient besogné avec lui, l'Auguste Buhot et le Jacques Rouil. Ces champs lui devenaient étrangers. Il était tout gonflé de tristesse et de mélancolie.

Deux jours plus tard, le curé procédait à la mise en terre de son paroissien. Le glas sonnait à la petite église de Servigny… Une page était tournée.

La famille et les proches venus de La Rondehaye, de Monthuchon, de Coutances et d'autres paroisses rentrèrent en groupe jusqu'à la ferme. Les femmes servirent quelques moques de cidre. Certains prononcèrent trois mots aimables à propos du défunt avant de repartir.

— Je m'en irai demain, annonça Antoine à Marie Grandin.

— Voyons, sois raisonnable… le corps de ton pauvre père n'est pas encore refroidi, se permit-elle de lui dire.

— C'est entendu. Mais mon travail m'appelle et surtout ma famille. Ne vous inquiétez pas, Marie, vous vous êtes remariée une fois, vous le ferez bien une seconde. Vous êtes estimée dans la région, m'a dit mon oncle de La Rondehaye. Une fois passé le temps du deuil, vous referez votre vie. Ne soyez pas choquée, c'est notre lot à tous de rebondir après les épreuves…

Et Antoine savait de quoi il parlait.

— Demain, je m'arrêterai au presbytère, poursuivit-il, pour remettre au curé mes instructions. Vous resterez ici le temps que vous voudrez, Marie. Ensuite, il faudra vendre la ferme et les quelques bêtes. Vous toucherez votre part, soyez sans crainte.

Le colporteur reprit la route du Nord, avec devant lui des jours de marche, de diligence, d'auberges garnies de vermine, de rideaux qui sentaient le bouillon gras. Il s'arrêta deux jours à Rouen pour y rencontrer des confrères. À *L'Auberge du Chapeau rouge*, il but un petit verre d'eau-de-vie. Ici, comme dans les autres tavernes, cette eau-de-vie de cidre était mélangée à de l'eau et aiguisée avec du poivre. Alors qu'il sirotait tranquillement ce breuvage, il aperçut une silhouette connue.

— Dis donc, ça ne serait pas le grand Jules Lecuirot qui vient de passer la porte ? lança Antoine Giard.

— Et comment donc ! C'est le gars de Valenciennes, le p'tit Giard, qui traîne à Rouen ! Qu'est-ce que tu fais par ici ?

— Je rentre du pays. Je viens de mettre en terre mon père.

— Paix à son âme ! Nous allons vider un pot de vin de Bourgueil à sa mémoire.

— Merci, mon ami, mais toi, Jules, que deviens-tu ? Tu n'es pas venu à Valenciennes depuis deux ou trois ans…

— Exact, je me suis installé à Montargis, où j'ai ouvert une boutique que tient ma femme quand je pars sur les routes.

— Tu es marié ?

— Oui, avec une gentille Anne-Madeleine, depuis le mois de juillet 1773. Elle a du caractère, ce qu'il faut pour ne pas se faire rouler par les *mercerots*[1] et les colporteurs à la balle qui s'arrêtent chez nous.

— Tu fais le grossiste comme mon oncle Jean ?

— Pas tout à fait, mais j'ai du stock en bonne quantité et je continue à voyager dans le Gâtinais et l'Île-de-France. J'ai mes points de chute à Étampes, à Milly-la-Forêt et à La Ferté-Alais. Je propose un choix varié, souvent dans l'air du temps. Tu me connais, j'ai toujours deux ou trois brûlots contre les Jésuites, des livres des philosophes, parfois du Voltaire ou du Diderot. Il y a toujours des amateurs, mais…

— Oh ! je sais ce que tu vas me dire… la police.

— Eh oui, elle est toujours là, et l'an dernier elle m'a bouclé pendant deux mois. Deux mois au pain sec avant de retrouver ma chère Anne-Madeleine.

— C'est vrai que les colporteurs en livres n'ont jamais été appréciés par les autorités. Si nous buvions un peu, parler comme tu parles va finir par t'assécher le gosier !

— Buvons à la mémoire de nos chers disparus, Antoine, et à la prospérité de nos affaires.

Un silence pesant s'installa entre les deux hommes, le temps pour Antoine de vider son gobelet, de penser à son père disparu, à la souffrance, et à l'espérance d'un nouvel enfant.

---

1. Petits marchands ambulants vendant principalement de la mercerie, des aiguilles à coudre, des ciseaux.

— Il est très bon, ce vin, constata Jules Lecuirot, mais il donne soif ! Si on remettait une tournée ?

— Oui, bien sûr !

Une jeune servante leur apporta un pichet et les servit, les laissant plongés dans leurs pensées.

— Jules, travailles-tu bien à Paris et dans les faubourgs ?

— Je vais te dire bien franchement, Antoine, ce n'est pas un endroit facile, surtout pour moi qui arrive avec ma charrette, car la circulation n'est pas commode dans la capitale. Y a-t-il trop de carrosses, trop de banneaux, de tombereaux ? Je n'en sais rien. Ce qui est certain, c'est que les rues sont trop encombrées. Il est difficile dans ces conditions d'attraper le chaland. Et puis, il y a toute une faune qui gêne les affaires, formée par le bas peuple des marchands ambulants, le raccommodeur de faïence, le marchand de tisane, le réparateur de vieux soufflets sans oublier la brouette du vinaigrier.

— Que veux-tu, Jules, il faut bien que le soleil brille pour tout le monde.

— D'accord, mais les lieutenants de police sont bien méfiants avec tous ces lascars. Ils font des contrôles pour contrer le vagabondage et la mendicité. La dernière fois que j'y étais, ils ont arrêté un marchand de rubans et de galons, un gars du pays de Coutances qui mendiait avec de faux certificats ; le malotru a été mis sous les verrous.

— Eh bien, je vais retrouver le Nord avec plaisir. Dans l'immédiat, Paris n'est pas fait pour moi ; l'endroit me fait peur et je crois que je n'irai jamais !

— C'est ce qu'on dit, mais tu finiras par y aller !

— Qui peut dire de quoi demain sera fait ?

XIII

DURANT CES SEMAINES D'ABSENCE et de malheur, Antoine Giard avait mesuré le chemin parcouru par son oncle Jean. À quelques années d'écart, ils étaient partis du même pays, de deux paroisses voisines. Arriverait-il à faire aussi bien que son oncle ? Mieux ou moins bien ? La question le taraudait. Il appréhendait davantage un des enjeux de son existence.

Enfin, il traversa les rues de Valenciennes qui menaient à son foyer. Il retrouva sa femme avec plaisir.

— Bernardine..., murmura-t-il en la prenant dans ses bras.

Sa joue contre sa joue lui procurait un immense sentiment de réconfort. Il lui caressa les cheveux tandis qu'il sentait une main fine lui pincer le bras.

— Bernardine chérie..., chuchota-t-il.

Lorsqu'elle releva la tête, il l'embrassa. Bernardine pleurait à chaudes larmes. Son homme était enfin rentré. Comme l'attente avait été longue.

La semaine prochaine, elle irait à l'église pour la cérémonie des relevailles, comme si leur bébé était toujours en vie. Les pratiques religieuses qu'imposait l'époque étaient parfois cruelles. Antoine ne cessait de regarder sa femme. Il trouvait son visage si doux, ses pommettes trop blanches qui attendaient un verre de bière pour se colorer.

Ces épreuves qui s'étaient abattues sur eux avaient renforcé leur attachement et redonné du sel à leurs retrouvailles. Un désir violent avait fouetté son sang, effaçant tout le reste, la mort de leur enfant, celle de son père. Ce soir, il se glisserait contre elle. Il voulait la toucher, la caresser, retrouver chaque pouce de son corps. Au diable, les conséquences !

Deux mois plus tard, Bernardine avait repris des couleurs, bien soutenue par sa mère, Angélique, et par celle qu'elle considérait comme sa belle-mère, Marie Quesnel. Elle s'ennuyait de cet enfant qui lui avait fait faux bond après l'avoir chatouillée de ses petits coups de pied pendant plusieurs mois. Il ne restait plus qu'à en faire un autre, peut-être avant le départ d'Antoine, pour qu'il naisse à la fin de l'hiver ou au printemps.

La tante Marie se levait chaque matin de bonne heure ; elle s'activait en cuisine pour revigorer les braises et chauffer la soupe du matin. Antoine ne cessait de reporter son départ. Son oncle s'impatientait et ronchonnait. Il aurait dû être sur la route depuis longtemps, mais depuis une semaine, chaque jour, il repoussait de vingt-quatre heures l'instant du départ. Son être ne se résignait pas à abandonner sa petite femme après tant de chagrin et de désillusions.

Un matin, Antoine regarda le ciel. Le vent avait nettoyé depuis longtemps la plaine et il faisait frissonner les feuilles des arbres non loin du canal. L'orge, l'avoine et le blé poussaient, insensibles à la peine des hommes. C'était décidé, le départ aurait lieu dans quarante-huit heures. La précipitation n'est pas bonne conseillère. Qu'importe !

Au moment du départ, son oncle lui glissa à l'oreille sur le pas de la boutique :

— Ne rumine pas de mauvaises idées en chemin, mon garçon. Pour toi comme pour Bernardine, l'avenir est devant vous. Laisse-toi aller et accepte ce que la Providence place sur ton chemin.

Un dernier baiser, une dernière étreinte et le colporteur de livres partit en direction de Cambrai, première étape d'un circuit qui allait durer six mois.

À l'auberge, entre maîtres colporteurs et jeunes apprentis plus ou moins confirmés, la conversation glissa sur les œuvres de Voltaire, qui avait toujours eu des problèmes avec la justice. Son *Dictionnaire philosophique portatif,* paru l'année précédente à Londres, avait été condamné par le Parlement de Paris. Il allait à nouveau circuler sous le manteau. Le philosophe s'était régalé en écrivant cette série d'articles qui abordaient ses sujets de prédilection : le fanatisme, la superstition, les erreurs judiciaires, l'injustice sociale. Comme beaucoup, les marchands de livres ambulants avaient apprécié le courage dont Voltaire avait fait preuve lors de l'affaire Calas. Il aurait pu rester insensible aux malheurs de cette famille, au mépris dont faisaient preuve les magistrats, et se contenter d'écrire un nouveau conte ou une pièce de théâtre.

— C'est quoi, l'affaire Calas ? demanda Nicolas Lescalier, un jeune colporteur qui n'avait pas encore de poil au menton.

— Tu ne le sais pas ? C'est pardonnable. Je vais t'en dire quelques mots. En 1761, Marc-Antoine Calas fut trouvé pendu au domicile de ses parents, à Toulouse. On accusa son père, un protestant, de l'avoir assassiné pour éviter qu'il ne se convertisse. Enquête, prison et procès… Jean Calas fut condamné à subir en place publique le supplice de la roue jusqu'à ce que mort s'ensuive…

— Et alors ?

— Une fois Jean Calas mort, la sentence contre sa famille n'était pas achevée. Encore plus dure que tu ne l'imagines, Nicolas, car le frère du jeune pendu, Pierre Calas, fut condamné au bannissement et ses deux sœurs enfermées dans un couvent.

— Voilà la justice du roi, ricana Pierre Renouf, un colporteur chevronné.

— Chut… si tu continues, tu vas aller en prison, coupa Antoine.

— Dis donc, mon collègue, trancha Pierre Renouf, tu es encore jeune mais déjà très averti des choses de la vie et de la cruauté du monde. Tu peux poursuivre, car j'ai l'impression que ce Voltaire te plaît bien.

— Sans doute, dit Antoine en se tournant ensuite vers le jeune Nicolas Lescalier. D'abord indécis, Voltaire va mener son enquête et accueillir dans sa propriété, à Ferney, les deux fils de Jean Calas. Au terme de longues discussions, le philosophe avait acquis la conviction que le protestant était innocent. Il allait s'activer pour obtenir la révision du procès, sollicita ses amis et trouva en Élie de Beaumont un avocat célèbre qui allait défendre la veuve. Et cet avocat inscrit au parlement de Normandie était un de nos « pays ».

— Comment ça ? intervint le jeune Nicolas.

— Élie de Beaumont est natif de Carentan, au bout de la route qui vient de Coutances, avant de rejoindre le Bessin. Il s'est rendu célèbre en publiant son *Mémoire pour les enfants de Calas*.

— Et Voltaire ?

— Bien entendu, le philosophe va se mettre à sa table de travail et rédiger régulièrement des libelles qui font du bruit. Beaucoup de bruit ! Il publie le *Traité sur la tolérance*, plaidoyer pour le retour des protestants qui se sont exilés. Il n'hésite pas à interpeller Dieu : « Ce n'est plus aux hommes que je m'adresse ; c'est à toi, Dieu de tous les êtres, de tous les mondes et de tous les temps… Tu ne nous as point donné un cœur pour nous haïr et des mains pour nous égorger ; fais que nous nous aidions mutuellement à supporter le fardeau d'une vie pénible et passagère… » À mon avis, l'homme qui est capable d'écrire de semblables propos ne peut être que fondamentalement bon. Malheureusement, mon point de vue n'est pas partagé par le plus grand nombre, vous vous en doutez !

Les marchands de livres ambulants et leurs apprentis se turent un long moment. Cet Antoine Giard avait une qualité de jugement et une connaissance des écrivains qui en étonnaient plus d'un.

Il avait aussi un réel talent de pédagogue que les jeunes appréciaient.

— Sapristi ! s'exclama le jeune Lescalier.

— Calme-toi ! L'affaire Calas n'est pas encore terminée, poursuivit Antoine. Le parlement de Toulouse est maintenant obligé de communiquer le détail de la procédure à la partie adverse.

*

* *

Dans son cabinet, à Versailles, en présence de quelques conseillers, le roi Louis XVI ne cessait de fulminer contre le philosophe.

— Est-ce qu'on ne peut pas faire taire cet homme ? suggéra-t-il, fort courroucé.

— Majesté, vous ne pensez quand même pas demander à la police, à vos hommes de l'ombre, de l'exécuter de sang-froid ?

— Pourquoi pas ? répondit avec détachement Louis XVI.

— Mais toutes les cours d'Europe se déchaîneraient contre vous, Majesté, et j'ai bien peur que le résultat ne soit pis que le but recherché. S'il apprend que nous bougeons, Voltaire ira se réfugier à Genève et écrira de nouveaux textes plus acides que les précédents. La société française est traversée par des idées qui militent vers un changement de mode de fonctionnement, plus de justice face à l'impôt, plus de liberté de conscience… et rien ne bouge, Majesté.

— Hum…

— J'ai peur qu'en ne faisant rien, Majesté, le royaume ne perde le lustre qu'il avait acquis sous vos prédécesseurs.

— Merci, monsieur le conseiller, vous pouvez vous retirer dans vos appartements et je vais réfléchir à ce que vous venez de me dire... Merci, messieurs, cette séance de travail est terminée. À plus tard.

*

* *

Pendant cet été 1775, un ouvrage signé Jacques Necker connut un vif succès. Son titre : *Sur la législation et le commerce des grains*. L'énorme réussite en librairie s'expliquait aussi par la conjoncture, car les récoltes de grains étaient désastreuses. Le manque de blé fomentait des émeutes populaires et favorisait les demandes de réglementation en matière de prix des grains. Jean Quesnel ne se passionna ni pour ce sujet ni pour ce livre. Toutefois, il eut la bonne idée d'en mettre quelques exemplaires dans sa vitrine et sur le comptoir. Les mordus savaient où trouver l'ouvrage et le bouche-à-oreille fonctionna de façon remarquable. Les lecteurs affluaient et les colporteurs venaient régulièrement faire leur réassortiment. Ce Necker portait chance !

Tandis qu'Antoine courait les provinces du nord du royaume, Bernardine était allée voir l'accoucheuse, la vieille Germaine, qui savait tellement de secrets de santé. La petite femme au visage de sorcière lui proposa de revenir quand son mari serait de retour. Elle lui donnerait une potion dont elle avait le secret, un breuvage qui remet les jeunes femmes sur le chemin de la maternité.

Quand Antoine rentra, fin octobre 1775, quelques jours plus tôt que prévu, la surprise avait été grande pour tous. Bernardine s'était jetée dans ses bras, comme une amoureuse affamée, retenant avec difficulté les larmes qui coulaient.

— Te voilà, mon chéri. Comme c'est bon de te savoir ici, avec nous, pour plusieurs mois.

— Bernardine, ma petite, laisse-lui un peu de temps, intervint tante Marie. Il n'a plus l'habitude de tes baisers. Tu vas l'étouffer. Mais, crois-moi, l'envie lui reviendra vite !

Tout le monde éclata de rire.

Le soir, une fois la chandelle soufflée, Bernardine avoua ses craintes, la tête enfouie sous les draps de lin. Antoine lui caressait les cheveux de ses longs doigts fins, les laissant glisser sur la nuque.

— J'ai peur de ces retrouvailles, Antoine.

— Moi aussi. J'y ai pensé toute la semaine dernière. Mais comprends donc que, ce je redoute le plus, c'est de te perdre.

— Notre malheur…

— N'y pensons plus, s'il te plaît, dit-il en effleurant la chaînette dorée qui descendait au creux de la gorge de la jeune femme. Ne crains rien, nous sommes ensemble sous les couvertures. Viens te blottir contre moi au lieu de me fuir.

— Avec grand plaisir, mon chéri !

Le dimanche suivant, Antoine et Bernardine allèrent à la messe ensemble. Après avoir franchi la porte de l'église et plongé la main dans le bénitier, Antoine rejoignit le côté des hommes, celui où le prêtre lit l'Évangile, tandis que son épouse allait du côté des femmes. Après l'office, sur le parvis de l'église, Bernardine bavardait avec les épouses d'autres commerçants qu'elle connaissait depuis son enfance. Elle avait assez d'esprit et de bon sens pour se sentir à l'aise. Au retour, elle parla à son mari de cette potion que la vieille Germaine devait lui préparer. Elle irait voir demain si elle était prête. Ce que femme veut, elle le fait. Alors…

Antoine n'avait plus qu'à succomber aux folles étreintes, au plaisir des corps enlacés, aux mains qui s'agitent et qui s'affolent dans des caresses enivrantes. Une fois la chandelle éteinte, la nuit leur appartenait.

La fin de l'automne fut dure et le vent du nord plus glacial que jamais. Le ciel n'en finissait pas de s'accrocher au beffroi. En décembre, dès la Saint-Nicolas, la neige, plus épaisse que d'habitude, recouvrit les toits, les rues, la campagne. Sur le marché, des commères disaient que des loups avaient attaqué des bergeries. Les gardiens les avaient repoussés à coups de fourche et de bâton ferré. Les jours passaient et les stocks de fourrage baissaient rapidement dans les granges.

Le malheur voulut que la vieille magicienne que consultait Bernardine soit partie à Beauvais chez un grand bourgeois qui venait d'épouser en secondes noces une pimprenelle de dix-sept ans. Elle y resta jusqu'aux premiers jours de janvier et revint à Valenciennes pour la fête des Rois. Avec son retour, le ciel s'éclaircissait. Dès la nouvelle connue, Bernardine y fila. Le printemps n'allait pas tarder à frapper à la porte et la vie reprendre son cours.

Quelques semaines plus tard, la jeune femme était enceinte.

*

* *

L'oncle Jean apprit à son neveu que Marie-Françoise et Charles Feneulle s'étaient enfin mariés à Condé, le 9 septembre 1775, en toute discrétion, à l'occasion d'une messe basse.

Il ne lui raconta pas les visites qu'il avait effectuées à Condé, après la violente colère de la tante Marie. Très puritaine, elle ne concevait les rapports intimes que dans le cadre du mariage. Pour elle, le péché de chair appartenait aux sombres complots fomentés par le diable et méritait pénitence.

Ce que Jean Quesnel ignorait lors de sa dernière visite, c'est que sa nièce attendait pour le printemps un second bébé. Tante Marie l'aurait lu sans doute sur le visage de la jeune femme, mais elle avait refusé de se rendre à Condé.

Marie-Françoise accoucha d'une seconde fille le 12 mars 1776. Antoine décida d'aller la saluer le dimanche suivant et découvrit la petite Agnès Antoinette Françoise. Il était temps de se raccommoder après des mois de silence et d'ignorance. Désormais, sa sœur et son beau-frère semblaient posés dans l'existence et redevenaient fréquentables.

Deux semaines plus tard, Bernardine et son mari firent un tour à la foire aux pains d'épice pour célébrer la bonne nouvelle. Ils rirent devant les mimes et les pantomimes, eurent peur devant les montreurs d'ours et les cracheurs de feu. Le propre de la jeunesse est d'oublier les accidents de la vie, d'oublier pour essayer de courir vers le bonheur. Autour d'eux, la campagne se parait de mille attraits. Même le canal, entre les rangées d'arbres, semblait une invitation au voyage.

*
* *

Le printemps marquait le retour du colportage. Antoine prit la route en compagnie de cinq apprentis. Encore une fois, il s'éloignait de sa chère Bernardine. Il tournait le dos à Valenciennes et redevenait un des « pieds poudreux » qui courent les routes, puisque c'était ainsi que certains appelaient les colporteurs. Son cœur mélancolique alourdissait ses pas. Il y avait le travail et, blotti dans un coin de sa tête, le doux visage de sa femme. Il emportait sous le vent, le soleil et la pluie cet amour qui pesait plus lourd que son ballot de colporteur. Pleuvra, pleuvra pas, il avançait d'un pas résolu d'étape en étape. Les chiens aboyaient dans le lointain ou dans une cour de ferme mais, à l'heure du marché, les gosses, les filles à marier et leurs mères viendraient le voir. Foires, marchés et déballages se succédèrent. Une bible en images pour une bigote, *Le Catéchisme des amants* pour une demoiselle très délurée, il fallait de tout pour satisfaire le public le plus large.

Un soir, à l'auberge, il rencontra un vieux colporteur, la silhouette voûtée, la peau parcheminée par les excès de soleil et de pluie.

— Mon garçon, lui dit l'homme, n'oublie pas d'apprécier chaque jour que Dieu fait, chaque instant même en te disant que c'est peut-être le dernier. La mort rôde toujours sans que l'on s'en rende compte. Alors, sois prévoyant et ne gaspille pas le meilleur de la vie !

Antoine l'avait écouté et avait plongé son regard dans son verre de bière pour oublier les bavards qui s'agitaient dans cet estaminet.

En mai, la justice avait condamné Delisle de Sales pour son ouvrage *La Philosophie de la nature*. L'auteur avait été envoyé au Châtelet en attendant de faire amende honorable en place de Grève, une torche à la main. L'opinion publique, mobilisée par les gazettes, s'était tellement agitée que le Parlement de Paris avait fait machine arrière et avait cassé le jugement. Delisle avait recouvré sa liberté et ses livres s'étaient auréolés de cette affaire pour être très demandés. Antoine ne rata pas le coche et en commanda une grande quantité pour approvisionner colporteurs et confrères.

Le 4 juillet 1776, les treize colonies anglaises d'Amérique du Nord avaient proclamé leur indépendance, le signal d'une guerre ouverte contre l'Angleterre ! Qu'allaient faire George Washington, leur général en chef, et Benjamin Franklin, leur ambassadeur à Paris ? Ce dernier avait conclu avec Louis XVI un traité d'alliance qui exaspérait Londres. C'était à nouveau la guerre entre les deux puissances.

*

* *

14 décembre 1776. Un petit bébé s'annonça alors que le couple était monté se coucher. Mêmes douleurs, mêmes gestes, même démarche qu'il y a un an. Antoine alla chercher la Germaine, qui jeta un fichu de laine noire sur ses épaules et prit son panier garni de ses remèdes habituels. Quelques heures après, un petit garçon joufflu, la peau fripée, venait agrandir la famille. Antoine monta voir son fils alors que la vieille femme s'activait. Ses secrets, si utiles pour rendre possible la maternité, pour soigner et calmer après l'accouchement, appartenaient à un univers caché. Le jeune père savait que, dans les marais du Cotentin, des pêcheurs, des braconniers connaissaient d'étranges recettes. À chaque pays ses sorciers et ses habitudes, pourvu que le bon peuple y trouve sa consolation et des raisons d'espérer.

On but, on trinqua pour l'héritier, et surtout on fit une neuvaine en priant Dieu de le laisser à l'affection de ses parents et de ses proches. Marie Quesnel courut prévenir le curé pour que le baptême ait lieu au plus vite. Ce qui fut fait dès le surlendemain. Le nouveau-né prit le nom de Bernard-Antoine. Marie-Françoise fut la marraine tandis que l'un des frères de Bernardine, Félix, fut ravi d'être choisi comme parrain. Angélique et tante Marie, les grand-mères, distribuèrent des dragées aux enfants du quartier. La famille offrit aux employés du vin chaud parfumé avec quelques grains de poivre, des clous de girofle, de la cannelle et du miel, une boisson tonique pour marcher dans la vie d'un pas assuré. Le dimanche suivant, Marie prépara une poule au pot pour les deux familles.

Victorine Broucker, la nourrice, s'installa pour quelques semaines à la maison. Haute de cinq pieds et large de trois, elle en imposait avec sa poitrine opulente et ses jambes torses. Les femmes veillèrent l'enfant pendant les premiers jours pour s'assurer qu'il vivait et qu'il allait bien. Les voisins passaient, disaient bonjour, embrassaient Bernardine, qui restait alitée, et félicitaient le père.

Quinze jours plus tard, tante Marie prit place dans une carriole en compagnie de la mère de Bernardine, de la nourrice et du bébé. L'équipage fila dans la campagne, jusqu'à une maison basse aux soubassements en brique. Ils étaient arrivés chez Victorine. Bernardine garda encore la chambre le temps des relevailles, avant de se rendre à l'église pour remercier Dieu de lui avoir donné ce fils, respectant un rituel avant de reprendre sa place dans la société. Trois mois plus tard, le couple se rendit chez la nourrice. Leur enfant avait bonne mine, des cheveux blonds, très fins, et des mains potelées.

*
* *

Les mois de la saison du colportage passèrent et, sur la route du retour, Antoine aperçut deux pies noir et blanc qui sautillaient devant lui. Il ne put s'empêcher de faire un signe de croix. Les pies s'envolèrent, coupant d'un trait rapide l'horizon. Un mouvement qui ne valait rien à ses yeux. Des pies qui vous narguent sur la route, c'est signe de malheur et de malédiction ! Oh, flûte !

Qu'allait-il arriver ? Que découvrirait-il à son retour ? Son petit garçon malade ? Sa femme souffrante ? Les affaires encore plus difficiles et les impôts plus lourds ? Des nuages sombres allaient s'accumuler sur sa tête, il ne pouvait en être autrement. Qu'en penser ? Que redouter ?

Comment rompre ce sortilège maléfique ? Cracher deux fois à l'endroit où les pies avaient pris leur envol, c'est ce que l'on disait autrefois à Servigny, mais aujourd'hui, en Flandres, était-ce suffisant ? Il en doutait. Un désespoir rampant et sournois le tenaillait. Il essayait de se raisonner pour laisser un peu de temps au temps et attendre que le ciel s'éclaircisse… Sinon, il irait voir la vieille Germaine, qui avait plus d'un tour dans son sac et qui savait repousser le mauvais sort avec une décoction d'herbes cueillies par un soir de pleine lune sur les bords de la mare de la Dame blanche… celle qui vous terrorise, les nuits de brouillard.

Antoine envisageait toutes les possibilités. La foudre était peut-être tombée sur la maison de son oncle parce qu'une sorcière aurait jeté sur le toit un œuf qui, en se brisant, indiquait au feu du ciel le point où il fallait frapper. Tout était possible dans un monde d'où le rationnel s'était enfui. Il avait beau se répéter : « Calme-toi, tu ne sais pas ce qui t'attend », rien n'y faisait. « Si le mauvais sort a frappé, tu n'auras qu'à te battre. Un signe du destin ne signifie pas qu'il faille renoncer à vivre pour autant. »

Le commerçant ambulant avait peut-être trop d'imagination à force de lire et de voyager. Il se sentait accablé par la fatigue au terme de cette longue tournée et du désir inassouvi pour sa femme après ces mois passés loin d'elle. Que lui dirait-elle s'il lui racontait les divagations de son esprit ? Une remarque frappée au coin du bon sens, du genre : « Antoine, tu n'es qu'un idiot ! À force de ruminer le malheur, tu l'appelles et il finit par danser devant ta porte. Mange donc ta soupe, profite de la vie et bois un verre de vin de Moselle. »

Le colporteur rentra chez lui en octobre, serra sa femme dans ses bras, retrouva sa place autour de la table. Il mangea sa soupe du bout des lèvres tout en voyant ces pies danser devant lui. Quand il fermait les yeux, ces oiseaux de malheur ne le lâchaient pas : ils avaient bien un drame à lui annoncer.

Avant de se coucher, tante Marie lui prépara une tisane de millepertuis avec une cuillère de miel. Antoine finit par s'endormir et retrouver, virevoltant dans ses rêves, ces oiseaux de malheur. Il se voyait, marchant sur un chemin de campagne, en compagnie de son père et de sa mère, habillés de pèlerines noires qui leur battaient les chevilles. La mort, disait sa mère, n'est pas une fin, juste une transition, le commencement d'une autre vie. Son père l'avait pris par l'épaule.

— Ne t'inquiète pas, mon gaillard, le jour va se lever…

Comme les oiseaux de malheur aperçus la veille, ses parents avaient disparu dans la nuée, derrière un bouquet d'arbres enveloppé dans un brouillard épais. Antoine marchait vers l'horizon, bien au-delà du canal. L'aube lui apportait silence et paix. Enfin !

Le lendemain, la vie à Valenciennes avait repris son cours, mais l'inquiétude ne se dissipait pas. Antoine restait cloîtré dans la boutique, peu bavard, contrairement à son habitude, lui qui était d'un caractère aimable et jovial. Dans un coin de la réserve, il marmonnait seul. Des heures de monologue pour tordre le cou à ces pies noir et blanc. Avec difficulté, Bernardine parvint à le décider à rendre visite à la nourrice. Leur enfant grandissait et souriait. Bernardine était émue aux larmes. Le nourrisson lui tendait les bras.

— Regarde, Antoine, comme il te ressemble... Oh, qu'il est beau !

Un après-midi, Guillaume Lesoin, le fils du bourrelier, entra dans la boutique si discrètement qu'Antoine ne le remarqua pas. Le jeune homme avait avancé en déployant des ruses de chasseur qui veut surprendre le gibier. Antoine fut tellement surpris qu'il se mit à lui parler machinalement.

— Bonjour Guillaume, tu fais les courses, dis-moi ?

— Non, je voulais te saluer. Viens donc avec moi, je t'offre un verre de genièvre à l'estaminet... à moins que tu ne préfères une tasse de café, comme à Paris !

— Merci, Guillaume, mais je n'ai pas envie de sortir !

— Je le vois bien ; pourtant, quitter ta boutique cinq minutes te ferait le plus grand bien. Tu commences à sentir le papier moisi. Tu as dû croiser un envoyé du diable pendant ta tournée d'été, car tu as bien mauvaise mine. Un peu de genièvre va te secouer les sangs, et après ça ira mieux, j'en suis certain !

Les deux hommes partirent à l'estaminet à l'enseigne du *Rince Cochon*. Antoine raconta à Guillaume Lesoin cette rencontre qui ne cessait de l'obnubiler et qui préfigurait une mort à venir.

— Antoine, lui confia le bourrelier, tu as un joli petit garçon depuis l'hiver dernier. Alors, au lieu de douter, pense à lui, bonté divine ! Quand tu es avec lui, son regard s'éclaire. Ton enfant trépigne, tout simplement parce qu'il est bien avec toi. Sacré nom d'une pipe, Antoine, tu es un bon père, admets-le ! À chaque jour suffit sa peine, n'en rajoute pas ! Tu as un petit garçon... Il a sans doute besoin de compagnie... Un autre petit frère, ou une sœur, par exemple. Qu'en dirais-tu ?

— Pourquoi pas !

— Ta réponse manque d'enthousiasme. Reprenons un autre petit verre de genièvre, bon sang de bois ! C'est bon pour les méninges !

Le regard vide, Antoine pensait à une auberge d'Ostende, avec sa grande pièce sombre, éclairée par deux fenêtres. De la sciure de bois sur le sol avant le coup de balai du matin, des jets noirâtres de jus de tabac à chiquer, l'odeur du poisson frit, un cadavre derrière une porte, le décor n'avait pas changé depuis des années... Et cette idée le torturait...

XIV

Un soir, un homme presque en guenilles poussa la porte de la boutique. Quelle allure ! Dos courbé, simplement protégé par un vieux manteau de drap que les pluies avaient délavé, chapeau à larges bords enfoncé jusqu'aux yeux, tout dégoulinant, il avait eu la délicatesse de laisser sur le trottoir un chien aussi galeux que lui. La bête puait l'humidité accrochée dans son pelage et cette odeur désagréable flottait à l'extérieur.

— Je voudrais parler à Jean Quesnel, s'il est encore là..., demanda-t-il en ôtant son chapeau, laissant apparaître une touffe de cheveux blanchis.

— Ne bougez pas, monsieur. Je vais le chercher.

— Vous êtes qui ? demanda le libraire quelques instants plus tard.

— On me connaît sous le nom de La Pistole.

— Comment ? La Pistole ?

— Oui, Jean, c'est moi ! Le colporteur condamné aux galères pour avoir acheté de la mauvaise littérature sur les quais de Dunkerque et pour avoir su tenir ma langue. Grâce à mon silence, mes apprentis colporteurs ont échappé à la police du roi et se sont égaillés dans la nature pendant que je souffrais les tourments des interrogatoires. Ensuite, j'ai rejoint Le Havre puis Paris et j'ai été intégré à une chaîne, ce long convoi de prisonniers qui descend à Toulon… Eh oui, ma vie a été horrible. Au bout de dix ans, j'étais une loque, encore vivant certes, et on m'a élargi. J'ai travaillé à l'arsenal à la construction des bateaux. Le jour de leur lancement, c'est nous les galériens qui faisions les tâches le plus dangereuses, dégageant le navire qui glissait sur des paquets de suif, et nous courions sous la coque. Il aurait suffi d'un incident, par exemple que le navire se couche, et nous aurions été écrasés. Pareille prise de risque valait bien la vie sauve.

— Et après ?

— Du jour où j'ai eu quelques économies, de quoi me refaire un vêtement de civilisé, j'ai décidé de reprendre la route. Je me suis arrêté à la foire de Beaucaire, qui est devenue un étonnant marché des livres défendus ou contrefaits. On dit que plus de cinq cents colporteurs en livres y viennent se ravitailler. Beaucoup sont contrôlés et leur ballot saisi à cause des volumes contraires à la religion ou aux bonnes mœurs qu'ils contiennent. J'aurais pu reprendre le métier là-bas, j'ai été très sollicité, mais j'ai souhaité remonter vers le nord. J'ai travaillé sur des chantiers forestiers, l'abattage des arbres à la cognée, scieur de long, jouant aussi de l'herminette pour équarrir des grumes. Je me suis souvent arrêté aux porches des églises pour implorer la charité. J'ai été conduit chez les commissaires de police, mais j'avais des papiers en règle et je pouvais marcher. J'ai mis deux ans à remonter jusqu'ici… et me voilà devant vous, maître Jean, comme un pauvre hère.

— La Pistole ! Ah, mon Dieu, ce n'est pas possible !

Jean Quesnel resta sans voix, croyant avoir affaire à un fantôme, à un mirage. Il sentit son cœur s'affoler. Quel choc, ce revenant ! Il laissa passer ce moment de surprise, reprit son souffle et se lança dans la conversation.

— Tu connais la maison. On va te donner un coin dans la soupente, de la soupe et demain on te trouvera des vêtements propres, des sabots et du travail dans l'entrepôt en attendant le retour du printemps… Alors, il sera temps d'aviser en fonction de ce que tu souhaites faire.

— C'est le Ciel qui a permis que je vous retrouve, Jean, vous et votre bonne ville de Valenciennes ; qu'il en soit remercié.

Pour connaître des détails souvent insolites, parfois croustillants sur la vie d'un bagnard, Antoine et son oncle devraient attendre encore un peu. Comme tous les rescapés de l'enfer, La Pistole n'avait pas envie de raconter ce à quoi il avait survécu. Sous le règne de Louis XVI, le système du bagne persistait malgré la suppression des galères. Son langage empruntait au parler des galères un certain nombre de mots : la chiourme, qui désigne l'ensemble des forçats qui ramaient, d'où garde-chiourme ; le taulard, l'argousin, un petit sous-officier qui surveille les forçats et qui a la responsabilité des fers.

— Maintenant, que l'on ne vienne plus me traiter de bagnard, car je serais capable de me dresser sous les insultes, de frapper, de cogner avec mon bâton ferré. Que savent-ils de notre vie, ceux qui nous parlent ainsi ? Rien ou si peu de chose ! Alors, qu'ils ne me provoquent pas… Je n'ai jamais rampé devant personne. J'ai dit la vérité… enfin, ma vérité, et je me fiche de leurs opinions.

La Pistole s'installa dans la soupente au-dessus de l'entrepôt. Il avait besoin de souffler et de retrouver une raison de mettre un pied devant l'autre. Depuis plus de vingt ans, il n'était qu'un errant, parfois aux limites du délinquant. Avant de pousser la porte de la librairie, la décision n'avait pas été facile à prendre. Logique, cette inquiétude des revenants qui ressurgissent du passé des années plus tard. Les personnes, les maisons, les affaires peuvent avoir changé à un point qu'ils imaginent mal. Il y avait autant d'éléments favorables que d'éléments négatifs qui s'agitaient une fois encore dans sa tête quand il faisait les cent pas dans la rue. Il s'était demandé s'il serait bien reçu ou non, s'il serait jeté à la rue comme un inconnu, situation d'autant plus facile à admettre que Jean Quesnel était peut-être mort et que son neveu était parti s'installer ailleurs, à Paris ou à Rouen, pour se rapprocher de Coutances. Et puis, eux aussi avaient peut-être eu des démêlés avec la justice royale. Cet homme qui revenait du bagne de Toulon, il valait mieux l'ignorer, lui dire que l'on était désolé mais que l'on ne voulait pas de lui ici.

En revenant près de Jean Quesnel et d'Antoine Giard, le colporteur prit conscience que la nature humaine était immuable, que les hommes étaient toujours capables d'alterner le meilleur et le pire. En fermant les yeux, La Pistole apprécia la chemise propre et sèche qu'il portait sur le dos, une attention délicate de Marie Quesnel. Il frotta le tissu contre sa joue pour mieux en apprécier la douceur.

— Veux-tu que je te prête un ou deux livres ? lui demanda Jean. Tu vas t'occuper l'esprit, éviter de ruminer ta rancœur, apprendre de nouvelles choses et connaître les nouveautés de l'année. La lecture, en compagnie de Voltaire, de Cartouche ou de Mandrin, est un formidable voyage dans le temps et une interrogation sur notre histoire…

— Et sur notre justice !

— Allez, calme-toi ! Ne saute pas sur le premier cheval qui passe. Tu vas te tordre le cou, et ce n'est pas bon pour toi, tu le sais.

— Oui, tu as sans doute raison, Jean, un bon livre me permettra de rêver d'un monde meilleur et d'oublier mes tracas.

Pour se changer les idées, La Pistole venait souvent à la cuisine regarder la bonne qui s'affairait. Elle pelait des pommes de terre avant de les faire cuire. De temps à autre, elle essayait de meubler les silences avant qu'ils ne deviennent trop pesants.

— Vous en avez vu du pays dans votre vie, dites-moi ?

— Oui, j'en ai parcouru des lieues, par tous les temps. Heureusement, la boue a séché sur les chemins et dans ma tête. Mais dans ma pauvre existence, je n'ai eu, trop souvent, que le droit de me taire. De tout supporter et de me taire !

— Il faudra bien faire quelque chose maintenant et reprendre votre ancien travail.

— Sans doute, dit-il en sortant.

Il bougonnait, comme souvent, ce qui ne manquait pas d'inquiéter Jean Quesnel.

Un soir, une fois la famille couchée et La Pistole remonté dans la soupente, Antoine et son oncle ne purent s'empêcher d'en parler.

— Antoine, je sais bien que La Pistole a été condamné aux galères et que ça l'a marqué. Mais il faut qu'il fasse attention à ne pas critiquer trop fort la justice du roi. Si le bailli l'entendait, il retournerait au cachot.

— Vite fait ! J'en suis à peu près convaincu… Mon oncle, il va falloir trouver une solution.

— J'y songe, mon garçon.

— Je ne suis pas certain que nous envisagions la même issue.

— Comment ça ?

— Nous pouvons donner un coup de main passager à La Pistole, expliqua Antoine, mais je ne souhaite pas le voir prendre en charge une de nos équipes. Les jeunes apprentis colporteurs doivent respecter leur responsable et, à un moment ou à autre, quand ils apprendront son parcours, c'en sera fini de son autorité. Et puis, j'ai peur que toutes ces années au bagne aient changé son regard sur la vie, sur le commerce, sur les entreprises. Pour moi, La Pistole est devenu un marginal et je souhaiterais qu'il parte de la maison assez rapidement. Je crains que cet homme soit un dissimulateur, un manipulateur dangereux. Cette balafre au visage, ce n'est pas un coup de pied de mouton mais le fruit d'une rixe violente.

— D'accord, mais au bagne il a connu un univers sans concessions où le couteau tranche les conflits.

Dis-moi, aurais-tu des doutes sur sa moralité ? Y a-t-il un contentieux entre lui et toi pour que tu sois aussi catégorique ?

— Non, répondit Antoine, avec beaucoup de fermeté dans la voix. Pas de contentieux mais un pressentiment.

Un petit mensonge n'a jamais fait de mal à personne et Antoine se souvenait de la promesse qu'il avait faite autrefois au maître colporteur. Jamais il ne parlerait du crime d'Ostende car, il en était convaincu, le marchand de Jersey avait été étranglé par La Pistole après une violente empoignade. Comment le prouver ? C'était une autre histoire.

— S'il a, poursuivit-il, un problème avec la police, sa marque au fer rouge vaudra condamnation. Un officier aura beau jeu de lui dire : « Voulez-vous, une fois encore, être traité comme un moins que rien ? Dois-je agiter un ou deux détails de votre passé ? »

— C'est vrai, mais sans prendre de risques nous n'avancerons pas. Alors, dans l'immédiat, je te fais une proposition, Antoine : La Pistole ne retournera pas faire la tournée des Flandres. Pas question d'aller à Calais, à Dunkerque et à Ostende ! Je pense que c'est mieux pour lui.

— Et pour nous !

— Non, il ira travailler dans l'est du royaume, vers l'Alsace, la Bourgogne, retour par Auxerre et Troyes.

— Il pourrait rapporter des livres de chez les frères Garnier en fin de saison. C'est une idée à laquelle je n'avais pas pensé, je vais y réfléchir. On en reparle très vite.

*
* *

Une semaine, un mois passèrent entre la soupente et la boutique. La Pistole retrouva enfin l'envie de parler et d'avoir des projets.

— Jean, dit-il un beau matin, je voudrais reprendre mon métier d'avant, vendre à nouveau des livres, des almanachs, des gravures…

— Pas des livres interdits, dis-moi ?

— Non, j'ai déjà donné, mon ami ; pas de blagues !

— D'accord, mais tu sais qu'il te faut un permis de circuler et une autorisation de faire le métier…

— Des papiers, bien sûr, et un âne ou un cheval pour transporter la marchandise.

— Comme tu y vas ! En attendant les papiers, je vais réfléchir comment on pourrait se débrouiller.

— Pourquoi pas récupérer les papiers d'un marchand ambulant décédé pendant l'hiver ? Je ne serai plus aux yeux de la police La Pistole mais un autre, un dénommé Gosselin, Boivin ou Mahieu. Et puis, tout compte fait, je ne retournerai plus dans les Flandres. Je n'ai pas oublié les visages du lieutenant de police et de son adjoint, ces hommes qui ont organisé mon arrestation et qui ont cherché à me faire mourir. Je n'oublierai jamais la silhouette de ce grand flandrin, visage allongé, crâne un peu dégarni, nez marqué, des bras et des jambes qui n'en finissaient pas, ce Philippe Muller qui m'a condamné et son adjoint, Olivier Hulin, qui le suivait docilement. Ces suppôts de Satan, je sais que je les retrouverai au Ciel, et là, les comptes se régleront ! Non, j'irai plus volontiers vers la Champagne, la Bourgogne, l'Alsace... Tu vois, Jean, je veux ranger mes souvenirs et mes malheurs au fond d'une grande caisse. Les cadenasser pour qu'ils ne viennent plus me torturer la nuit ou quand je m'offre une longue marche le long de l'Escaut. J'ai pas tué, j'ai pas volé mais j'ai été aux galères... C'est fini, tu m'entends ? Bien fini. Je veux reprendre ma place parmi les hommes.

— Oh, comme je te comprends ! Tu m'as parlé à demi-mot, une phrase par-ci, trois phrases par-là pour vider ton sac. Je suis d'accord avec toi, c'est fini. L'homme que tu as été, il faut l'oublier. D'ailleurs, a-t-il jamais existé ? Seuls le vent du large et le chant d'un ruisseau dans les bois pourraient y répondre. N'aie crainte, ma famille est là pour t'aider, Antoine et tous les autres.

— Merci, Jean. Je te remercie beaucoup. J'ai l'impression que les chaînes qui m'entravaient les mollets sont vraiment tombées. Envolées. Désormais, je vais choisir à nouveau ma vie...

— Tu as raison, car une vie non choisie, c'est l'aliénation, c'est une forme d'incarcération permanente, de prison, et de tout cela tu n'en as pas besoin. Non, pas besoin du tout. Tu as déjà donné et trop donné.

— Le manque de liberté, c'est la plus dure des prisons, crois-moi, le plus éprouvant des cachots, le plus sombre.

— Tu vas tourner la page. Je vais aller avec toi à la foire de la Mi-Carême à Cambrai. Nous y achèterons une belle jument ou une ânesse. Tu pourras charrier avec une bête solide plus de livres, plus de marchandises… Voudras-tu reprendre un apprenti avec toi ?

— Non, dans un premier temps, je vais voyager seul, sans autre responsabilité que celle de payer mes dettes le plus rapidement possible.

Jean Quesnel tapa sur l'épaule de La Pistole, qui lui répondit d'un large sourire. La rédemption, quoi !

*

* *

Les cloches de Valenciennes chantaient à toute volée à l'occasion de la messe de Pâques. Jour de fête pour beaucoup mais veille de départ pour les colporteurs en livres. La Pistole était ravi de repartir. Antoine allait modifier son circuit. Ils iraient ensemble à la grande foire de printemps, à Saint-Quentin.

Bien lui en prit, car il y rencontra deux colporteurs normands, Martin Colas et Joseph Huard, qui viendraient désormais se ravitailler à la boutique de Valenciennes avant de partir couvrir les foires de Champagne.

La vie reprenait, gommant des années de silence… L'heure de la revanche avait-elle enfin sonné pour l'ancien galérien ?

*

* *

Sur les quatre premières naissances qui auraient dû ravir le ménage de Bernardine et d'Antoine Giard et créer une famille nombreuse, seul le deuxième bébé, né le 14 décembre 1776, survécut. Bernard-Antoine était donc l'objet de toutes les attentions. Les deux grossesses suivantes menées à leur terme ne furent pas satisfaisantes. Les nouveau-nés mouraient au bout de quelques jours.

Bernard Boucher et son épouse, Angélique, s'étaient imaginés souvent en grands-parents comblés, entourés d'une nombreuse marmaille. Raté ! Les maladies infantiles, le lait gâté des nourrices, des hivers trop rigoureux constituaient tant de bonnes raisons pour que la faux de la mort coupe ces blés en herbe.

*
* *

Antoine plongeait régulièrement dans la lecture des gazettes. La France avait reconnu l'indépendance des États-Unis. Une semaine plus tard, l'amiral de La Motte-Picquet faisait tirer une salve de neuf coups de canon par son escadre pour saluer un navire américain qui croisait au large de Quiberon. C'était le premier salut officiel rendu à un navire américain par un navire étranger. Antoine jubilait à la lecture de cette nouvelle.

Le mois de mars 1778 s'étirait. Dans les auberges, les paysans s'inquiétaient : cette douceur précoce avait fait éclore prématurément les jeunes pousses. Si un coup de froid survenait, les arbres fruitiers supporteraient mal les gelées tardives.

Pâques approcha à grands pas et, avec lui, la perspective d'une nouvelle saison de colportage de livres.

C'est sur la route qu'Antoine apprit la mort de Voltaire, le 30 mai 1778. Le *Mercure de France* rendait hommage à l'écrivain, au polémiste, en rappelant le rôle qu'il avait joué dans le rayonnement culturel de la France en Europe. Par ailleurs, le journal rappelait les propos que Voltaire avait tenus à son secrétaire, un mois plus tôt : « Je meurs en adorant Dieu, en aimant mes amis, en ne haïssant pas mes ennemis et en détestant la superstition… »

Le marchand ambulant ne put s'empêcher de lire ce passage aux personnes qui l'entouraient à l'auberge, entre maîtres colporteurs et jeunes apprentis. À ses yeux, celui qui aurait la chance d'aller jusqu'à Ferney, dans le pays de Gex, y verrait le résumé de la vie de cet homme, la maison qu'il avait aménagée, les jardins qu'il y avait plantés, la bibliothèque qu'il avait formée.

— Si vous croyez aux revenants, aux spectres, c'est là-bas qu'il faut aller pour retrouver le souffle de ce Voltaire. Vous ne le regretterez pas.

Puis, le 2 juillet, Jean-Jacques Rousseau mourait à Ermenonville. Décidément, les Lumières de ce siècle s'éteignaient les unes après les autres, mais par leurs écrits et leurs idées elles restaient présentes plus que jamais dans une société française qui s'intéressait à la situation outre-Atlantique. Le vent de liberté qui soufflait d'Amérique ne manquerait pas de traverser l'océan pour éclater sur le royaume de France.

*

* *

À chaque retour de tournée, Antoine retrouvait avec plaisir le contact de la peau de Bernardine, le son de sa voix, le claquement de son pas sur le pavé de la cour intérieure. Il n'était plus ni une ombre ni un fantôme, juste un homme ravi par ces minuscules plaisirs sans cesse renouvelés qu'offrait la vie de famille. Il appréciait sa tendresse et son grain de folie quand elle se dressait, arc-boutée sur son ventre. Son corps, réveillé avec le retour de son colporteur pour la longue saison d'hiver, s'accrochait à Antoine comme un crabe blotti au fond de son trou, un jour de grande marée.

Le colporteur aux pieds poudreux avait laissé dans un coin de la chambre ses grosses chaussures de marche. Fatiguées après la saison sur les routes, elles auront droit à une visite chez Étienne Leforestier, le cordonnier de la rue de la Tonnellerie.

Étienne était un grand gaillard ventripotent que tout le monde appelait le Gros, une force de la nature cachée sous son grand tablier de cuir. Malgré ses allures de maquignon, il manipulait ses aiguilles et ses tranchets avec une précision d'horloger.

Bernardine se moquait de ce célibataire endurci. Pourtant, quand Antoine se retrouvait seul dans sa boutique, Étienne retrouvait son sens du bagout, dont il était trop souvent privé. Il aimait qu'on le regarde travailler, que l'on prête attention à ses gestes. Rassuré par la présence amie d'Antoine, il se livrait, sans doute pour conserver plus longtemps la présence de son visiteur.

— Il n'est pas de bonne société qui ne se quitte, annonça Antoine une heure plus tard. Alors, je vais te laisser, mon pauvre Étienne. Une femme, un petiot, un oncle, une tante, j'ai bien du monde sur le dos.

— Ne te plains pas, Antoine, je devine que tu es le plus heureux des hommes parmi les tiens.

Pas simple de s'en aller dans ces conditions. Le colporteur allongeait encore quelques phrases entrecoupées de silence avant de filer jusqu'à la porte de l'échoppe.

— À la prochaine, Étienne !

— Entendu, Antoine !

*

* *

Février 1781. Antoine Giard ne put s'empêcher de vendre la brochure de Necker, le *Compte rendu au roi*. Si le document portait la mention « Imprimerie royale », en fait cette imprimerie appartenait à une famille originaire de Bruges, installée à Lille depuis deux générations, les Panckoucke. Charles-Joseph Panckoucke, qui avait repris l'affaire familiale après le décès prématuré de son père, avait confié la gestion de sa librairie, la plus importante de Lille, à sa mère et s'était installé à Paris, rue de Grenelle. Tout en disposant d'une librairie près du *Café Procope* et de la Comédie-Française, au cœur d'un quartier où l'on cultive avec gourmandise les choses de l'esprit, il avait racheté de nombreuses imprimeries pour devenir de plus en plus éditeur et propriétaire du premier groupe de presse du royaume avec des titres comme le *Mercure de France*, la *Gazette* et *Le Moniteur universel*. Sentant les goûts de ses contemporains évoluer, il avait développé les périodiques qui plaisaient tant, comme *Le Journal des savants* ou le *Journal des dames et des modes*.

Sa femme savait réunir dans son salon l'élite des gens de lettres, des artistes et des savants. Il disposait ainsi d'un vivier de première qualité pour sélectionner les auteurs dont il publierait les ouvrages et cultivait avec habileté des relations solides auprès des intellectuels et des penseurs du moment. Charles-Joseph Panckoucke avait marié sa jeune sœur à Antoine Suard, un écrivain au talent prometteur, par ailleurs censeur à la librairie du roi. C'est donc en toute logique que le directeur général des Finances du royaume l'avait sollicité.

Bien sûr, Antoine Giard appréciait le contenu de l'ouvrage de Necker, mais les succès de son confrère Panckoucke, qui avait transféré l'essentiel de son activité à Paris, le démangeaient. Quelle parade trouver pour contrer ce Panckoucke trop envahissant, plus à l'aise dans l'édition que dans la librairie ? Pourquoi ne pas le chercher sur le terrain où il brillait moins ? La librairie…

Pendant ce temps, Angélique Boucher traversait la place de Valenciennes pour venir bavarder avec Marie Quesnel. Les deux femmes soutenaient le moral de Bernardine tandis qu'à la taverne, sur la Grand-Place, Bernard Boucher et Jean Quesnel appréciaient Antoine, qui accomplissait son devoir conjugal avec une constance qui faisait plaisir à voir. À la fin de la saison de colportage, il oubliait peu à peu le décor des régions traversées : sourire des prés, sévérité de la plaine, fermes isolées, villages regroupés autour de l'église, bourgades ouvrières qui vivaient du charbon. Un pas chassait l'autre. Le désir le prenait au ventre. Durant les dernières journées de sa tournée, chaque pas, chaque enjambée le rapprochait de leurs douces retrouvailles. Il voyait le fil qui le reliait à elle de plus en plus gros. Un nuage bousculait ses pensées qui finissaient par venir à elle. Bernardine !

Le poupon qu'était Bernard-Antoine devint un petit garçon qui ne s'intéressa guère, comme son frère Philippe, aux premiers pas de sa sœur, Ursule, née le 14 avril 1781, ni à ceux de son frère Jean-François, arrivé un an plus tard, le 19 juillet 1782. Curieusement, l'affection des parents et des grands-parents se cristallisa sur Bernard-Antoine. Le prochain libraire, ce serait lui !

XV

Au printemps 1782, Charles-Joseph Panckoucke réveilla une fois encore la profession en diffusant largement un prospectus publicitaire annonçant la sortie des premiers volumes d'une encyclopédie méthodique organisée par thème et non plus selon l'ordre alphabétique. Succès immédiat… qui allait durer pendant cent soixante-treize volumes !

Antoine Giard récupéra le document, le lut une fois, dix fois. Il passa près d'un an à réfléchir sur son avenir de commerçant. Au cours des veillées de l'hiver, Jean Quesnel décida que l'avenir de son neveu n'était plus sur les routes, puisqu'il disposait de deux maîtres colporteurs et de sept apprentis. En conséquence, il resterait à Valenciennes et approvisionnerait ses équipes qui iraient battre la campagne. Il aurait du temps pour songer à l'implantation de nouvelles librairies à Lille, à Cambrai et à Saint-Omer.

*

* *

Le lendemain de Pâques 1783, Antoine regarda ses colporteurs prendre la route avec un pincement au cœur, surtout vis-à-vis des plus jeunes. Il savait qu'il n'y avait aucun risque mais que parfois survenait un croc-en-jambe, là où on ne l'attendait pas. L'équipe, qui se connaissait bien, n'aurait aucun mal à intégrer et à former le petit dernier. La marche et le bavardage sont d'excellents remèdes à la tristesse du premier départ. Ce soir, les colporteurs s'arrêteraient dans une auberge, toujours la même, sur la route de Cambrai. Puis ils passeraient par le faubourg Cantimpré, non loin du couvent Saint-François.

Le destin était bien capricieux. Hier, son oncle tremblait quand il le voyait prendre la route ; aujourd'hui, c'était à son tour de s'inquiéter en attendant que son propre fils ne se frotte aux réalités du métier. Maintenant, il allait prendre en compte cette phrase que lui répétait son oncle :

— Tu prendras le plus grand soin des gens qui travaillent pour toi et dont tu as la responsabilité...

L'heure était venue de s'en tenir à cette remarque, même si les temps n'étaient pas simples. Trop d'impôts, trop de guerres, trop de conscriptions pour garnir les armées du roi et des lecteurs trop prompts à compter leur menue monnaie.

*

* *

La vie à la boutique suivait son cours, sans beaucoup d'imprévus. Un soir, Jean Quesnel expliqua à son neveu qu'il serait bon qu'il passe deux semaines cet été à Paris pour y rencontrer tous ces gens du pays de Coutances qui y tenaient boutique de livres et d'estampes, et peut-être ce Charles-Joseph Panckoucke dont on parlait tant. Antoine pourrait y trouver des ouvrages à diffuser dans les provinces du nord du royaume, mais aussi des estampes auxquelles il s'intéressait.

Jean Quesnel l'aida à préparer fin juillet sa feuille de route. Antoine logerait rue Saint-Jacques, à *L'Hôtel de Saumur*, comme lui l'avait fait dans le passé. Il serait fort bien placé, puisque cette auberge était le rendez-vous des marchands d'estampes.

Ce qui fut dit fut fait.

Partir était aussi un excellent moyen pour faire retomber la tension qui existait entre les deux hommes, un conflit de générations auquel ils n'échappaient pas. Antoine s'était même demandé s'il n'aurait pas intérêt à se mettre à son compte et ouvrir une librairie à Cambrai. Bernardine n'était pas favorable à cette initiative qui l'aurait éloignée de sa mère. Elle souhaitait rester à Valenciennes. Antoine n'eut guère d'autre choix que de ravaler sa salive, convaincu qu'esquiver les problèmes ne les conduirait qu'à réapparaître plus tard de manière plus vive.

Le 12 août 1783, Antoine partit pour Paris. Pour avoir lu *Le Tableau de Paris*, de Louis-Sébastien Mercier, il savait que la ville était le centre de l'activité du royaume, de son intelligence, de ses querelles politiques et intellectuelles, sans oublier les ressources de nombreuses industries. Mais que valait l'avis de cet auteur fort populaire, autant pour ses essais que pour ses pièces de théâtre ? Seule la confrontation avec le réel lui prouverait si Louis-Sébastien Mercier avait péché par excès ou par modestie. Il avait été sensible à cette phrase de l'écrivain : « Que la France serait superbe et riche, si Louis XIV, au lieu d'avoir bâti son Versailles pour lui-même, avait bâti à Paris pour son peuple ! »

En raison des charrettes, des diligences, des cavaliers qui encombraient la route, le libraire devina qu'il approchait de la capitale. À une lieue de Paris, il fut vivement incommodé par des odeurs pestilentielles qui envahissaient la campagne. Ici, on déchargeait des immondices, le contenu des fosses d'aisance de la capitale, des gadoues de toutes sortes qui arrivaient par tombereaux entiers. Il attrapa un mouchoir à carreaux pour se protéger le nez. La puanteur qui flottait au-dessus de ces terrains était un curieux mélange dans lequel se mêlaient des odeurs de soufre, des vapeurs volatiles qui s'exhalaient de mares en pleine ébullition.

Il arriva enfin dans le quartier de Saint-Denis, très actif avec ses entreprises de transport pour voyageurs et pour marchandises. Fourbus par le long trajet, les voyageurs qui arrivaient de Bruxelles, de Lille, d'Arras, de Valenciennes ou du Quesnoy passaient leur première nuit à *L'Hôtel du Grand Cerf*. Le lendemain, Antoine prit ses quartiers à *L'Hôtel de Saumur*. Indiscret, il écouta les conversations aux tables voisines et comprit bien vite qui l'entourait. Les frères Lelong bavardaient autour d'un pichet de bourgueil. Antoine se leva pour les saluer.

— Bonsoir, je me présente, Antoine Giard, marchand libraire à Valenciennes. Je suis le neveu de

Jean Quesnel, qui a été pendant plus de vingt ans colporteur en livres.

— Bonsoir. Moi, c'est Pierre Lelong, libraire à la capitale. Et lui, c'est mon frère, Jacques.

— Pour tout vous dire, je suis originaire de Servigny, dans le doyenné de Saint-Malo-de-la-Lande, proche de Coutances.

— Pour vous rassurer, cher confrère, nous sommes de Montsurvent.

— De Montsurvent, sur la route de Coutances à Lessay ?

— Parfaitement ! Tiens, voilà André Lenoir qui arrive. Nous allons faire les présentations.

— Bonsoir, les amis ! Vous avez de la compagnie ?

— André, je te présente Antoine Giard, libraire à Valenciennes, surtout un « pays » originaire de Servigny.

— Bienvenue dans notre groupe, je suis marchand de livres au 6 de la rue Saint-Jacques. Mon frère, Louis, est installé quai Voltaire. Nous sommes presque en famille, de la même parenté. Pour ma part, j'ai connu des Giard à La Rondehaye, de braves gens montés à Paris pour devenir commis libraires.

— C'est sans doute un métier qui nous va bien, indiqua Antoine Giard, à nous les gens du Cotentin, tout en sagesse et en discrétion. Quand nos parents ont commencé modestement, ils savaient que dans cette capitale ils pouvaient être pauvres sans être méprisés. Autrefois, les rues grouillaient de monde, depuis l'ouvrier jusqu'au truand de bas étage. Les plus faibles se sentaient rassurés par la force qui se dégageait de cette cohue. Les commis en librairie se glissaient dans la foule sans faire de bruit. Les plus vieux avaient dans le sang cet amour du métier et ils l'avaient transmis à leurs héritiers.

— Tu as raison, Antoine. Mais quand tu dis autrefois, tu m'étonnes. C'est toujours vrai aujourd'hui. À Paris, il est permis d'être soi sans avoir à en rougir. Quant à nous qui nous trouvons bien dans la capitale, nous venons souvent ici, reconnut André Lenoir. L'auberge pourrait changer son enseigne et s'appeler *Au rendez-vous des libraires*. Au bout d'une semaine, le gars de Valenciennes, tu connaîtras les figures incontournables des métiers du livre à Paris.

— Et comment vont les affaires dans vos provinces ? demanda Jacques Lelong. Avec l'extraction du charbon de terre, vos villes se sont beaucoup développées depuis une vingtaine d'années.

— C'est un fait et, que ce soit à Amiens, Boulogne, Calais ou Dunkerque, les affaires n'y sont pas mauvaises. Messieurs, merci pour votre hospitalité et pour vos conseils. Au moins, il n'y a pas que les maçons de la Creuse, ni que les marchands de bois du Morvan, qui savent se serrer les coudes entre eux. Les gens de l'évêché de Coutances savent s'entraider. Tant mieux !

Les jours suivants, Antoine visita les boutiques de ces messieurs et fit un tour par le Pont-Neuf, l'artère la plus importante et la plus vivante de la capitale. Sur ce pont, il retrouvait l'ambiance des foires en Flandres avec ces marchandes de beignets installées dans des baraques en planches couvertes d'une grosse toile. Elles jetaient de la pâte dans une graisse cuite et recuite. Plus loin, des charcutiers faisaient dorer dans d'immenses poêles des morceaux de porc qui mijotaient parmi des pois et des lentilles. Spectacle mouvant et changeant avec des marionnettistes, des saltimbanques, le chapeau surmonté de grandes plumes, la tête haute et le poing sur la hanche. Ailleurs, sur le quai de la Ferraille et sur celui de la Mégisserie, des sergents recruteurs invitaient à s'engager dans les régiments du roi, des unités où, disaient-ils, on mangeait de la poularde et du lièvre à tous les repas ou presque… Ils faisaient sonner des écus, une belle prime à la signature, racontaient les bourdes les plus invraisemblables et les plus absurdes, celles que les gogos avalent sans piper mot. Les futurs soldats acceptaient comme paroles d'Évangile les belles histoires du sergent recruteur, qui toucherait une prime pour chaque engagement. Si tout cela ne suffisait pas, les sergents recruteurs avaient près d'eux des jeunes filles de corps de garde qui séduiraient les plus réticents… et le roi serait ravi d'avoir à son service ces vaillants volontaires. S'il avait été plus jeune, Antoine aurait facilement cédé au chant des sirènes. Il était naïf et, perdu parmi cette foule, plus la ficelle était grosse et plus il aurait mordu à l'hameçon.

Antoine marcha jusqu'à cette place où les prévôts de Paris avaient fait édifier une statue équestre du roi afin de fêter sa guérison après la maladie qu'il avait contractée lors du siège de Metz. À l'intersection de la rue Royale et de la rue Saint-Honoré, le coup d'œil était superbe, mais le libraire de Valenciennes ne s'attarda pas outre mesure, car il partit chez Jacques Duchesne, un des plus importants libraires de la capitale. Son père, Nicolas Duchesne, avait publié en son temps l'*Émile*, de Jean-Jacques Rousseau, mais également les tragédies de Voltaire. Antoine savait qu'il serait bien reçu, car Pierre Lelong lui avait précisé que la famille Duchesne était originaire de Saint-Maurice-en-Cotentin, une petite paroisse du littoral. Dans cette famille, on aimait les livres de père en fils.

Ce que ne lui avait pas raconté Pierre Lelong, c'est qu'il ne se contentait pas d'avoir une boutique à Paris. Lelong s'était associé à un autre marchand pour vendre en France les livres qui paraissaient chez Bassompierre, à Liège. Les deux compères travaillaient avec un gaillard qui habitait les environs de Charleville et qui se chargeait de faire entrer les ballots de livres par la frontière en faisant les détours nécessaires. Une fois les livres arrivés à destination, Lelong en assurait la diffusion à Paris tandis que son associé s'occupait de la Normandie. Lelong recevait également des livres imprimés à Francfort qui voyageaient dans des chargements d'avoine et retournait les banneaux avec du tabac et des marchandises de contrebande.

Chaque jour apportait à Antoine son lot de découvertes insolites. Un matin, un véritable charivari réveilla *L'Hôtel de Saumur*. Le tuyau en terre cuite des latrines qui descendait les étages était crevé et l'immeuble inondé ! L'infection se répandait partout. Les occupants et le personnel ne désertaient pas les lieux. Antoine suffoquait. Moins courageux que les autres, il décida de prendre l'air. Il se ferait raser plus tard chez un barbier qui lui mettrait un peu de lotion aux fleurs pour dissiper ces odeurs qui lui chatouillaient le nez.

Vint l'heure de prendre un café au lait, une boisson à la mode qui ne coûtait que deux sols la tasse.

Il mangea une tranche de pain et reprit sa marche. Il observait les maraîchers, paniers vides à la main, qui retournaient dans leurs champs, les garçons limonadiers qui livraient du café dans les meublés. Paris s'éveillait et s'agitait. Le libraire aperçut un attroupement. Décidément, que se passait-il ? Une vingtaine de personnes se bousculaient devant une vitrine.

— Pourquoi cette cohue ? demanda d'un air inquiet Antoine à un promeneur. Y a-t-il des blessés ? Un mort, peut-être ?

— Non, mon bon monsieur, on voit bien que vous n'êtes pas d'ici. Ces gens s'agitent pour acheter du tabac pour leur tabatière. On vend ici le meilleur tabac râpé de Paris. Allez, soyez rassuré et continuez votre promenade !

Antoine décida d'aller se désaltérer au cabaret de *La Pomme de pin* ; l'endroit était sympathique mais ne valait pas le *Café de Gisors*, où se précipitaient les gens distingués, ravis de s'installer dans un endroit où la canaille n'avait pas droit de cité.

Le libraire obtint les adresses de certains confrères, des bourgeois plus fortunés qui faisaient imprimer chaque saison cinq à dix nouveautés et pouvaient ainsi accoler à leur titre de libraire celui d'éditeur. Ils se démenaient pour acheter les manuscrits d'auteurs, espérant que l'un d'eux leur apporterait la fortune, quitte à publier l'ouvrage sans la permission du censeur. La diffusion de leurs ouvrages à tirage très modeste se limitait à quelques confrères parisiens et à quelques libraires renommés à Lyon, à Rouen ou à Bordeaux. À force de discussions, Antoine se positionna comme leur représentant pour les Flandres, le Hainaut. Il devenait ainsi grossiste et alimenterait libraires et colporteurs en livres.

Le lundi suivant, il rencontra Charles-Nicolas Pellerin, le fils de Nicolas, qui avait transformé son imprimerie d'Épinal en une entreprise connue dans toute la France. Ah, ces belles images !

À *L'Hôtel de Saumur*, le vin de Loire réjouissait les palais, et les conversations entre libraires allaient bon train. Antoine leur parla de Bernardine, de Bernard-Antoine qui, un jour, lui succéderait, et des autres enfants qui grandissaient. La vie d'une famille de commerçants, simplement !

Le libraire de Valenciennes était encore à Paris le 27 août. Quelle folle journée, aurait dit, s'il en avait été témoin, M. Beaumarchais ! Pensez donc, dans l'après-midi, le physicien Charles lança devant des dizaines de milliers de Parisiens regroupés sur le Champ-de-Mars un ballon de trente-huit pieds de haut, fait en taffetas enduit de gomme et plein d'air chaud. Le ballon monta très haut et, trois quarts d'heure après, il se posa à Gonesse, à quatre lieues du Champ-de-Mars. Panique sur place !

— Qu'est-ce que c'est ? se demandèrent les villageois.

— La peau d'un animal monstrueux, affirmèrent deux moines accourus sur les lieux.

— Je vais chercher une fourche, annonça un paysan terrorisé.

Des dizaines de commis de ferme revinrent avec des râteaux, des bâtons ferrés. Quelques coups de pétoire et la baudruche encore chaude se mit à siffler. Un long râle qui inquiéta les personnes attroupées. Aussitôt, paysans et badauds se mirent à la piquer à coups d'outils de jardin. Heureusement, le curé de Gonesse arriva, calma les esprits et expliqua le phénomène. Dans quel monde vivions-nous, bonnes gens !

Le mardi suivant, Antoine revint coucher à *L'Hôtel du Grand Cerf.* Demain, comme tous les mercredis matin, les diligences repartaient de Saint-Denis vers le nord du royaume.

*

* *

Devant le relais de la poste aux chevaux de Valenciennes, la diligence de Paris s'arrêta. Visiblement fatigué par les péripéties du voyage, le postillon en sauta. Partis depuis quatre jours du quartier Saint-Denis, les voyageurs fourbus en descendaient, cherchant le regard d'un parent venu les attendre. Bernardine était là, avec sa petite troupe, Bernard-Antoine, devenu un gentil garçonnet de sept ans, Philippe, né en décembre 1779, Ursule qui n'avait que deux ans et demi. Bernardine tenait dans ses bras Jean-François, né le 19 juillet 1782. Autour d'elle, des badauds attendaient que le postillon leur propose les dernières gazettes de la capitale. Il en vendit quelques exemplaires avec la condescendance de celui qui connaît déjà l'essentiel des nouvelles.

Le libraire raconta à ses enfants tout ce qu'il avait vu d'extraordinaire, la foule, les rues, les statues, le ballon qui s'envole. À sa femme, il expliqua qu'il avait appris à marcher d'une manière leste et vive, comme un vrai Parisien. Avec son oncle, il évoqua l'évolution de leurs affaires grâce aux contacts noués et aux accords passés. L'heure était venue d'ouvrir des succursales. L'air fatigué, Jean Quesnel écoutait d'une oreille distraite son neveu. Ces développements n'étaient plus de son âge, mais l'affaire de la nouvelle génération, et pourquoi pas de celle de Bernard-Antoine, qu'il aimait tant.

— Plus tard, Antoine, tu feras ce que tu veux, lui répondit son oncle.

— Non ! Pas plus tard ; c'est maintenant qu'il faut prendre les bonnes décisions, mon oncle, et changer notre manière de travailler. Nos méthodes sont d'un autre âge.

— Écoute-moi, mon garçon, j'ai roulé ma bosse, j'ai bien conduit mes affaires. À l'heure qu'il est, je ne veux plus prendre de risques.

— Moi, je suis prêt à en prendre…

— Avec quel argent ?

— Sans doute avec celui du commerce ; sinon j'en emprunterai au père de Bernardine.

— Comment peux-tu dire ça ? Tu m'offenses vraiment, Antoine… après tout ce que j'ai fait pour toi.

— Je le reconnais, oncle Jean, mais il ne faut pas rater l'évolution de notre profession. La littérature de colportage bouge, car les romans de chevalerie de la Bibliothèque bleue sont moins demandés au profit d'almanachs qui donnent toute leur place à l'actualité mais également aux grands voyages et aux découvertes récentes. Valenciennes se développe beaucoup, comme toutes les Flandres et le Hainaut. Les mines de charbon attirent beaucoup de monde et certains y gagnent des quantités d'argent. Lille et Cambrai sont des villes magnifiques. Il faut l'admettre, oncle Jean, et s'y installer.

— Antoine, je ne suis pas content de te voir bousculer un vieux monsieur comme moi. Continue, et je ne serai plus ici chez moi.

— Calmez-vous, oncle Jean. Réfléchissez à l'avenir de l'affaire. Je dois la faire grandir, avec des magasins qui vendront des livres et des estampes et qui auront un salon de lecture. Je peux vous garantir que ça marche. Je comprends que vous ne soyez pas de mon avis. Dans ce cas, s'il le faut pour notre tranquillité à tous, je m'installerai ailleurs.

— Mais c'est un crime, ce que tu dis là, Antoine ! Restons-en là pour aujourd'hui !

Une voix d'enfant dans l'escalier suffit à ramener le calme, à faire sourire Jean Quesnel et à lui réchauffer le cœur, bien plus qu'une augmentation du chiffre d'affaires ou l'ouverture d'un nouveau magasin.

Le chef de famille passait de longues heures à proximité du poêle maintenant que le froid revenait. Un enfant montait à l'étage en gazouillant ou en chantonnant une ronde. Qu'allait-il lui apporter ? Une tisane de tilleul, de la camomille ou simplement du lait chaud avec une cuillerée de miel ? De la douceur en perspective pour cet homme devenu désormais un vieillard. Heureux de savoir et d'apprécier ce qu'il avait fait de sa vie… La maladie qui lui tordait les articulations du genou et des bras ne lui laissait pas le temps de vieillir tranquillement, un petit verre de genièvre à la main, la voix encore claire pour raconter à la jeune génération des histoires d'un autre âge… L'étonnante histoire des oies de Pirou, la mort de Jeanne d'Arc, les combats du chevalier Bayard et ceux de Jean Bart.

Il aurait tant aimé raconter l'histoire des oies de Pirou à Philippe, à Ursule et à Jean-François, comme il l'avait fait une fois à leur père et à leur tante, dans la diligence qui les emmenait à Valenciennes. À croire qu'il avait oublié que ces oies partaient, durant l'hiver, de l'autre côté des Pyrénées, chercher de la douceur avant de rentrer chez elles, au royaume de Suède. Il restait dans un coin de sa tête des bribes de décor qui, remontées et mises en place, constituaient les prémices d'un conte qui commençait par « il était une fois ». Les années avaient déplumé son crâne et alourdi sa taille. Sous le manteau, son embonpoint perçait et les échevins de Valenciennes avaient apprécié à sa juste valeur ce signe de respectabilité. Il était devenu premier juge au tribunal de commerce. Malgré ses origines fort modestes, Jean Quesnel jouissait d'une réputation méritée. Il s'était élevé dans l'échelle sociale grâce à son travail acharné, à son respect des lois et à une intelligence évidente, même si elle avait mis du temps à éclore. Ses racines normandes lui valaient de surcroît un sens de l'épargne, de l'économie et de l'anticipation des affaires tout à fait remarquable.

*

* *

L'hiver de 1784 avait été calamiteux. La neige avait fait son apparition très tôt. L'Escaut charriait de gros glaçons qui s'accrochaient parfois aux berges et aux piles des ponts. Fin février, des pluies diluviennes s'étaient abattues sur une partie du royaume, transformant les rues des villes en cloaque. Valenciennes puait. Les attelages avançaient avec difficulté dans cette ville où la circulation n'était jamais compliquée. Antoine reporta de quelques semaines son prochain déplacement à Paris.

À mesure que les années passaient, Jean Quesnel était devenu de plus en plus philosophe. Pas forcément à la lecture des grands auteurs, simplement grâce à la distance qu'il mettait entre l'agitation du quotidien et le calme de son arrière-boutique. Antoine appréciait sa lucidité, son regard affûté sur l'époque et sur ses contemporains. Jean Quesnel sentait bien que la société française devait se réformer en profondeur. Pas question, bien sûr, de toucher au roi, mais l'égalité devant l'impôt lui semblait une réforme nécessaire comme la facilité d'entreprendre qui, seule, créait des emplois. Il y avait à la cour et dans les ministères trop de beaux parleurs, prêts à réformer la nation sans toucher à leurs privilèges. Pareille autosatisfaction l'agaçait. Les politiques du moment n'avaient pas la grandeur d'âme des Grecs et des Romains. Le royaume de France était plongé dans la décadence, sans que la parole soit donnée au peuple. Quelle pantomime !

Les petites gens continuaient à s'esquinter au travail et portaient sur leurs épaules, tel un fardeau, le clergé et la noblesse. À chaque période ses nantis, ses privilégiés et, sans doute, une seule réponse à tant d'immobilisme : la révolte et, si ça ne suffisait pas, la révolution. Antoine, qui se voulait confiant en l'avenir, tentait souvent de le calmer, de modérer ses propos. Mais, tel un nouveau Cicéron, Jean Quesnel s'emportait avec beaucoup de détermination et d'éloquence. Au soir de sa vie, son esprit était plus vif que jamais, même si ses membres le faisaient souffrir. Gueuler, tempêter, s'insurger, ce n'était plus l'heure. Le vieil homme devait ménager sa carcasse et son cœur.

— C'est à moi de travailler, mon oncle, et c'est à vous de vous reposer, lui disait Antoine d'une voix rassurante. Soyez assuré que je ne vais pas m'endormir sur les projets qui me trottent dans la tête. Maintenant, continuez à jouir de votre vieillesse, à la manière des honnêtes gens, entouré de ces jeunes enfants qui vous adorent.

— Je le sais, mon bon Antoine, mais j'ai toujours été actif et j'ai du mal à rester le séant sur une chaise très longtemps. Allez, passe-moi donc le *Candide*, de Voltaire. Je vais cultiver mon jardin en sa compagnie.

L'ancien colporteur, après avoir été un boutiquier rondouillard, s'était glissé dans la peau d'un vieillard essoufflé. Les semaines passaient. Il avait tout loisir pour méditer sur la fuite du temps.

— Vous avez l'air bien songeur, lui dit Bernardine pour le taquiner.

— J'étais parti loin, très loin, dans les recoins de ma mémoire, dans des endroits oubliés et poussiéreux. Maintenant, ma vie est en moi bien plus qu'à l'extérieur.

Il posa ses lunettes et s'endormit. Son état général se dégradait.

*
* *

À l'automne 1785, Antoine surveillait le retour de ses équipes et des colporteurs indépendants qui venaient régler leurs dettes. De temps à autre, il montait à l'étage voir comment son épouse allait. Elle attendait un nouvel enfant qui vint au monde le 21 octobre 1785. Les parents l'appelèrent Bernard-Augustin.

Décembre, janvier, février, le temps avait fait son œuvre. Jean Quesnel n'était plus qu'un fétu de paille, une feuille desséchée que le vent d'hiver allait emporter. Parfois, durant un moment de lucidité, il se demandait s'il n'avait pas rêvé tout ce qui remontait du passé, toutes ces anecdotes qui constituaient son histoire. Sa vie.

Le vieil homme eut la douleur de perdre sa nièce, Marie-Françoise, en mars 1786. Il l'avait tellement chérie, cette capricieuse ! Son mari, Charles Feneulle, avait prévenu la famille à Valenciennes. Antoine se rendit aussitôt sur place et apprit que sa sœur avait contracté en novembre d'abord une grippe, une coquette, comme disaient les Parisiens. Puis une pneumonie qui avait traîné pendant plus de deux mois s'était déclarée. Charles avait cru à un mieux. Les accès de toux, les crachements de sang avaient repris. Sa femme souffrait horriblement et Charles avait pris la décision de prévenir Antoine, même s'ils se fréquentaient peu.

Louis, installé à Condé-sur-l'Escaut, avait succédé à Victor Lefrançois, reprenant son fonds de commerce de librairie, une décision qui avait ravi son oncle. Le garçon avait connu des hauts et des bas. Il s'était beaucoup ennuyé durant son enfance et au collège. Le grand air sur les routes lui avait redonné de la curiosité, l'envie de parler avec des personnes qui s'intéressaient à ses livres. Il leur expliquait qu'il n'y avait pas que Corneille et Racine pour émouvoir le lecteur. D'autres histoires parlaient au cœur et à l'intelligence et Louis savait mieux en parler que ne l'aurait fait un professeur. Charles Feneulle l'appréciait et ils trinquaient de temps à autre ensemble. Louis avait suivi presque au quotidien les problèmes de santé de sa sœur aînée, Marie-Françoise.

La vie agitée de la jeune femme il y a près de vingt ans avait laissé des traces dans une famille où l'on ne badinait pas avec les convenances. Antoine resta aux côtés de Charles pendant qu'elle agonisait, mourant avec un courage rare. À chaque respiration, elle croyait que c'était fini. Dans un coin de la chambre, ses deux filles, Félicité et Agnès, âgées de douze et dix ans, priaient pour le salut de leur mère. Le curé de la paroisse vint lui donner les derniers sacrements et, deux heures plus tard, elle rendit son âme à Dieu.

Pendant que des voisines priaient dans la chambre où gisait Marie-Françoise, Louis se remémorait son enfance avec sa sœur puis sa jeunesse sur la route. Au bout de deux saisons, il s'était taillé une belle réputation d'amuseur. Aucun colporteur, sauf peut-être Bernard Baillon, ne connaissait autant de rengaines, de couplets, de bons mots, d'histoires de fin de repas, souvent grivoises, toujours comiques à s'en tordre de rire. Il glissait dans ses propos des contrepèteries et, quand son public ne s'esclaffait pas, il levait la main pour attirer l'attention et redisait sa phrase autant de fois qu'il le fallait. Trop aimable et trop faible, Louis se laissait volontiers entraîner par des petites frappes ou par des colporteurs peu fréquentables. Il picolait gaillardement, cherchant à trinquer avec son père absent. Boire pour rompre la glace qui isole les humains ; boire quand le vin apparaît comme un détonateur qui fait exploser les solitudes. Quelques années plus tard, son oncle l'ayant trouvé trop instable, impossible à cadrer, ne l'avait pas repris pour une nouvelle saison de colportage. Louis avait couru la campagne, mille métiers et mille misères, avant le retour au bercail. La rencontre avec Thérèse l'avait changé du tout au tout. Il s'était installé à Condé. Pourtant, c'est à Valenciennes qu'il s'était marié, en l'église de Notre-Dame, avec Thérèse Hérault, sans doute pour faire plaisir à l'oncle Jean et à tante Marie. La vie offre parfois d'étranges bizarreries. Pourquoi ?

XVI

QUAND IL APPRIT QUE LOUIS XVI allait se rendre en Normandie, Antoine Giard en fut tout excité. Qu'allait donc faire le souverain dans son ancienne petite patrie ? Deux semaines plus tard, le *Mercure de France* lui apportait la réponse : le roi visitait Cherbourg, où une armée d'ingénieurs et d'ouvriers accomplissait des travaux considérables pour créer une rade artificielle qui protégerait le port en construction. Le roi savait que, face à ses ennemis, le royaume n'avait pas de soucis à avoir sur le continent ; en revanche, les côtes de France demeuraient un vrai sujet d'inquiétude. Sur place, Louis XVI assista à une parade navale mais surtout à la mise en place de cônes de bois qui constituaient les premiers éléments de la future digue. Il fut enchanté par le déroulement du chantier. Tout était au mieux dans le meilleur des mondes ; Antoine ferma le journal, étonné de voir le Cotentin devenir une place forte du royaume face à l'Angleterre.

*

* *

Pour Jean Quesnel, la dernière scène allait bientôt se jouer. Il se sentait faiblir de jour en jour depuis quelques semaines.

— Ma vie se résume à ce que j'ai aimé, confia-t-il à Antoine, et j'ai aimé Marie et ma route de colporteur qui me ramenait vers elle. Sans oublier ses deux bras généreux et rien d'autre ! Antoine, aide-moi à me redresser. Ce dos me fait tant souffrir.

Bien calé entre deux coussins, il rêvait qu'il marchait dans les chemins boueux de Servigny, libre, les mains dans les poches. Il revenait vers le pays de son enfance pour voir les poulains courir le long des haies, ruer à tort et à travers avant de retrouver le poil si doux de leur poulinière.

Le vieux libraire s'apprêtait à donner la réplique à ce mystérieux partenaire que chacun redoute sans l'avoir jamais rencontré : la mort. Une fois le rideau tombé, une fois le drap de lit remonté jusqu'au menton et un chapelet croisé dans ses doigts, il ne resterait plus rien. Les traces de son existence s'envoleraient. Accroché à un mur de la grande salle demeurerait ce petit portrait au fusain qu'un artiste de passage avait réalisé, il y a cinq ans. Le regard aimable de Jean Quesnel semblait s'adresser d'abord à Marie, qui s'était si bien occupée de lui, et à Antoine, pour lui demander ce qu'était un bon livre.

Le 28 mai 1788, Jean Quesnel rendit son âme à Dieu, avec le sentiment du devoir accompli. Son neveu, Antoine Giard, lui avait succédé à la tête de leur commerce et son petit-neveu Bernard-Antoine, qu'il chérissait beaucoup, montrait l'envie de devenir libraire à son tour. Bon sang ne saurait mentir !

S'il avait eu à portée de main un horaire des marées, Antoine aurait pu constater que son oncle était parti de l'univers des humains avec la marée descendante. En digne fils des Vikings, en héritier de ces aventuriers venus du Nord lointain pour s'installer sur les rivages de la verte Normandie. Jean Quesnel était arrivé au monde porté par le flot de la marée montante. Il avait grandi, vécu, et le jusant l'avait repris. Une vie d'homme pouvait se réduire au cycle quotidien de la mer.

Tante Marie et Bernardine s'agenouillèrent au pied du lit en compagnie des plus jeunes enfants, qui côtoyaient la mort d'un proche pour la première fois. Moment de recueillement puis de prière. Bernardine fut la première à prendre des initiatives. Après avoir essuyé de grosses larmes, elle posa sur la table de nuit une soucoupe d'eau bénite avec un rameau de laurier. Elle ne remarqua pas le petit ouvrage à couverture bleue qui trônait là, discret compagnon d'une vie consacrée aux livres. Antoine l'avait laissé à cet endroit, car il savait combien son oncle avait besoin de ce viatique pour rejoindre l'armée des morts.

Un des enfants resta figé devant l'horloge qui oscillait imperturbablement. La petite bonne alla jusqu'à l'armoire, en sortit un drap et recouvrit l'horloge. Pas question de regarder le temps s'enfuir alors qu'un être cher venait de rejoindre l'au-delà. Un silence mortel recouvrit peu à peu la maison d'une chape glacée.

Antoine annonça que le corps serait veillé toute la nuit, par tranches de deux heures. Les volets des fenêtres tirés, Bernardine alluma deux bougies pendant que son mari prévenait quelques voisins et allait chercher le curé de Saint-Géry pour bénir le corps.

À 2 heures du matin, Antoine vint remplacer les veilleurs présents. Il s'installa sur la chaise au pied du lit. Paupières closes, le visage de l'oncle Jean n'avait presque pas changé depuis quarante ans. Détendu, avec un pli au coin des lèvres comme s'il allait se mettre à parler. Son cœur ne battait plus, mais sa présence restait intacte. Un fragment d'éternité.

Antoine lui parlait. Le disparu lui répondait. Antoine le revoyait s'agitant autour de lui et de sa sœur.

— C'est pour votre bien que je vous gronde ou que je vous reprends, répétait-il aux plus jeunes très souvent.

Les mêmes phrases, les mêmes conseils immuables comme l'âme humaine, des maximes lancées telles des lumières dans l'obscurité sautaient les générations. L'ancien colporteur ne voulait pas que ses petits-neveux oublient l'essentiel, travailler, aimer, vivre et donner. Poliment, ils l'écoutaient. Légèreté de l'enfance que de laisser entrer les bonnes paroles par une oreille et ressortir par l'autre, sans comprendre que, demain, ils allaient pleurer sur une banale déconvenue et n'auraient plus ce vieillard à qui se confier.

Dans le silence de la nuit, le tête-à-tête avec le mort se poursuivait. Sa disparition renvoyait ce jeune père de famille à l'érosion du temps. On aime, on travaille et puis, soudain, le souffle de l'existence s'éteint. Ces heures volées au cœur de la nuit rappelèrent au libraire ses propres circonvolutions avant de devenir, ce soir, un homme brisé par le chagrin.

Il se leva, redressa le drap qui n'avait pourtant pas bougé, remonta la couverture piquée pour être bien certain que son oncle n'ait pas froid. « Nos gestes nous trahissent, se dit-il. Mais cet oncle, je lui dois tant que c'est à moi et à personne d'autre de m'assurer qu'il est bien à son aise, même dans la mort. »

Quelques pas dans l'escalier, et Albertine, la voisine, vint prendre la relève. Antoine frissonna un instant, la remercia et s'éclipsa. Le lendemain matin, le glas sonna très tôt. Les enfants d'Antoine, Bernard-Antoine, Ursule, Jean-François, Philippe et Bernard-Augustin, le plus jeune, vinrent prier devant la dépouille du patriarche avant de tracer un signe de croix. La journée allait sembler plus interminable qu'à l'ordinaire, chacun demeurant figé dans son silence.

Le curé de Saint-Géry revint bénir la dépouille avant de la glisser dans le cercueil, avant que le menuisier ne cloue le couvercle. Auparavant, Antoine mit un petit opuscule dans la poche de son oncle… Indispensable d'avoir un ouvrage de la Bibliothèque bleue pour un colporteur qui part faire la tournée des étoiles, sur l'aile du vent.

En revenant du cimetière, Antoine marchait en silence, quelques pas devant sa femme et ses enfants. Pour lui, la mort de l'oncle Jean marquait la fin d'un pan de son existence. Trente années de sa vie rejoignaient dans la tombe le corps de son oncle.

Une poignée de terre, et c'était fini. Comme il était loin, le petit paysan d'autrefois qui courait dans les rues de Coutances le jour de la foire de la Crottée...

*

* *

En septembre 1783, quatre mois après le décès de l'oncle Jean, Guillaume Lesoin passa à la boutique pour présenter ses condoléances. Il était parti travailler loin de Valenciennes pendant plusieurs mois.

— Antoine, est-ce que tu connais Adèle Bolly ?

— Non, Guillaume !

— La vieille Germaine que ta femme voit de temps en temps m'a dit qu'Adèle parle avec les morts.

— C'est possible. Ce n'est pas la première fois qu'on me dit que ces rebouteux, un peu sorciers sur les bords, ont cette capacité.

— Oui, et ils peuvent ainsi donner aux vivants des nouvelles de l'au-delà.

— Alors ?

— Alors, si tu veux savoir si ton oncle est satisfait de son sort au pays des morts, Adèle pourra te le dire. Une fois rassuré, tu pourras vraiment faire ton deuil, car je te sens inquiet après cette disparition qui t'affecte particulièrement.

— J'y réfléchirai, Guillaume. Merci du conseil.

— À propos, si tu cherches de très beaux cuirs pour ton atelier de reliure, je peux te donner deux adresses, car j'ai travaillé dans cette branche et je connais deux établissements qui sortent de la très belle qualité.

Tranquillement, l'idée d'aller chez Adèle fit son chemin et un matin, tandis que la maisonnée dormait, Antoine partit jusqu'au village d'Adèle Bolly. Il trouva la vieille femme occupée à donner de l'herbe et du panais sauvage à ses lapins. Il lui expliqua le but de sa visite.

— Monsieur Antoine, j'essaierai de voir votre oncle à la pleine lune. Revenez me voir dans deux semaines, je vous dirai ce qu'il en est.

Antoine reprit courage, rassuré par cette brève visite, persuadé qu'Adèle, flétrie comme une vieille pomme oubliée au fond d'un panier, possédait des pouvoirs surnaturels. Il suivit avec attention sur l'almanach de l'année le cycle lunaire, impatient de voir les journées s'écouler, la semaine s'arrêter le dimanche et repartir, plus résolue que jamais, pour six jours. Encore un dimanche qui s'achevait, et il avait gagné le droit d'aller chez Adèle.

Elle travaillait dans son jardin, en paysanne d'expérience qu'elle était. Pourtant, si on regardait de plus près ses plates-bandes, on constatait qu'y poussaient des variétés de plantes qu'elle était seule à cultiver, de la bryone, de la capselle, de la benoîte par exemple. Une fois rentrée dans sa chaumière, elle toussa un bon coup pour s'éclaircir la voix. Oui, elle avait vu l'oncle Jean, heureux, détendu dans la plénitude des nuages, plongé dans la lecture de livres qui s'entassaient à ses pieds. Antoine n'avait aucun souci à se faire, juste mettre un cierge à l'église pour lui faciliter la lecture et ne pas perdre ses lunettes. Le paradis n'est pas aussi lumineux que le curé voulait bien le dire ! Adèle Bolly reconduisit son visiteur à la porte et tendit la paume de la main pour que le libraire y glisse quelques pièces.

*
* *

Au début de cet automne, Antoine embaucha un garçon de seize ans pour le former au métier de colporteur en livres. Les années avaient beau passer, le libraire restait à l'image du jeune homme qu'il avait été, souriant, bonhomme, droit. Les livres, comme de bons diables, lui rendaient son sourire au moment de la fermeture du magasin après un ultime regard autour de lui. Détendu, il montait à l'étage rejoindre les siens.

Cet homme mûr n'était pas un parvenu mais un opiniâtre qui cherchait à développer son commerce, prêt à aider des jeunes à mettre le pied à l'étrier, des jeunes qui, demain, pourraient l'assister dans ses magasins ou se mettre à leur compte avec son appui.

— Tu t'appelles comment, mon garçon ?

— René Adam.

— Et tu nous viens d'où, René ?

— De Blainville-sur-Mer, près de Coutances.

— Tu connais peut-être les Folliot ? Si je les questionne, ils me diront du bien de toi ?

— Bien sûr, monsieur ! Ils savent le sérieux de notre famille.

— Bon, je te fais confiance. Je t'engage. Comprends maintenant que cette période d'apprentissage va nous permettre de mieux nous connaître, de se juger et de s'apprécier. Naturellement, chez moi, les candidats médiocres sont éliminés. Suis-moi pour faire le tour des lieux. Première consigne, René, tu fais très attention au feu ; c'est le plus grand ennemi du papier, des libraires et des imprimeurs.

Pas à pas, René Adam découvrit en silence les rayonnages où étaient stockés les petits ouvrages de la Bibliothèque bleue, plus loin les livres reliés, le stock des almanachs, l'atelier de reliure, où quatre personnes travaillaient, enfin l'entrepôt avec les stocks de papier et de cuir.

La semaine suivante, René passa son temps à l'atelier de reliure et découvrit les étapes nécessaires pour passer d'un livre broché à un ouvrage relié. Il apprit patiemment, auprès des quatre compagnons qui travaillaient là, la plaçure, le collationnement, la couture, la pose des plats, des expressions qu'il ignorait et dont l'usage permettait d'identifier les gens de métier. De temps à autre, Antoine s'arrêtait devant son poste de travail.

— Alors, René, le métier entre-t-il dans ta tête et au bout de tes doigts ?

— Oui, maintenant, j'aide Jean ; je lui prépare des pièces de titre, ces petits rectangles de cuir sur lesquels figurent le nom de l'auteur et le titre de l'ouvrage.

— C'est bien ! Nos livres doivent plaire à une clientèle riche, cultivée et exigeante, il ne faut pas les décevoir.

— Je prépare également les ex-libris, qui portent les mentions et le dessin du propriétaire d'un livre. Je m'occupe aussi des vignettes qui vont illustrer les ouvrages. Nous en avons de très belles.

— Normal, elles sont exécutées par des artistes spécialistes de la gravure comme Gravelot ou Cochin. Enfin, je constate que ça te plaît ! En tout cas, fais attention quand tu habilles un livre. Après la mise en place de la couverture, rappelle-toi que les plats doivent déborder de quelques millimètres pour protéger les cahiers qui composent le livre. La reliure, c'est un travail qui nécessite de la précision et de l'attention. Ne l'oublie pas, René !

Effectivement, ce travail plaisait à René, bien plus que la vente au magasin, car il était trop réservé. René avait trouvé sa voie et se permit d'en parler à Antoine. Au fil des mois et des années, il devint un relieur apprécié.

*
* *

1788. Les scientifiques parlaient de l'approche d'une comète qui détruirait le monde. Les ignares et les bavards annonçaient des dommages catastrophiques que leur auditoire ne se résignait pas à entendre. Il fallait courir à l'église prier Dieu et donner une pièce au premier mendiant rencontré. Jamais le petit commerce de la charité ne fut aussi florissant… Il fallait donc qu'une terrible calamité s'annonce !

Au début de l'été, des orages exceptionnels ravagèrent les meilleures terres à blé du royaume, depuis la Beauce jusqu'aux Flandres. Le 13 juillet, le ciel était devenu si obscur en plein midi qu'on pouvait à peine lire à la fenêtre d'une maison. Un vent violent accompagnait ces ténèbres. Dans de nombreuses paroisses, les clochers des églises et des couvents furent renversés et leurs vitraux fracassés. Ce nuage affreux qui avançait lentement sur une large partie du royaume s'accompagnait d'un déluge de grêle, des grêlons gros comme des œufs de poule. Dans les champs, les blés, les orges avaient été brisés et couchés comme si une charge de la cavalerie royale était passée par là. Le temps était détraqué sur l'ensemble du royaume et même au-delà. Les paysans savaient que les moissons seraient très médiocres une nouvelle fois. Une fois de trop, disait la population affamée ! La tornade secoua la région de Valenciennes sans causer de dommage à la maison et aux entrepôts d'Antoine Giard, mais à la campagne ce n'était pas brillant.

Devenu un notable respecté, Antoine Giard prenait régulièrement un doigt de porto avec le notaire, maître Thomas Lavallée, dont le père avait négocié pour l'oncle Jean, il y a trente ans, l'acquisition de cette maison qu'ils habitaient toujours. Silhouette un peu enveloppée, galant et joyeux, portant au bout du nez d'antiques lunettes, le notaire jouait du piano et son épouse également. Il commandait régulièrement au libraire les partitions des succès à la mode dans les théâtres parisiens. Une fois par mois, le samedi en fin d'après-midi, tout Valenciennes venait l'écouter. Chacun flattait son talent, louait l'artiste qui portait si bien l'habit noir et la cravate blanche. Après le récital, les mères de famille parlaient de leurs enfants, de leurs garçons et de leurs filles qu'il faudrait bientôt marier.

Maître Thomas Lavallée se faisait du souci pour son fils Joseph, qui avait terminé son droit à Lille puis à Paris mais qui songeait surtout à trousser les belles… et parfois les moins belles. Joseph Lavallée était beau et le savait. À Valenciennes, les mères de famille n'avaient d'yeux que pour lui mais connaissaient aussi sa réputation de coureur de jupons. Elles pinçaient les lèvres, histoire de dire non. Il séduisait et brisait les cœurs sans remords. Que faire de leurs filles à marier ? se demandaient-elles. Elles regardaient ce garçon de vingt-deux ans, mince et élégant, les cheveux bruns poudrés sur la nuque, noués par un ruban de soie de Lyon. Quel charme sulfureux !

Joseph, amoureux de Mathilde Boucher, la nièce de Bernardine, profita de ce petit concert de piano pour lui faire un brin de cour.

— Mais c'est Mathilde ! s'exclama-t-il. Quelle surprise !

Il s'approcha et l'embrassa.

— Il y a au moins trois semaines que je ne t'ai pas vue, dit-il tout en la jaugeant d'un regard appuyé.

— Bonjour, Joseph. Désolée, je ne m'attarde pas ce soir, je dois rejoindre ma tante.

— Allons, allons, nous pouvons bien bavarder un moment. Tu sais que je te trouve jolie, Mathilde. Tu rejoindras ta tante ensuite.

— Voyons, Joseph, vous dites la même chose à toutes celles que vous croisez. Permettez que…

— Aurais-tu peur de moi ?

— Non, pourquoi ? Je sais encore me défendre !

Antoine parla avec maître Lavallée de la situation du royaume et de l'humeur du peuple qui, sur le marché hebdomadaire, se plaignait du prix des denrées.

— Maître Lavallée, notre société est figée et chacun veut garder des privilèges qui n'ont plus lieu d'être. On dit qu'à Rouen un commerçant s'est immolé par le feu pour protester contre l'expropriation arbitraire dont il avait été victime.

— Quelle idée !

— Oui, mais quel constat aussi ! Des dizaines de pères de famille se battent pour défendre le droit de propriété. Demain, on assistera à un soulèvement populaire en faveur de la modernité...

— Autres temps, autres mœurs, mon cher Antoine. Les grands veulent arracher aux petits ce qu'ils possèdent et les petits cherchent à se venger. Quand les haines accumulées depuis des décennies exploseront, ce ne sera pas beau à voir. Les exhortations des penseurs de ce siècle n'y ont rien changé. Le roi et ses conseillers ne les écoutent pas. Ils s'occupent de leur confort personnel et n'entreprennent aucune réforme, si ce n'est en paroles.

— Oui, des mots, encore des mots ! Il faut les entendre. Moi, votre roi, je vais faire ceci... moi, votre ministre des Finances, j'ai décidé cela... disent-ils à Versailles en Conseil des ministres... et il ne se passe rien. Voilà la situation, Thomas, et c'est inquiétant pour l'avenir. À mon humble avis, la royauté roule vers l'abîme.

— Quand les philosophes tirent la sonnette, quand ils écrivent livres et pamphlets pour dénoncer les montagnes d'égoïsme et les calculs médiocres des privilégiés, nobles et dignitaires de l'Église, la censure royale les empêche de s'exprimer ou bien, plus astucieux, le roi lance de grandes fêtes pour détourner l'attention de son peuple. Antoine, à force de marquer au front les soi-disant ennemis du pays, le pouvoir royal ne comprend pas qu'il fait prospérer la masse des mécontents.

— Croyez-moi, Thomas, quand les passions vont se heurter, le royaume va s'embraser.

— Et si Paris n'attendait qu'une étincelle ?

— Personnellement, j'en suis convaincu. L'orage est au-dessus de nos têtes. Le peuple sent fort bien ce qui cause son malheur, sa faiblesse, son impuissance. Il suffirait d'une manifestation très suivie pour qu'un formidable torrent emporte tout sur son passage, les observateurs, les réformateurs et leurs plans généreux, sans oublier les bons penseurs.

— Arrêtez, Antoine, de jouer les prophètes de malheur !

— Mon cher Thomas, nous verrons sans doute avant notre dernier souffle une situation que personne n'envisage, tant la royauté appartient à notre histoire.

— Je vous laisse, Nostradamus ! Ces dames m'attendent au salon, une tasse de café à la main. Vous aussi, venez donc ! Nous verrons bien ce qui va se dire au cours de cette soirée.

— Oh ! il y a toujours des commentaires qui fusent sur les absents, ajouta en souriant Antoine.

— Oui, du genre celui-ci est un mou, cet autre un imbécile. Que l'on soit à la cour ou dans notre bonne ville de Valenciennes, les gens aiment bien analyser le caractère de leurs voisins et souligner leurs faiblesses.

— Les potins, c'est le sel de la conversation et, si nous étions à Lyon, à Bordeaux ou à Toulouse, je crois que ce serait la même musique. Prendre quelqu'un, le découper et faire le compte rendu de l'autopsie nourrit les bavardages…

— En oubliant que rien ne nous met à l'abri d'être à notre tour les victimes des cancans.

— Vous avez sans doute raison, Antoine, mais le monde n'est pas aussi naïf que vous le croyez. Non, les poignards, les quolibets, les calomnies font partie des armes que fourbissent les fats, les ambitieux, les arrivistes face aux candides. Vous devriez montrer vos dents avant d'être croqué tout net !

*

* *

Qui, au matin du 1er janvier 1789, aurait envisagé le tremblement de terre qui allait secouer le royaume ? « En ce jour de l'An, à quoi rêvent les frères Lelong dans leur appartement parisien et leur ami André Lenoir ? » se demandait Antoine Giard. « Peut-être au retour au pays, dans la presqu'île du Cotentin, là où le vent souffle parfois comme un damné ? Quand viendra l'heure de vendre leur commerce, ils pourront se faire construire une belle maison en granit de Chausey, à Blainville ou à Pirou. Ils mèneront une vie de rentier, sans passion, sans excès, sans soucis… Avec du beurre frais sur leur table, de temps à autre du homard et, les jours de fête, un gigot de ces agneaux de pré-salé, si tendre, si onctueux. »

Antoine se disait qu'une fois son aisance acquise, à défaut d'avoir fait fortune, il s'installerait dans une jolie maison à la campagne, loin de la ville et des quartiers ouvriers qui s'étendaient rapidement de l'autre côté des remparts de Valenciennes, une maison entourée d'un jardin immense avec une volière pour les poules et les canards, une serre et une gloriette pour prendre le thé ou un rafraîchissement. Sur les murs qui clôtureraient le jardin, il planterait des arbres fruitiers, des poiriers en espaliers, plus loin des pommiers en cordon et des mirabelliers sur tige. Bref, une propriété rustique dans toute sa splendeur… À moins qu'il ne retourne vers la terre de ses ancêtres et les paroisses du bord de mer, en pays de Coutances. Il retrouverait cet océan qui l'avait tant fasciné quand il avait dix ans car, après les îles Chausey, en allant tout droit, il savait qu'on arrivait en Amérique. Cet été, il avancerait sur ce projet qui lui tenait à cœur, d'autant que son fils prenait beaucoup d'assurance dans le travail et qu'un autre allait commencer le métier de colporteur en livres. La lignée de libraires tant souhaitée par Jean Quesnel prenait corps.

Tous ces projets un peu farfelus furent mis en suspens quand Antoine Giard apprit, fin janvier, que Louis XVI convoquait les états généraux. Il en fixait l'ouverture pour le 1er mai. Lors de la grand-messe, le curé de Saint-Géry donna lecture à ses paroissiens des lettres patentes du roi au moment du prône. Les états généraux représentaient une mesure exceptionnelle émanant de tous les endroits du royaume. Il était temps de remettre de l'ordre dans le fonctionnement de l'État. Disettes, agitation populaire, déficit financier, pression des parlements de province, tout concourait à faire appel à cet expédient d'exception.

La rédaction des cahiers de doléances fit beaucoup jaser en ville et parfois dans la boutique du libraire, devenue un véritable lieu d'échanges politiques. Tout le monde était d'accord pour marquer sa fidélité au roi, mais il était temps de supprimer de nombreux privilèges accordés à la noblesse et au clergé et de mettre enfin des moyens pour relancer l'activité économique qui, seule, apporterait la prospérité au pays. Certains demandaient la refonte et la simplification des lois et une révision totale de la justice en général, d'autres l'uniformisation du système des poids et mesures dans l'ensemble du royaume ou l'abolition du droit d'aînesse. Finalement, le cahier de doléances de Valenciennes, qui représentait un programme modéré, sans revendications vraiment révolutionnaires, fit l'objet d'une publication par l'imprimerie de J.B. Henry. Antoine lui acheta vingt exemplaires qu'il mit en boutique. Dans cette histoire, il avait le sentiment d'avoir été doublé. Il était quand même le libraire de référence de la ville et personne parmi les rédacteurs ne lui avait parlé du projet de publication.

Pourtant, en ce printemps 1789, une brochure fit du bruit. Beaucoup de bruit. Signée par l'abbé Sieyès, son titre posait une terrible question : *Qu'est-ce que le tiers état ?*

Et sa réponse était non moins terrible : Rien !

Antoine Giard avala ce pamphlet en une heure et en plaça une pile sur le comptoir principal. Il jubilait quand il lisait : « Le tiers embrasse donc tout ce qui appartient à la nation, et tout ce qui n'est pas tiers ne peut pas se regarder comme étant la nation. Qu'est-ce que le tiers ? Tout. »

Il envoya René Adam chercher son beau-père pour qu'il lise cette brochure sans attendre, lui, ses amis et les amis de ses amis. Plus qu'un pamphlet, c'était un brûlot ! Pas besoin d'être sorcier ni devin pour prévoir que l'Assemblée des états généraux allait se dérouler dans une ambiance qui ne resterait pas longtemps feutrée et que les réclamations s'exprimeraient au grand jour avec véhémence.

Quand le père de Bernardine s'apprêta à partir, Antoine l'interpella :

— Je crois que viendra un jour où ce sera un honneur d'être roturier, un homme utile à sa patrie, ce qui est à peu près la même chose.

— Antoine, rappelez-vous que vous comptez parmi vos clients quelques grands seigneurs. C'est flatteur, mais vous courez souvent après votre argent, vous allez de château en château, car ces seigneurs ne sont jamais pressés de vous régler... et vous ne pouvez rien dire. Vous n'êtes qu'un boutiquier !

— Vous êtes bien sévère, monsieur mon beau-père.

— Non, je suis réaliste. Avoir un château, des dettes, faire de temps à autre un saut à Versailles, voilà ce qui définit un noble. J'ajouterai que ces gens se croient supérieurs au restant de l'humanité. Ils nous regardent comme des bêtes de somme pour les servir ou des singes pour les distraire.

— À vous entendre, l'évolution de notre société ne va pas se faire en douceur, dites-moi.

— Faites bien attention, Antoine ; il y a trop peu de gens occupés à tirer de la terre les vraies richesses. Beaucoup trop prennent du bon temps dans les salons, les boudoirs, les voyages entre leurs terres et Paris... Et je ne parle pas des commis aux écritures dans les ministères, dans les tribunaux et les autres bureaux, même à l'octroi. Ils transpirent rarement. Sans la troupe obscure des courageux que nous sommes, il n'y aurait pas de richesse tout court ni de prospérité pour l'État. Sans travail, tout meurt, tout dépérit. Ces messieurs devraient le comprendre !

Cette discussion avec son beau-père avait agacé Antoine. Les nuits suivantes, il se réveilla en plein sommeil, trempé par des sueurs froides, tremblant devant des scènes d'horreur qui affolaient le pays. Les mêmes rêves durs et pénibles repassaient régulièrement comme un refrain lancinant. Pouvait-il y voir des rêves prémonitoires ? Non ! Ce n'était pas acceptable pour un esprit qui se voulait aussi rationnel que le sien, mais qui s'autorisait de temps à autre des écarts. Il se refusait à admettre que ces scènes horribles qu'il voyait dans son sommeil pourraient devenir, un jour, réalité dans ce doux royaume de France.

XVII

COMME CHAQUE LUNDI DE PÂQUES, les maîtres colporteurs et leurs apprentis prirent la route pour une nouvelle saison. À chaque étape, les marchands ambulants étaient interrogés comme des oracles par les villageois, les paysans, les bourgeois pour savoir ce qui pouvait bien sortir des réunions qui se multipliaient dans les paroisses et en particulier dans les grandes villes. Le seul conseil qu'ils finissaient par donner était d'attendre. En juin, après les cérémonies d'ouverture, les états généraux entrèrent dans le vif du sujet et, dès le mois de juillet, les apprentis colporteurs arborèrent à leur chapeau une cocarde tricolore.

— Des esclaves de la mode, disait Antoine Giard en souriant.

En octobre, le retour de la famille royale à Paris apaisa momentanément les esprits. Le peuple de Paris assassina un boulanger, le pendit, le décapita et porta sa tête au bout d'une pique à travers les rues. Devant pareille scène, l'épouse du malheureux devint folle. Les diplomates étrangers présents dans la capitale s'inquiétèrent. Meurtres, incestes, fraudes, vols, agressions, un climat déplorable s'installait.

Les équipes de colporteurs d'Antoine Giard rentrèrent plus tôt que prévu à Valenciennes. La foire de la Saint-Remi à Douai avait été supprimée, car les autorités craignaient des émeutes dues au manque de blé et de légumes. Huit jours de travail en moins ne faisaient rire personne.

— Que va-t-il se passer, monsieur Antoine ? demanda René Adam, visiblement inquiet.

— La situation va se stabiliser, René, je le pense. On ne peut pas lancer des réformes chaque semaine.

— Les annoncer, c'est une chose ; les mettre en œuvre, c'en est une autre. Je n'ai que dix-huit ans, monsieur Giard, et j'ai longtemps connu la pauvreté. Depuis que j'ai appris un métier chez vous, mon sort est plus enviable, mais j'ai peur que cette époque de bouleversements ne nous ramène en arrière et je pense à mon pauvre père, un journalier agricole qui vivote misérablement. Croyez-vous vraiment qu'il puisse y avoir des jours meilleurs pour les miséreux comme lui ?

— Je le crois, René, mais à nous d'être très vigilants.

Au printemps suivant, comme des hirondelles de retour de voyage dans les pays chauds, les colporteurs vinrent pousser la porte de la librairie Giard pour se fournir en petits livres bleus, en almanachs, en pamphlets politiques, en gravures. Antoine leur vantait toujours les aventures de Robinson Crusoé et celles de Cartouche, le célèbre bandit. Mais ces ouvrages étaient moins à la mode. Le public leur préférait désormais des opuscules à caractère politique. Les marchands ambulants se défaisaient de leur caisse en bois que maintenait une large lanière de cuir et la posaient sur le parquet. Leur bruit réveillait souvent le commis qui s'était assoupi derrière le comptoir de bois ciré. Il sursautait, craignant l'arrivée d'un sergent recruteur ou d'un vagabond prêt à tuer pour quelques piécettes.

— C'est qui, celui-là ? demandait-il, à peine aimable.

— C'est moi. Moi... le colporteur du pays de Coutances.

— De quelle paroisse ?

— Pirou.

— C'est bon, approche donc !

Le commis était rassuré quand il distinguait une tête connue, un de ces habitués qui, depuis dix à vingt ans, avaient fait de cette librairie un point de passage incontournable. La conversation démarrait lentement, le commis parlant des désordres engendrés par la Révolution et le colporteur attendant que l'autre lui prépare sa commande au lieu de bavasser. Antoine parlait rarement de politique avec eux, par méfiance. Si ces propos étaient mal interprétés... Il se taisait, sachant que le peuple était doux et docile, mais qu'il ne fallait pas prendre sa légèreté pour de la faiblesse. Beaucoup exprimaient leur mécontentement par une chanson, par un petit manifeste, par un pamphlet qui dépassait de leur poche. Rien de vraiment grave ne se produisait. L'effervescence finissait par retomber puis par s'évanouir. Le libraire savait, pour l'avoir lu, que le peuple se révolterait quand les circonstances l'exigeraient, comme pendant la Ligue ou la Fronde. Il avait donc décidé d'être patient.

Pourtant, certains signes ne trompaient pas. Quand il entrait dans l'imprimerie de la famille Boucher, autrefois les employés enlevaient leur chapeau ou leur bonnet et le saluaient. Aujourd'hui, ils se contentaient d'un simple mouvement de tête, d'un regard, et parfois se permettaient une moquerie à son propos sans attendre qu'il ait quitté les lieux. Leur patron se plaignait de leur état d'esprit, moins assidus au travail, changeant d'imprimerie comme de chemise.

Quand il entendait une voix familière dans la boutique, Antoine arrivait rapidement de l'atelier de reliure. Les deux hommes se saluaient, parfois s'étreignaient selon la qualité et l'antériorité de leurs relations. C'était souvent une marque réservée aux colporteurs originaires du pays de Coutances ou à un de leurs enfants qui leur avaient succédé. Le fils avait la peau aussi tannée que celle de son père, hâlée par le grand air, les cheveux noirs coiffés en broussaille.

— Dis-moi, tu viens du pays de Rapilly…

— De qui ?

— Rapilly, c'est un marchand d'estampes originaire de Pirou, installé à Paris à l'enseigne de *La Ville de Coutances,* rue Saint-Jacques. Avec son associé, Esnault, il a fait de mauvaises affaires à cause de la période que nous traversons et il a entraîné d'autres marchands dans sa faillite. Et pourtant, il produisait de la belle marchandise, tu peux me croire, en particulier des gravures de Janinet d'après des œuvres de Boucher et de Fragonard, excusez du peu !

— Vraiment ?

— Dans ces conditions, à cinquante ans, ce sera compliqué pour Rapilly et Esnault de se relancer dans le commerce, mais je les crois capables de rebondir. Si la paix et l'ordre ne reviennent pas, nous allons tous souffrir, les petits comme les gros. Beaucoup vont y laisser des plumes et même leur chemise, c'est certain.

— Mais, monsieur, la vie n'est-elle pas un éternel recommencement ?

— Si tu le dis…

*

* *

Chaque mercredi, Bernardine avait l'habitude d'aller au marché sur la place d'Armes. Elle y achetait de la volaille, des légumes, parfois du miel, et du hareng en saison. Ce jour-là, au moment de repartir à la maison, son panier rempli, elle fut prise à partie par un groupe de femmes qui lui barrèrent la route.

— Citoyenne, vous avez oublié votre cocarde sur votre paletot. Vous savez qu'elle est obligatoire…

— J'ai terminé mon marché. Laissez-moi rentrer !

— Pas avant d'arborer une cocarde !

— Écoutez-moi…

— Non, je ne t'écoute pas, citoyenne. Ni moi ni les autres ! Seules les mauvaises patriotes n'en portent pas. Suis-moi chez Yvonne Leblond ; on trouve toutes sortes de cocardes dans sa boutique.

— Grâce à toi, Marguerite, je vais faire fortune, annonça la marchande en voyant entrer la nouvelle cliente.

— Ce sera dix sous, ma petite dame.

La mine coincée, Bernardine n'appréciait pas ce genre de commerce forcé ; elle paya et fila en songeant que la nouvelle liberté se mettait curieusement en pratique.

De mois en mois, l'approvisionnement du marché ne cessait de se dégrader.

— Je ne sais pas ce qu'ils cherchent avec leurs nouvelles lois, dit Bernardine à sa belle-sœur.

— Tout le monde se méfie de leurs assignats, à commencer par les paysans, qui n'en veulent plus et qui vendent leurs produits au compte-gouttes.

— Je me demande ce que nous allons trouver sur le marché en décembre ou en janvier.

— J'ai bien peur qu'il n'y ait pas grand-chose sur les étals. En attendant, les gardes nationaux se pavanent dans la rue. Regarde-les avec leur bel habit bleu roi à épaulettes dorées et culotte blanche.

— Ah, pour être élégants, ils sont élégants, ces gaillards ! Mais ces belles tenues, qui les paie ?

— Toujours les mêmes ! Allez, filons, sinon nous allons nous éterniser ici à dire du mal de nos semblables. La Révolution comme la foi ne gagne rien à être fanatique.

*

* *

En ce début d'année 1791, le climat politique se détériorait. Le 30 janvier, le curé de Saint-Géry prêtait serment de fidélité à la Constitution civile du clergé. Dans la pratique, les fidèles se partageaient presque à parts égales entre constitutionnels et réfractaires, ce qui n'était pas fait pour apaiser les esprits. Du reste, dès le mois de mars, Antoine se demanda s'il était judicieux de mettre du monde sur la route. Même les foires et les marchés qui se maintenaient n'attiraient plus grand monde. Cela ne dura qu'un temps, car les troubles révolutionnaires ne les empêchèrent pas ; il fallait procurer aux populations des moyens de subsistance. Selon les localités, les foires aux bestiaux et surtout aux chevaux retrouvèrent une belle activité. Les rouliers qui transportaient les marchandises les plus diverses se disputaient poulains et chevaux qui arrivaient de Normandie. Les colporteurs se plaignaient, car dans beaucoup de bourgades les maires imposaient le suivi du calendrier révolutionnaire, qui ramenait les quatre marchés hebdomadaires à trois marchés décadaires.

Chacun avait des raisons de se plaindre, mais le commerce pouvait se faire, même si le jour de la grande foire annuelle le maire plantait un arbre de la liberté. Fallait-il temporiser afin de voir la situation s'éclaircir ou renoncer purement et simplement à une tournée ? Antoine avait du stock, beaucoup de stock, car les gens lisaient moins. Dans l'entrepôt, les étagères étaient bien remplies. Devait-il remettre encore aux colporteurs différents exemplaires de *La Vie des saints* ou de *La Vie des rois* qui avaient fait la France ? C'était peut-être périlleux mais, à force de patienter, n'y avait-il pas une possibilité d'asphyxie de son affaire ? Seul, il devait prendre une décision, et la bonne de préférence !

Dès que la fuite de Louis XVI, dans la nuit du 20 juin, puis son arrestation à Varennes furent connues, la population de Valenciennes s'enflamma. Le retour du carrosse royal à Paris provoqua une véritable mobilisation populaire. Antoine Giard se faisait volontiers ironique à l'heure du repas :

— Le roi est parti et certains prétendent que son départ imprévu va plonger le pays dans un état d'abattement profond.

— Vraiment ? demanda tante Marie.

— Oui, tante, c'est un signal d'alarme !

— Non, Antoine, c'est juste le départ d'une famille. Quatre personnes en plus ou en moins à Paris, ça change quoi ?

— Beaucoup, au contraire ! La fuite du roi marque un tournant dans la Révolution. Je crains que les conséquences n'en soient redoutables.

À Valenciennes comme à Paris, les esprits se calmèrent bien vite quand chacun prit conscience que l'armée des émigrés et la coalition de toutes les cours d'Europe contre la France devenaient une réalité inquiétante. Si la France était envahie, la Révolution aurait vécu. Le roi serait rétabli dans ses prérogatives, l'égalité des trois ordres supprimée, les libertés publiques remises en cause. Pour le moment, le peuple et les bourgeois les plus éclairés n'avaient pas envie de perdre les quelques avantages qu'ils avaient obtenus. En conséquence, ils répondirent avec enthousiasme à l'appel pour une levée en masse de volontaires chargés de défendre le sol national contre ces envahisseurs potentiels. René

Adam quitta Antoine et l'atelier de reliure pour devenir soldat.

Pour apporter un peu de changement dans les préoccupations du moment, l'Assemblée nationale décida de transférer les restes de Voltaire en la basilique Sainte-Geneviève, qui allait devenir le Panthéon. Antoine envoya son fils aîné à Paris en compagnie du vieux citoyen La Pistole pour assister à l'événement. C'était un service que ce père protecteur pouvait lui demander, car le colporteur avait une dette d'honneur avec la famille Giard qui, en son temps, lui avait évité d'être mis au ban de la société qui abandonnait à leur sort les anciens forçats. L'époque était trop agitée pour laisser un jeune homme faire le déplacement seul au moment où l'Assemblée nationale avait fait appel à cent mille gardes nationaux et fermé les frontières.

L'idée du voyage avait excité Bernard-Antoine, même si son chaperon se voulait plus sage, privilège de l'âge sans doute. Le père et son fils avaient bien conscience qu'un passage à Paris n'était pas un déplacement banal, surtout à une époque où les têtes tombaient plus facilement que les feuilles en automne.

Le dimanche 10 juillet 1791, depuis les Tuileries, la famille royale assista au passage du char funèbre que tiraient les seize chevaux blancs de la reine. Le roi y jeta un œil affligé. Bernard-Antoine admirait le défilé que conduisait Beaumarchais…

Venir à Paris voir la Nation rendre un vibrant hommage à l'un des plus brillants penseurs du siècle, à l'une des plumes les plus vives, fut un moment de ferveur populaire qui enthousiasma le jeune homme.

Le lendemain, avec La Pistole, ils allèrent dans les couloirs de l'Assemblée nationale sentir les jeux politiques auxquels se livraient les représentants des principaux courants d'opinion. Le vieux colporteur savait que la Révolution était salutaire tant qu'elle restait dans des limites raisonnables, mais il ne souhaitait pas qu'elle se transforme en une hécatombe sanglante à un moment où le pays, en proie à de graves difficultés, avait besoin de rassembler tous ses enfants.

La Pistole et Bernard-Antoine effectuèrent ensuite plusieurs visites professionnelles, car de nombreuses personnes réclamaient en boutique des estampes célébrant le culte révolutionnaire. Les scènes bucoliques, l'amour maternel n'avaient plus les faveurs du public. Il fallait trouver des estampes avec la prise de la Bastille ou avec l'arbre de la liberté, sur lequel on avait écrit un poème du genre :

Arbre chéri, reçois l'hommage
Des Français rentrés dans leurs droits
Qu'ils en conservent bien l'usage
On ne peut y entrer deux fois.

De nouveaux clients, plus excités par la politique, souhaitaient accrocher aux murs de leur maison des portraits de sans-culottes, la tête d'un ci-devant noble ou simplement une perruque poudrée. Il ne restait plus qu'à trouver de la bonne marchandise correspondant à l'air du temps.

Le jeune provincial trop ardent avait failli être arrêté par un comité de quartier qui lui trouvait une allure de comploteur, avec ses vêtements de commis épicier. Les sans-culottes se demandaient si ce citoyen-là n'était pas un de ces déserteurs qui s'étaient cachés dans les bois comme des bêtes traquées. Son vêtement n'était pas maculé de boue ni lacéré au passage dans les halliers. Alors ? Trop poli pour être honnête, ce jeune citoyen aux allures distinguées, à la barbe naissante sur un visage un peu pâle. Le comité allait devoir l'interroger avant de l'envoyer dans une prison déjà trop bondée. Le destin tient à peu de chose… L'intervention de La Pistole évita à Bernard-Antoine de connaître la puanteur des cachots. Le visage balafré de La Pistole, son autorité naturelle, son assurance avaient calmé les agités. Les sans-culottes n'allaient plus chercher noise à ces gens venus du département du Nord. La Pistole considéra qu'il était prudent de rejoindre Valenciennes.

À peine rentré, Bernard-Antoine constata une certaine morosité chez ses concitoyens. Où cette Révolution les emmenait-elle ? Les gens étaient timorés, limitant leurs achats aux seules nécessités de la vie quotidienne. La vente des livres chutait de manière vertigineuse. Le duc de Croy et le marquis de Cernay avaient fui à l'étranger comme d'autres nobles de la région. Ils abandonnaient leurs titres de propriété de la compagnie d'Anzin à la Société populaire de Valenciennes. La compagnie des mines avait perdu une partie de ses dirigeants, clients habituels de la librairie. D'autres voulaient en découdre avec les vestiges de la royauté mise à mal depuis juillet 1789. Il fallait garder son sang-froid et rester positif dans les limites du possible.

Les habitants les plus isolés se faisaient voler leur bétail, d'abord les volailles, puis les veaux et les poulains. L'insécurité ne cessait de croître.

Une nuit, alors qu'Antoine dormait profondément, Bernardine le secoua.

— Qu'y a-t-il ? demanda-t-il en émergeant des couvertures.

— Mais quoi, tu n'as pas entendu ?

— Non !

— Voyons, j'ai entendu du bruit, des bruits de pas dans la cour, derrière l'entrepôt. Je suis sûre qu'il y a des voleurs.

— Tu as rêvé, ma chérie.

— Antoine, des voleurs chez nous, et ça ne te soucie pas plus que cela !

— Non !

Le libraire reposa sa tête couverte d'un bonnet de coton et s'endormit, laissant les pilleurs œuvrer. Demain, il fera jour et il sera temps de mesurer l'ampleur des dégâts. Il se mit à ronfler tandis que Bernardine se faisait du mauvais sang et ne retrouvait pas le sommeil.

Que de changements en quelques mois ! Les nobles encore présents au pays portaient dans leur cœur le deuil de la monarchie.

*
* *

Pour contraindre les prêtres devenus des fonctionnaires élus à se soumettre à la Constitution civile du clergé, l'Assemblée nationale les obligea à prêter serment de fidélité à la Nation, à la loi et au roi et de maintenir de tout leur pouvoir la Constitution votée. Les prêtres qui refusaient devaient démissionner et étaient considérés comme des perturbateurs à l'ordre public.

— C'est une hérésie ! lança Bernardine, très choquée par la nouvelle.

— Que va donc décider notre curé ? demanda Antoine.

— Je n'en sais rien mais, connaissant son caractère, je pense qu'il suivra les instructions de sa hiérarchie, approuva tante Marie.

— Je le pense aussi.

Avec les dérives que connaissait la Révolution, le libraire ne cessait de s'interroger. Les têtes qui dégoulinaient de sang, baladées au bout de piques, était-ce la marque d'une nation civilisée ? Fallait-il excuser quelques fanatiques ? Fallait-il les punir ? Les massacres commis étaient expliqués, commentés, analysés. Pour quel résultat ? On pouvait se le demander. Qui garantissait que, dans trente à cinquante ans, le pays ne revivrait pas les mêmes débordements ? La bêtise humaine, la barbarie semblaient défier le temps. On les pensait enterrées à tout jamais et elles ressurgissaient plus actives que jamais. Les extrémistes croyaient à la lettre des livres sacrés ou philosophiques plutôt qu'à leur esprit. Certains tuaient les nobles avec une seule idée en tête, racheter demain leurs biens pour devenir riches à leur tour et mépriser le petit peuple. Il y avait des crétins exaltés et des cupides dans tous les camps.

Maigre satisfaction, un ouvrage se vendait bien en cette année 1792, *L'Almanach du père Gérard*.

Collot d'Herbois[1], son auteur, s'offrait avec cet ouvrage un beau succès populaire qui lui rappelait les ovations qu'il avait reçues en tant qu'auteur dramatique et comédien. Dans cet almanach, il prenait le temps d'expliquer aux habitants des campagnes les mérites de la Constitution, le suffrage universel, et condamnait l'esclavage dans les colonies.

*

* *

Début avril 1792, Mathilde Boucher croisa sur le marché Joseph Lavallée, le fils du notaire. Le jeune homme avait troqué l'allure soignée d'un fils de bonne famille pour celle d'un inconditionnel des nouvelles idées. Joseph avait revêtu la tenue des sans-culottes et portait au chapeau une imposante cocarde tricolore.

— Comment vas-tu, jolie citoyenne ?

— Je vais, bredouilla-t-elle, tellement étonnée par cette métamorphose vestimentaire et le ton de cette interpellation.

— Tu ne le sais pas, mais je suis allé à Paris pendant six mois pour m'imprégner des nouvelles idées politiques. Il est temps de faire bouger une ville aussi sclérosée que la nôtre. Je vais de ce pas mobiliser les personnes qui travaillent aux ateliers de charité. Ces malheureux doivent comprendre que la Révolution portée à son point le plus haut peut les sortir de leur misère.

---

1. *Homme politique, député montagnard qui sera déporté à Cayenne.*

— Comment donc ?

— Mais la Révolution, c'est l'égalité pour tous, du travail et du pain pour tous.

— C'est une douce utopie, Joseph, car ce n'est pas le cas pour le moment.

— Comment oses-tu dire cela, Mathilde ? Si tu n'étais pas aussi jolie, je te dénoncerais au Comité de salut public comme un peu trop rebelle.

— Tu oserais ?

— Je n'ai qu'un seul objectif : la victoire des idées des Lumières et l'avènement d'une nouvelle société. J'appartiens au club des Amis de la Constitution. J'en suis même un des piliers, Mathilde. Nous recherchons les personnes qui ne sont pas assez révolutionnaires, qui n'agissent pas dans l'esprit des lois. Les prêtres, les bonnes sœurs, les moines ont été chassés de leurs églises et de leurs couvents parce que l'Assemblée l'a voulu. Désormais, nous sommes fermes, très fermes.

— Heureusement que le printemps est indifférent à la sauvagerie des hommes.

— La terreur, tu n'y échapperas pas, si tu continues à parler comme ça, citoyenne. C'est moi qui te le dis !

XVIII

APRÈS UN ÉTÉ RADIEUX, la proclamation de la République fut, en septembre, l'occasion d'une grande fête que peintres, dessinateurs et graveurs s'empressèrent de fixer sur le papier.

« Encore une belle estampe en perspective ! se dit Antoine. J'en connais à qui ça va plaire. »

— Nous n'avons plus de roi ? demanda Bernardine.

— Non, ma chère.

— Mais c'est impossible, Antoine. Notre pays a toujours eu un roi à sa tête pour le diriger.

— Oui. Mais aujourd'hui, la Convention en a décidé autrement. Avec la République, ce n'est plus le monarque de droit divin qui gouverne mais le peuple souverain et des hommes qui cherchent à faire participer leurs concitoyens à la marche de l'État.

— C'est une utopie ! Continuons sur cette lancée, et demain la France connaîtra une république monarchique.

— Qu'est-ce donc que cette idée-là, Bernardine ?

— Au train où vont les événements, nous connaîtrons, un jour, une république dont le chef se comportera comme un roi, vivant dans un palais, entouré de sa cour qui aura changé de visage et qui traitera toujours le peuple par le mépris.

— Quelle perspective !

— Oh, la Révolution a sans doute de belles idées, mais peu de considération pour la sueur de la France d'en bas. Ces messieurs qui nous gouvernent, ces beaux parleurs, que savent-ils de notre travail au quotidien ? Rien ! Et c'est bien là le nœud du problème.

— Bernardine, calme-toi, je t'en prie !

*
* *

Si Dumouriez avait bloqué les Prussiens à Valmy, les Autrichiens attaquèrent à Lille et tirèrent des dizaines de milliers de boulets portés au rouge sur la citadelle.

Pendant ce temps, à Paris, on allait tout droit vers la mise à mort du roi. Qui pouvait donc croire que cette issue réglerait tous les problèmes ?

— Nous entrons dans un monde d'intolérance absolue, prophétisa le libraire en s'adressant à son fils Bernard-Antoine. Les républicains qui fustigeaient hier le régime absolu des rois de France rétablissent le crime de lèse-majesté.

— Il ne s'agit pas de s'appesantir sur toutes les formes d'excès, sur toute dérive regrettable, répondit Bernard-Antoine, avec l'impétuosité de sa jeunesse. Il faut tenter de faire en sorte que le pays aille mieux.

— D'accord, mon garçon. Je crois que les Girondins face aux Montagnards représentent une chance de ne pas voir le pays basculer dans le chaos et le sang.

— Le sang ! C'est désormais notre lot quotidien. Comprenez, mon père, que, une fois le roi mis en accusation et la monarchie abolie, il sera trop tard pour revenir en arrière. Une nouvelle époque commence, avec son lot de bonnes choses et de moins bonnes. C'est dans l'ordre du monde et nous n'y changerons rien. Nous ne sommes que des humains, donc le meilleur alterne avec le pire.

— Mon fils, malgré ton jeune âge, tu fais preuve d'une intéressante qualité d'analyse, même si je ne partage pas tous tes points de vue, mais tu dois admettre que, si demain le roi est condamné à mort, ce que je ne peux envisager un seul instant, la Convention portera une énorme responsabilité. Elle multiplie les lois scélérates et j'ai peur qu'elle ne s'arrête pas en si bon chemin. Qu'allons-nous devenir ? Je me le demande. La politique fait beaucoup parler et, malheureusement, j'ai d'autres préoccupations en tête.

— Et quoi donc ?

— Ton oncle Louis, mon frère, est fort malade. À la suite du courrier que m'a fait parvenir sa femme, Thérèse, je suis très pessimiste.

— Vraiment ?

— Oui, je crois qu'il faut se préparer au pire et se tenir aux côtés de Thérèse, dont le petit garçon ne fêtera ses deux ans qu'en janvier prochain.

— Le pauvre Julien n'aura pratiquement pas connu son père si l'oncle Louis vient à disparaître…

— L'histoire se répète souvent dans les familles ; il y a une bien curieuse chaîne qui relie les générations, car nous avons perdu notre mère quand Louis n'avait que trois ans. C'est sans doute un signe du destin qui nous vaut d'être marqués de la sorte.

— Que va-t-il se passer maintenant ? Je ne sais pas si Julien voudra devenir libraire. L'amour des livres et leur commerce, mon père, c'est aussi la marque de notre famille.

— Oui, tu as raison, et je compte sur toi pour faire vivre la lignée...

Dès le lendemain, Antoine Giard partit en diligence à Condé-sur-l'Escaut et courut chez son frère, qui mit un peu de temps à sortir d'un sommeil pesant.

— La nuit dernière, lui avoua Antoine à voix basse, j'ai rêvé que je retournais à Servigny...

— Voyons, Antoine, comment est-ce possible ? Moi, je n'ai jamais rêvé de ce fichu patelin où nous sommes nés. C'est un souvenir trop confus dans mon esprit, comme l'image de nos parents. Je suis du Hainaut maintenant, des Flandres. Appelle ce pays comme tu veux, c'est le mien, tout simplement !

— Je vois, mon cher Louis, que tu peux encore réagir. C'est bon signe ! La gueuse passera devant ta porte mais ne t'emportera pas cette fois, et je suis certain que tu vas te remettre sur pied. C'est seulement une question de temps... À mon retour à Valenciennes, j'irai voir la mère Bolly. Elle sait soigner avec les plantes et connaît des secrets qui font des miracles. Je peux te l'assurer. Tiens le coup encore un peu... s'il te plaît, Louis.

À peine rentré à Valenciennes, en début de soirée, Antoine en profita pour adresser à son frère un court billet par la malle-poste dès le lendemain :

Louis, mon frère, en ces temps agités, prends garde à toi dès que tu seras rétabli. Les maîtres d'aujourd'hui sont les suspects de demain. Qui tombera dans une semaine sous le couperet de la guillotine, nul ne le sait. Ici, le comité de surveillance révolutionnaire s'agite dans tous les sens. J'ai quand même demandé mon brevet de civisme pour circuler et aller à notre maison de campagne. Si la situation se dégrade encore, j'y enverrai Bernardine et les enfants. Je resterai seul à la barre de notre commerce, dans la tempête, comme ces capitaines des goélettes qui me faisaient rêver quand j'étais un chenapan. Je t'embrasse. Ton frère, Antoine.

Louis Giard décéda à Condé le 5 décembre. Avant la fermeture du cercueil, Antoine plaça sur la poitrine de son frère un petit livre de la Bibliothèque bleue. Pas n'importe lequel, non, *L'Histoire de la vie et du procès du fameux Louis-Dominique Cartouche,* un bandit de grand chemin qui avait passionné Louis quand il était adolescent. Il savait presque par cœur cette histoire qui, depuis soixante-dix ans, célébrait le roi du pavé de Paris. Aussi, avant de se recueillir avec sa belle-sœur et sa femme, Antoine ne put résister à la tentation de dire à la dépouille de son frère le début de la complainte de Cartouche :

Peuple de Paris, approchez
Afin d'entendre réciter

Mon jugement et ma sentence
Pour tous les crimes et les offenses
Que j'ai faits en plusieurs quartiers
Étant par le démon poussé...

Les lèvres du libraire bougeaient à peine. De grosses larmes coulaient sur son visage. C'était dur de gommer tant de souvenirs partagés avec Louis, qui n'avait pas encore quarante ans.

Le châtiment de Dieu était trop injuste.

Dans ce contexte morose, une nouvelle réussit quand même à réjouir le libraire. Le droit d'auteur, qui n'était reconnu que depuis le 3 juillet 1777 grâce à l'action de Beaumarchais, fut enfin ratifié par l'Assemblée Constituante.

*
* *

Des remparts jusqu'à l'église Saint-Géry, les habitants s'accrochaient à leurs ruines après les terribles bombardements autrichiens qu'ils avaient subis. Désormais, Valenciennes cessait d'être une ville appartenant à la République et renouait avec les traditions de l'Ancien Régime. Le libraire, qui avait décidé enfin de rentrer seul de sa maison de campagne, découvrit un spectacle de désolation. Logement pillé, entrepôt incendié, réserves sens dessus dessous, la maison Giard était en miettes. L'ampleur du chantier était énorme, pour lui comme pour ses voisins. L'imprimerie de M. Boucher était partie en fumée. Avec courage, le libraire, dont les cheveux avaient blanchi en quelques jours, se mit au travail avec ceux qu'il appelait « ma garde rapprochée », trois vieux employés dont il appréciait la loyauté et la fidélité, et qui avaient survécu aux bombardements.

Pourtant, le 27 septembre 1793, dans un climat de quiétude retrouvée, Antoine fut pris d'un malaise.

— Bernard-Antoine, réveille-toi ! Il est arrivé un malheur à ton père, annonça Bernardine d'une voix grave.

— Que se passe-t-il donc ?

— Ton père est tombé du lit et je l'ai retrouvé par terre, allongé sans connaissance mais encore en vie. Je me suis penchée vers lui, les yeux brouillés de larmes. Il me semblait que je vivais un cauchemar. Encore un.

— Alors ?

— Ton père est trop lourd et je n'ai pas assez de force pour le remettre dans le lit. Viens, tu vas nous aider. Nous allons le prendre par les épaules et le soulever.

L'opération demanda autant d'énergie que pour porter de lourds colis de livres. Bernardine mouilla le visage gris de son mari avec un linge humide. Elle lui tapota les joues.

— Papa, c'est Bernard-Antoine. Dis-moi, m'entends-tu ?

Rien. Pas un battement de cils. Antoine ne répondit pas. Inquiet, son fils se mit à trembler tellement il avait froid.

— Je vais faire une flambée dans la cheminée, je pense que ça lui fera du bien, suggéra Bernardine.

— Je vais t'aider, coupa tante Marie, réveillée par tout ce remue-ménage. Ma petite, le froid n'est jamais bon quand le sang circule mal.

Les flammes crépitaient, éclairant la chambre. Le visage d'Antoine s'était adouci et avait repris quelques couleurs. Un léger souffle fusait encore entre ses lèvres. Les minutes devenaient angoissantes. Peut-être qu'Antoine n'en avait plus pour longtemps à vivre ?

Pendant trois jours, Antoine se réveilla pour de brèves séquences de lucidité, veillé en permanence par tante Marie ou Bernardine. À la fin du troisième jour, son état empira.

— Petit, murmura tante Marie à Bernard-Antoine, ce n'est pas le tout, mais je crois qu'il faut aller chercher le curé de Saint-Géry afin qu'il vienne le plus vite possible. Mets un manteau et fais vite.

Le jeune homme courut sur les pavés luisants. Il n'était pas question que son père décède sans la présence d'un prêtre et sans recevoir les derniers sacrements, sinon il deviendrait une de ces âmes errantes qui vagabondent en Flandres les jours de brouillard pour terroriser les passants égarés.

Le presbytère était silencieux, enfoncé dans son sommeil. Bernard-Antoine tira la poignée de la clochette sur le côté de la porte fermée à double tour. Une légère lumière apparut. Le jardinier traversa l'allée gravillonnée, une lanterne à la main.

— C'est qui ? demanda-t-il.

— Bernard-Antoine Giard, le fils du libraire, je viens chercher monsieur le curé. Mon père est au plus mal. Il ne respire presque plus. J'ai peur que sa fin ne soit proche. Ma mère souhaiterait qu'il reçoive les derniers sacrements tant qu'il en est encore temps.

— Ne bouge pas, mon garçon, je vais réveiller monsieur le curé. Tu l'accompagneras en toute discrétion. Plus question de clochette par les temps qui courent. C'est déjà une grande chance de sortir sans être inquiété.

Antoine remua la tête à plusieurs reprises sur l'oreiller. Un souvenir remontait du fond de son enfance, comme une écharde coincée dans sa mémoire.

— Bernardine, avant de partir, je dois te confier un secret. Le curé de Servigny, qui m'avait appris à lire et à écrire, voulait que j'aille au petit séminaire de Coutances pour devenir prêtre à mon tour. Mon père n'a jamais voulu… Pour me faire pardonner, j'ai dit au curé que l'un de mes enfants serait prêtre. Comme aucun de nos garçons n'est devenu le serviteur de Dieu, je me sens coupable. Ma chérie, fais le maximum en ces temps troublés pour porter secours à ceux qui en ont besoin. Nous avons été lâches en laissant partir à la mort ce curé que nous aimions bien. Sauver un prêtre de la guillotine ou de l'exil, voilà le vœu que nous devons faire en cet instant et dont tu deviens la dépositaire.

— Antoine, je ferai ce que tu viens de me demander. Ton souhait est le mien désormais.

— Merci, Bernardine, dit-il du bout des lèvres devenues toutes pâles.

— Ne me remercie pas. Je dis ce que je pense et je fais ce que je dis. Tu le sais bien, depuis le temps…

Quelques minutes plus tard, le curé franchissait la grille, habillé d'une pèlerine dont l'ample capuche lui dissimulait le visage. Le prêtre avançait vite, d'un pas assuré. Il connaissait par cœur les rues et les venelles de Valenciennes. Les deux hommes arrivèrent devant cette maison où la famille Giard résidait depuis plus de cinquante ans. Le garçon frappa deux fois avec le heurtoir de la porte. Tante Marie leur ouvrit. La mort entrait dans la maison en même temps que le prêtre. Antoine était allongé sous une couverture épaisse, visage pâle, traits tirés.

Le prêtre posa sa pèlerine sur une chaise, enfila un surplis blanc, plaça sur ses épaules une étole de velours noir à fils dorés et sortit de sa mallette les flacons contenant les saintes huiles que l'on appose aux mourants. Sur la table de chevet, tante Marie avait posé une petite nappe blanche avec un crucifix, une statue de la Vierge et deux chandeliers en cuivre dont elle avait allumé les bougies.

Bernardine, ses filles et la tante Marie s'agenouillèrent, un voile noir sur la tête. Le curé s'approcha.

— Mon ami, Antoine, m'entends-tu ? C'est ton curé qui te parle…

Le père de famille s'agrippa à son poignet. Ses doigts noueux étaient devenus extrêmement blancs et les veines gonflaient la peau parcheminée du dessus de la main.

— Voulez-vous recevoir les sacrements de notre Sainte Mère l'Église avant l'ultime voyage que vous allez accomplir ?

Le libraire cligna juste des yeux en guise d'acquiescement. Bernardine et tante Marie répondaient aux prières avec l'assurance de personnes qui ont déjà vécu pareille situation.

Deux heures plus tard, le libraire était mort.

Il ne reverrait plus Servigny, ni La Rondehaye, ni ces paysages qu'il avait tant aimés, en particulier ces sous-bois tapissés de primevères au printemps. Il ne ferait pas construire une maison au bord de la mer à Blainville, le long d'une rue qui n'avait pas encore trouvé son nom. Il en avait rêvé, mais le vent tragique de la Révolution était passé par là. Acheter ou faire construire une grande propriété, c'était s'offrir en victime désignée à la vindicte populaire. Le libraire avait continué à habiter dans le centre de Valenciennes et à se rendre dans sa petite maison de campagne de temps à autre.

À quoi avait-il donc songé durant la dernière seconde fatidique ? Au sentiment vibrant du temps et des saisons de la vie qui transfigurent une existence ? Aux courses folles d'un petit garçon qui rêvait d'océan, de Canada et d'Indiens du Québec ? L'homme s'était peut-être retourné sur sa jeunesse perdue comme sur l'honneur de Montcalm, piétiné sur les plaines d'Abraham. Il était peut-être parti avec ce sentiment d'amertume de ne pas avoir goûté à cette vie d'aventures dont il avait rêvé à douze ans, mais il avait connu d'autres expériences qui forgent un homme avant de lui donner matière à une inévitable mélancolie. Sa course à la poursuite du soleil s'était achevée ici, à Valenciennes.

Qu'ajouter ? Peu de chose, si ce n'est qu'il avait été emporté par le jusant, lui qui n'avait jamais cessé d'être un gamin coureur de grève sur l'estran majestueux.

En homme d'expérience qu'il était, le curé sentait les émotions des êtres rassemblés autour de lui et regarda le fils aîné du libraire.

— Quelque chose ne va pas, Bernard-Antoine ?

Le jeune homme se contenta de baisser la tête et laissa des sanglots s'échapper, sans dire un mot, durant de longues minutes. Comment aurait-il pu avouer cette peur qui était en lui ? Avec quels mots ?

Le curé plaça sa main sur son épaule.

— Tu peux parler, mon garçon ; tu peux me confier ton chagrin, si tu le souhaites ; je suis là en confident et en ami de ta famille. Tu n'as pas de soucis à te faire, ton père a rejoint le royaume de Dieu en chrétien et en juste parmi les justes qu'il était. C'est une bénédiction en ces temps si troublés. Que vas-tu faire maintenant ? Le libraire à Paris ?

— Non, je vais rester ici, aux côtés de ma mère, pour poursuivre notre activité.

— Vous pourriez peut-être songer à vendre votre affaire tant qu'il en est encore temps ? Je sais par mon cousin que la famille Panckoucke cherche à reprendre des commerces en province. Ton père avait bien connu Charles-Joseph et…

— Vendre, même à la famille Panckoucke, vous n'y songez pas ! Monsieur le curé, ce serait une offense impardonnable à la mémoire de mon oncle et de mon père. Bonsoir, monsieur le curé !

*

* *

Poussé par un curieux hasard ou un sixième sens, La Pistole arriva à Valenciennes, soulagé d'avoir réussi à fuir Paris, où tout le monde vivait dans l'angoisse d'une arrestation et d'une exécution arbitraire. Tout voyage en province ressemblait à une expédition tant les aléas étaient nombreux. Un orage sans nom était passé. Après avoir essuyé ses larmes de pluie, la ville souriait à nouveau sous le ciel du Nord, une question d'habitude et de caractère.

Exacerbée par la chaleur de l'été, l'agitation n'était pas retombée. Du relais de poste, les pas de La Pistole l'avaient conduit à la boutique. Il poussa la porte et attendit sagement. La pièce était déserte !

Bernardine descendit, tout de noir vêtue.

— Que se passe-t-il, ma bonne amie ?

— Ah ! Mon pauvre, il est mort !

— Mais qui donc ?

— Antoine, voyons !

— Quel malheur ! Dites-moi, Bernardine, ce qui s'est passé.

— Voilà, un après-midi, Antoine s'est plaint de douleurs aiguës dans la poitrine et dans le bras, d'une extrême fatigue aussi. Il s'est couché, pas en forme du tout. Avant de s'endormir, il m'a dit en me tenant la main : « Bernardine, nous avons eu de la chance. Nos parents n'ont pas vécu si longtemps, ni si bien que nous. » Allons, montons dans la chambre où il repose.

Bernardine montra le chemin à La Pistole qui, quelques pas en arrière, la suivait. Le vieux marchand de livres bénit le corps et redescendit, désemparé. Effondré.

— Ma chère amie, c'est dur de perdre un vieil ami qui m'a si souvent aidé, avec gentillesse, sans prétention. Oh là là, oui, c'est très dur…

— Dieu ne nous ménage pas, conclut-elle.

Et elle avait raison.

— À cinquante et un ans, un homme n'est pas arrivé au terme de son voyage. Je suis révolté, grogna La Pistole, qui tempêtait après Dieu et après les puissances surnaturelles qui jouaient avec l'homme.

Depuis le temps qu'il courait les routes, les foires et les marchés, qu'il frappait aux portes des fermes, il avait eu le temps de comprendre le rôle de la religion, la position de la hiérarchie ecclésiastique, celle des évêques et des chanoines : garder les gens du peuple sans conscience, incultes, pour qu'ils restent dans le giron de l'Église. Les colporteurs de livres n'étaient guère mieux considérés que Molière et ses comédiens, un siècle plus tôt. Parce qu'ils se rebellaient contre toute forme d'autorité et d'obscurantisme, ils n'étaient pas appréciés par les autorités. La Pistole n'était pas un incroyant, mais aujourd'hui il en voulait beaucoup à Dieu qui le privait d'un ami sincère. C'était tellement rare dans ce monde. Pas la peine de prier, les mots n'y changeraient rien. Il avait la sensation d'un vide immense.

Entre deux sanglots, Bernardine n'était pas plus bavarde. Elle songeait en silence à la dernière conversation qu'elle avait eue avec son mari.

— Grâce à toi, lui avait-il dit, j'ai eu la chance de voir naître et grandir les enfants que Dieu nous a laissés. Pour certains, ces joies familiales ne comptent pas, mais pour moi c'était beaucoup et, avec le travail, elles remplissaient largement ma vie.

La nôtre ! À demain, ma douce, en espérant que Dieu me laisse encore vaillant à tes côtés...

— Voyez-vous, La Pistole, je lui ai apporté un verre de ce vin de Moselle qu'il adorait. Et vous savez ce qu'il m'a dit ?

— Non.

— « Je vais le déguster, m'a-t-il dit, comme un grand cru, peut-être parce que c'est la dernière fois que je bois du bon vin à tes côtés.

— Ne dis pas de bêtises, Antoine », lui ai-je répondu un peu sèchement.

Elle s'est tue à nouveau pour mieux revivre la scène.

— « Voyons, Bernardine, m'a répondu mon mari, je sens ma vieille carcasse craquer de toutes parts. Mon cœur s'affole trop souvent, il tape dans ma poitrine si brusquement que j'en prends peur. Maintenant, je devine que je vais mourir. Pourtant, j'apprécie la vie... et le parfum de ce vin. Mon métier de colporteur puis de marchand de livres m'a bouffé l'existence. Sans m'en rendre compte, j'ai dû vous faire souffrir, toi et les enfants.

— Mais non, tu as toujours fait du mieux que tu pouvais.

— Je suis conscient que le moment de faire mon balluchon pour aller chez saint Pierre approche. Je ne sais pas s'il a envie que je lui apporte un petit livre de la Bibliothèque bleue. *La Vie des saints*, il finirait par en rire, lui qui a commencé sa vie comme pêcheur sur le lac de Tibériade. Entre le point de départ et la ligne d'arrivée, notre existence s'offre de drôles de méandres, des circonvolutions, très rarement des lignes droites. J'ai des souvenirs longs comme ces routes qui traversent les plaines du Nord. Je me sens fatigué, je vais me reposer. À plus tard, ma douce. »

Les yeux de Bernardine se sont mis à briller. Elle avait toujours vingt ans dans le regard de son mari. Leur histoire d'amour semblait belle et intacte, comme aux premiers jours. Leur idylle revenait sur la pointe des pieds, surgie du passé. Un instant de bonheur, un éclair imprévu, une façon de se sentir hors du temps en cette période d'hystérie collective et de folie meurtrière, presque assassine. Tuer pour des idées, comme le voulaient les puissants du moment, à quoi bon ? Surtout quand on sait que les vérités d'aujourd'hui seront décriées demain.

Être vivant, en bonne santé, l'assiette remplie, n'est-ce pas une manière insolente de pactiser contre la cause du peuple et jouer le parti de l'étranger ? La peur de la guillotine conduit à couper tout ce qui sort du cadre des idées à la mode. Plus d'insouciance, plus de légèreté, plus de joie de vivre. Sinon, la mort !

Antoine avait esquissé un geste. Avant de s'endormir pour toujours.

Bernardine avait retrouvé un peu de voix, l'envie de parler pour libérer son chagrin.

— Voilà, mon ami, comment Antoine a décliné pendant trois jours et comment le cauchemar est devenu réalité.

— Il est mort… Effacé de notre monde, mais pas de notre souvenir, murmura La Pistole.

— Oui, sanglota Bernardine, c'est sinistre, ce craquement entre deux instants de vie, ce craquement qu'on appelle la mort. Vous savez, La Pistole, pendant ses délires, Antoine a prononcé un prénom, celui d'une inconnue. Sans doute un prénom longtemps enfoui et qui ressurgissait à un moment où on ne l'attendait pas.

— Bernardine, n'y attachez pas d'importance. La mémoire filtre les souvenirs depuis l'enfance jusqu'à la dernière minute. Certains d'entre eux passent dans les mailles du tamis, d'autres y restent coincés. Une partie de sa vie s'est envolée sur les routes où il a tant marché, tant travaillé à déballer, à ranger ses livres, ses images pieuses ou joyeuses, à chercher une mauvaise paillasse dans une auberge ou une ferme. Que voulez-vous ? Certains souvenirs ressemblent à des rayons de soleil qui lui ont réchauffé l'esprit une dernière fois. Tant d'autres se sont dilués dans les brumes du temps passé. Ont remonté en surface le visage d'un enfant qui fait ses premiers pas, la silhouette d'un calvaire dans la plaine ou le sourire d'une jeune fille, des détails qui ont surnagé sur les vagues du quotidien.

— Par moments, il appelait aussi le marchand… « Le marchand de Jersey », disait-il, avec dans la voix de la peur, de l'inquiétude, à croire que ce marchand poursuivait la jeune fille dont il prononçait le prénom. Il craignait peut-être de ne pas la protéger. C'est curieux, ces sortes d'hallucinations, n'est-ce pas ?

— Non, Bernardine, dans les dernières minutes de notre vie, la mémoire s'agite une dernière fois, allez savoir pourquoi.

— Étranges, ces souvenirs qu'il n'avait jamais évoqués avec moi et qui, dans les ultimes minutes, viennent percer le couvercle du passé.

— Ce prénom, c'est peut-être le nom d'une héroïne de roman ou celui d'une connaissance. Les amours de jeunesse ne durent qu'un été, vous le savez bien. On les met sous clé et on les oublie. Comprenez-le, ce n'est pas une femme qu'il appelait, c'est l'insouciance de ses jeunes années ! Oubliez ce qui vient de sa propre nuit.

— Merci, mon ami.

Ce prénom oublié, à qui appartenait-il ? Le vieux colporteur le savait. À Éponine ! Une jeune fille devenue mère, voire grand-mère aujourd'hui, une femme aux cheveux blancs et au visage creusé par les rides, à moins qu'elle ne soit déjà sous terre. Antoine et Éponine s'étaient rencontrés sur les quais du port d'Étaples. Elle avait seize ans et lui un an de plus. Ils avaient bavardé sur un mur de pierre avant de marcher sur le long de la plage. Il lui avait volé ses premiers baisers, lui avait donné ses premières caresses et lui avait promis de revenir… Mais la vie en avait décidé autrement.

Il restait au plus profond de la mémoire d'Antoine juste un prénom. Des mots de flamand et des éclats de rire sonores qui couvraient le bruit de la mer, des mots innocents face à une vie d'adulte qui s'annonçait entre guerre et paix, entre travail et maladie, entre plaisir et paternité. La vie avait bifurqué dans une autre direction, abandonnant les chemins de traverse à un silence pesant que martelait la pluie d'automne. Et puis il y avait cette fidélité à la parole donnée ; Antoine n'avait jamais oublié les menaces de La Pistole, un matin, à Ostende…

Bernardine regarda le vieux colporteur et se laissa à quelques confidences.

— Nous étions mariés depuis si longtemps et son métier a modifié insensiblement nos rapports. Après chaque départ en tournée, les premières semaines, je m'inquiétais et peu à peu les enfants et le travail reprenaient le dessus. Je le laissais à ses occupations et moi aux miennes.

— Mais Bernardine, grâce à votre oncle, vous aviez pignon sur rue et Antoine savait que vous étiez à la pointe de ses semelles. Il n'a pas succombé aux multiples tentations de la route.

— Vous vous en doutez, plus nos enfants grandissaient et plus les départs étaient douloureux.

— Soyons simples ! Comprenez maintenant que tout arrivait jusqu'à vous et tout repartait de vous. En avançant en âge, Antoine promenait sa bonne humeur mais aussi ses doutes, ses inquiétudes, tant il avait peur de vous perdre, vous et vos petits. Le temps qui passe n'occulte pas seulement nos malheurs, il efface les marques de la transformation de nos villes et de nos campagnes. Que nous réserve l'avenir ? Bien malin qui pourrait le dire, Bernardine ! Antoine a vécu, vous l'avez rendu heureux et comblé avec vos enfants ; alors que demander de plus ?

— Si, La Pistole ! Qu'il soit encore là, bien vivant !

Le vieux colporteur se frotta le visage et les yeux. Il pleurait. Antoine Giard n'était pas un marchand de livres, c'était un colporteur de chefs-d'œuvre qu'il proposait à ceux qu'il rencontrait sur une place, au cabaret et ensuite dans sa boutique. Souvent, il arrivait à les convaincre d'ouvrir une fenêtre sur des ailleurs étonnants. Il servait les écrivains et faisait deux ou trois facéties pour se payer une assiette de soupe.

— Je travaille, disait souvent Antoine, je gagne ma vie, mais l'important est ailleurs. Je ne suis pas riche. Si je le suis, c'est de ce que mon cœur a reçu, apprécié, distillé avant de l'offrir à d'autres.

— Bernardine, je dois vous expliquer maintenant la raison de mon passage à Valenciennes, indiqua La Pistole la veille de son départ. J'ai voulu prévenir Antoine de la mort d'un des marchands d'estampes parisiens avec qui il travaillait. Louis Colas était, comme nous, originaire de la Manche. Il avait monté une affaire qui n'avait cessé de se développer depuis quinze ans et Antoine avait l'habitude de lui rendre visite ou de lui passer commande par courrier. De grâce, Bernardine, cessez toute communication avec ce marchand. Ses clients sont autant de suspects potentiels qui peuvent faire l'objet d'une enquête ou d'une arrestation.

— Pourquoi donc ?

— Louis Colas a été dénoncé par un de ses voisins, sans doute jaloux de sa réussite, parce qu'il avait dit trop fort au cabaret en parlant des tribunaux révolutionnaires : « Les juges ne valent pas mieux que les accusés ! » Ses propos avaient été rapportés au Comité de salut public de son quartier et montés en épingle. Au tribunal, Louis Colas ne put même pas se défendre. Sa cause était fichue d'avance. Il a été guillotiné dès le lendemain.

— Le malheureux !

— Sans doute, mais c'est le lot de beaucoup de monde à Paris, vous ne l'imaginez pas. Un voisin grincheux, un mari trompé suffisent à envoyer un innocent à l'échafaud. Si, par hasard, vous étiez interrogée, dites bien, Bernardine, que vous ne le connaissiez pas. Paris, vous n'y êtes jamais allée. Jamais, vous m'entendez !

— C'est bien compris, La Pistole.

— Vous direz au tribunal qu'Antoine seul se chargeait des voyages à la capitale et des relations avec les fournisseurs, qui n'étaient que des fournisseurs. Pas des amis. C'est clair ?

— Oui !

— En ce qui concerne les estampes, je sais qu'Antoine travaillait aussi avec un gars du Mesnilbus, un dénommé Mondhare, installé rue de Beauvais, à Paris. Soyez sans crainte, il vous donnera satisfaction si vous le sollicitez pour des gravures de qualité.

— La Pistole, avouez que c'est terrible de devoir charger d'une erreur de jugement son mari tout juste froid, simplement pour sauver sa propre vie. Quelle époque !

— Dans l'immédiat, Bernardine, allez dans l'entrepôt, rangez dans un endroit secret les estampes qui viennent de chez Colas. Vous devez bien en avoir un ?

— Je ne sais pas. Je vais en parler avec mon premier commis.

— Non, Bernardine ! Soyez d'une extrême prudence, il en va de votre vie et de votre survie. Ne dites rien !

— Vous voulez me faire peur, dites donc, vieux vagabond ?

— Non, mais je suis tellement redevable envers votre famille que mon âge et mon expérience de la duplicité des hommes me conduisent à vous donner ces conseils de prudence. Et j'insiste quand il le faut vraiment.

— Bon, alors, que dois-je faire ?

— Emportez les estampes dans votre fermette et cachez-les dans l'armoire de votre chambre !

— Merci, mon cher ami. Maintenant que vous vous préparez à nous quitter, je me demande seulement où vous partez. À Paris ? À Rouen ? À Coutances ?

Un long silence s'installa entre eux. La Pistole parut décontenancé par la question. Son regard s'embruma. Un détail qui n'échappa pas à Bernardine.

— Je vais rejoindre Paris, avoua-t-il tout bas, même si la Terreur qui y règne est terrible. Je vais me noyer dans la foule avant de refaire surface.

— Sachez que la porte de notre maison vous est toujours ouverte… et puis, sans vous offenser, vous vieillissez. Si courir les routes vous fatigue trop, sachez qu'une place vous attend ici. Votre expérience serait bénéfique à la bonne marche de notre commerce en attendant que mes enfants puissent travailler avec moi, prendre plus de responsabilités, et ensuite me succéder. Pensez, La Pistole, à ma proposition. Ce n'est pas une offre en l'air ; j'y ai beaucoup réfléchi et j'ai considéré votre venue, ces jours-ci, non seulement comme une grâce du Ciel mais aussi comme un signe de sa part. Alors, je ne vous dis pas au revoir mais à bientôt.

La Pistole reprit la diligence. Des images défilaient dans sa tête, certaines floues, d'autres plus précises, avec leurs détails, leurs couleurs, leurs odeurs, le parfum du vent sur les dunes qui bordent la mer du Nord, jusqu'à Ostende… Les tournées avec Jean Quesnel puis avec le jeune Antoine, la bagarre qui dégénère avec le marchand de Jersey, son arrestation un an plus tard, c'était bien loin. L'émotion ressurgissait au fil de souvenirs à la fois si lointains et si vivants qu'ils semblaient d'aujourd'hui.

Colporteur de livres, le métier était passionnant, mais personne n'apprenait aux hommes à lire l'histoire de leur propre vie…

XIX

Avec la mort de son père, Bernard-Antoine comprit qu'une page de sa jeune existence se bouclait. Désormais, il devenait chef de clan, l'homme vers lequel on se tourne quand il faut embaucher un nouvel employé, faire du crédit à un marchand ambulant inconnu ou aller à Paris chez les libraires éditeurs. Même s'il demeurait pour un temps dans le sillage de sa mère, il entendait s'en affranchir dans les meilleurs délais.

Bien après le passage au cimetière, Bernard-Antoine demeura abattu, anéanti d'avoir vu partir cet être si cher. Chacun sait que nous sommes mortels mais occulte cette réalité tant que le tourbillon de la vie nous emporte. Son père qui avait si bien développé l'affaire créée par son oncle Jean était mort et il restait là, leur successeur, un peu désemparé devant la cheminée de la salle à manger. Les coups de pioche des fossoyeurs qui avaient creusé un trou trop court pour y loger la dépouille résonnaient encore dans sa tête. Au moment de la mise en terre du corps, ils avaient fait durer la situation au-delà du supportable. Le caveau n'était pas assez long. Leur négligence était vraiment inadmissible.

Désormais, le jeune homme devrait veiller sur les autres membres de la famille alors que jusqu'à présent quelqu'un, de près ou de loin, avait veillé sur lui.

Un matin d'octobre, quand Bernard-Antoine descendit dans le magasin, il constata subitement que l'arrière-boutique n'avait pas changé depuis trente ans, toujours les mêmes chaises cannées, une balance Roberval, une boîte de poids en laiton, du papier d'emballage, une paire de ciseaux, un seau à charbon et une pelle pour le poêle. L'endroit, comme le magasin, avait besoin d'un coup de neuf. Pourtant, au milieu des livres, Bernard-Antoine était dans son univers. Plus que jamais, il le ressentait.

Il prit l'habitude de lire par le menu les gazettes qui arrivaient à Valenciennes et apprit avec beaucoup de retard qu'une jeune Normande, descendante du grand Corneille, avait quitté Caen, acheté à Paris un couteau de boucher avant de poignarder tranquillement Marat dans sa baignoire. Marat, le cannibale ! Sans connaître les convictions politiques de la jeune femme, Bernard-Antoine ne pouvait qu'approuver son geste. Malheureusement, ce meurtre fut considéré comme un crime contre la Montagne, contre la République, contre la liberté. La Convention lança une réaction terrible et sanglante qui mit le pays à feu et à sang. Peu après, Marie-Antoinette fut jugée. Aux yeux du tribunal, cette femme était mauvaise parce qu'étrangère, traîtresse parce que reine et conseillère du roi. Autant de griefs qui l'envoyèrent à l'échafaud !

Autre information qui arriva de Paris, la liberté d'imprimer qui avait été mentionnée dans la Déclaration des droits de l'homme et du citoyen était sérieusement menacée. Désormais, quiconque serait convaincu d'avoir composé ou imprimé des écrits qui proposent le rétablissement de la royauté en France ou la dissolution de la Convention nationale serait traduit devant le tribunal révolutionnaire et puni de mort. Les imprimeurs n'en croyaient pas leurs oreilles et se devaient d'être prudents.

Fin octobre, Bernard-Antoine tomba en arrêt devant la teneur d'une nouvelle développée dans une gazette : les sépultures royales placées dans la basilique de Saint-Denis avaient été pillées.

— Maman, regarde ce qui est écrit. La tombe d'Henri IV a été ouverte et celles de Louis XIII et de Louis XIV. Où va-t-on ?

— Mon pauvre garçon, répondit Bernardine, le viol d'une sépulture royale, c'est un acte terrible. Dans toutes les civilisations, on ne se permet pas de bafouer la mémoire des morts.

— C'est horrible, ce qui vient de se passer !

— Nous ne sommes plus une civilisation mais un ramassis de vauriens, de gens de sac et de corde qui braillent et se croient tout permis au nom d'une revanche contre ceux qui, hier, étaient les privilégiés.

— C'est terriblement stupide, cette attitude.

— Une façon comme une autre d'oublier que les nobles de nos provinces vivaient dans leurs manoirs et leurs châteaux de la même façon que leurs paysans mangeaient les mêmes produits, les mêmes légumes.

— Sans doute, mais ils avaient le droit de chasse et ne payaient pas l'impôt, et ce point n'était pas acceptable.

— Accordé, mon fils, mais crois-tu que les changements à effectuer méritent autant d'excès ? La barbarie n'a donc pas de limites. Si ton pauvre père avait lu pareille information, je pense qu'il aurait été outré. Ah, mon pauvre Antoine !... c'est peut-être une bénédiction qu'il nous ait quittés aussi brusquement.

*
* *

Avec son énergie coutumière, Bernardine prit les affaires en main. Plus question de s'abandonner au pessimisme ambiant. La mère de famille expliqua à ses enfants et à ses employés qu'il ne fallait pas baisser les bras et faire du commerce avec ce qui pouvait se vendre. En plus des livres et des brochures, on pouvait proposer du papier d'emballage, de la papeterie, des gravures révolutionnaires que les Pellerin devaient leur expédier d'Épinal. Elle décida d'adjoindre des tontisses, ces rouleaux de papier imitant les étoffes pour faire des tentures, et des papiers pour l'ameublement.

— Mes consignes sont très simples. D'abord, portez sur vos vêtements une grande cocarde tricolore. Si les gardes nationaux ou les représentants de l'autorité vous questionnent, vous leur dites que vous êtes pour le progrès. Contre les émigrés.

Contre les prêtres. Contre tout ce qui rappelle l'Ancien Régime. Est-ce bien clair ? Il s'agit avant toute chose de ne pas les heurter.

— Oui, répondirent-ils tous d'une seule voix.

Bernard-Antoine s'était rallié à l'avis général sans faire le moindre commentaire. Le maître libraire, c'était lui désormais, même s'il n'en avait ni l'expérience ni le titre. Dans l'immédiat, il devait gérer leurs relations et l'activité du magasin, semaine après semaine.

Début septembre, Bernardine envoya son fils passer une semaine à Paris, d'abord pour faire des achats pour la librairie et pour assister à un spectacle ou deux, histoire de lui changer les idées.

Au cours de l'automne, après le retour de son fils, Bernardine fut convoquée devant le Comité local de salut public. Les membres du bureau la regardèrent un long moment sans lui adresser la parole. Ambiance tendue et crispante. Le président la dévisageait de la tête aux pieds. Enfin, un des assesseurs prit la parole. On lui reprochait de vendre des ouvrages contraires aux idées de la Révolution. Elle rappela que sa famille avait toujours diffusé les ouvrages des philosophes, soutenu les idées nouvelles, aidé un colporteur qui avait été envoyé aux galères parce qu'il vendait déjà des ouvrages qui ne plaisaient pas, que leur boutique avait été la première à vendre la brochure de l'abbé Sieyès.

Questions et réponses se multiplièrent, agressives, parfois insidieuses, toujours pesantes. Cette première audition se termina sans avoir complètement satisfait les membres du Comité. Certains, après maintes discussions les jours suivants, obtinrent que la veuve du libraire repasse devant eux. Ces jacobins avaient l'art de multiplier les tracasseries.

— Citoyenne, quelle est la cause de votre convocation ? lui demandèrent-ils quelques jours plus tard.

— Je l'ignore.

— Avez-vous des membres de votre famille ou de votre entourage parmi les émigrés ?

— Non, nous habitons tous à Valenciennes ou à Condé.

— N'avez-vous pas conspiré dans le passé contre l'idéal de la Révolution ?

— Jamais. Bien au contraire, j'ai porté très tôt la cocarde tricolore.

— Avez-vous logé chez vous des officiers de l'armée émigrée ou leurs complices ?

— Jamais.

— Pour vous procurer les livres que vous vendez, vous êtes partie jusqu'à Amsterdam, je crois.

— Vous faites erreur, mon mari allait faire ses achats à Paris. Du moins, il y allait de son vivant. Depuis un an, nous sommes bloqués à Valenciennes et mon fils me semble encore bien jeune pour de pareilles démarches.

— Et vous vous en plaignez ?

— Non, c'est un simple constat. Son manque d'expérience n'a rien à voir avec la situation actuelle. Négocier avec les éditeurs un contrat annuel de représentation demande une expérience qu'il n'a pas. Il est juste capable d'assurer des achats dans des maisons que nous connaissons bien.

— Bon, attendez dans le couloir, citoyenne ; nous vous rappellerons après délibération.

Bernardine sortit, la tête basse, remplie d'idées noires. Tout ce que les gazettes rapportaient, qu'elles soient du Nord ou de Paris, ne lui disait rien qui vaille. Elle se souvenait de ce qu'un ami de son mari lui avait déclaré : « Quelque douce que soit la guillotine, quand on s'y prête bien, et quel que soit le courage qu'ont fait voir jusqu'à présent les héros de cette invention révolutionnaire, je n'ai nullement envie d'y tâter. » Son sort dépendait de l'humeur de ces messieurs. Une fois encore, elle fut renvoyée chez elle. Soulagée.

Hélas, si le pire n'est jamais sûr, il est parfois possible. Elle sentait bien que la passivité qui régnait chez certains pouvait, d'un jour à l'autre, se rompre comme un fil trop tendu. Les masses laborieuses, exploitées depuis des siècles par une administration intraitable, pouvaient se réveiller et il en serait fini des belles idées des messieurs de Paris. Tout pouvait exploser.

Seul dans la boutique, Bernard-Antoine pensait que Jean Quesnel avait sans doute eu tort de venir s'installer dans cette ville… mais la situation n'était guère meilleure dans son pays d'origine, nouvellement nommé le département de la Manche en raison de sa proximité avec les îles Anglo-Normandes, devenues de véritables plaques tournantes avec l'Angleterre. L'armée des émigrés envoyait des hommes intrépides qui franchissaient la mer et venaient soutenir ceux qu'on appelait les chouans. L'armée de la République les pourchassait et la répression était sanglante.

Alors, où était le bon endroit pour abriter sa famille en ces temps incertains ? Bernardine Giard, fille du Hainaut, ne cessait de se le demander. Elle pensait encore à tout cela quand deux gendarmes vinrent à la boutique.

— Il faut nous suivre, citoyenne. Le Comité veut te voir.

— Mais ses membres m'ont entendue à deux reprises. Que me veulent-ils donc ?

— Je n'en sais rien, mais tu dois obéir. Si tu es innocente, tu seras relâchée, comme la semaine dernière.

Peu après, Bernardine se retrouva devant le Comité et fut étonnée d'y voir, très près du président, le fils du notaire, Joseph Lavallée, que certains qualifiaient de redoutable et de cruel. Le Comité lui posa quelques questions puis se concerta. Après délibération, chacun reprit sa place. Joseph Lavallée prit alors la parole en s'adressant aux gardes :

— Maintenant, vous allez mettre la citoyenne en prison.

— C'est une erreur, une injustice ! cria-t-elle. Nous sommes de bons citoyens.

— Je te crois, citoyenne Giard, mais dans l'immédiat j'ai des ordres et je dois les exécuter.

— Mais, Joseph, tu sais qui je suis...

— Gardes, emmenez-la !

Bernardine connut la paille humide des cachots, une paille puante, chargée de vermine, dans une cellule qu'elle partageait avec quatre autres personnes. Dans un coin, un baquet répandait une odeur terrible de fosse d'aisances. Promiscuité, désespoir, ciel noir, il fallait résister. Les compagnes de Bernardine, trois religieuses et la fille d'un châtelain, étaient emprisonnées depuis plusieurs mois. Ces femmes se soutenaient, priaient ensemble et appréciaient à son juste prix chaque aube qui se levait.

Bernard-Antoine envoya aussitôt un billet pour demander à sa tante, Thérèse Giard, de venir à Valenciennes. Il fallait trouver une solution pour sortir Bernardine de son cachot. L'épouse de Louis Giard arriva en compagnie de Félicité Feneulle, sa nièce, la fille de Marie-Françoise, qui allait fêter ses vingt ans. Deux jours après leur arrivée, une nouvelle inattendue courait dans Valenciennes. Joseph Lavallée, la tête pensante du Comité de salut public, était cloué au lit, le dos bloqué par des douleurs insoutenables dans le dos.

— Même dans les temps les plus troublés, il y a des arrangements possibles, sinon avec le ciel, du moins avec les puissants du moment, expliqua Thérèse Giard à l'heure de la soupe.

Elle se raidit sur sa chaise. Son visage aux traits fins se durcit et son sourire se figea.

— Maintenant, Félicité, ma chère nièce, c'est à toi de jouer et de voir ce que nous pouvons tenter pour arracher tante Bernardine à son cachot. Voici mon plan...

Le lendemain, avec un cran étonnant, Félicité Feneulle alla voir Joseph Lavallée et lui proposa de le soigner, puisque ses soucis de santé alimentaient les conversations sur le marché.

— J'ai des onguents et des fluides qui vous guériront, citoyen, si vous le souhaitez, mais c'est donnant, donnant. Il faut rendre sa liberté à ma tante, Bernardine Giard ; elle est emprisonnée sans doute à cause de quelque méchante calomnie alors que c'est la meilleure des femmes et la plus douce des mères. Vous la connaissez depuis votre enfance, notre famille a été proche de la vôtre. Mon oncle connaissait bien votre père et votre grand-père. Je vous laisse réfléchir, citoyen Lavallée. Je reviendrai demain. D'ici là, trouvez un arrangement avec le Comité. Donnant, donnant, c'est bien compris ?

— Oui, jolie citoyenne !

Le lendemain, Félicité revint chez le montagnard.

— Bonjour, citoyen. Comment vous sentez-vous, ce matin ? Toujours aussi mal ?

— Et comment ! Je suis coincé et je souffre, dit-il, la mâchoire crispée par la douleur, comme si on m'enfonçait des aiguilles dans les côtes.

— Que fait-on maintenant ? Vous avez du nouveau ?

— Votre tante sortira à la levée d'écrou de ce midi.

— Merci. Je serai chez vous en début d'après-midi avec mes produits et mes charmes. Je parle bien entendu de mes préparations magiques, celles qui soignent, qui envoûtent et rompent les maléfices. La liberté de vivre et de souffrir a un prix, vous le savez bien. Vous avez accepté le mien, j'accepterai le vôtre.

Le loup en sa tanière buvait du petit-lait. Cette Félicité Feneulle était belle à croquer comme l'avait été sa mère, Marie-Françoise. Elle revint le soigner deux jours de suite, matin et soir, accepta quelques caresses de cet homme coincé par la maladie mais séduisant. Quand elle se penchait vers lui, Joseph Lavallée apercevait dans son corsage de fin linon une superbe paire de seins, gonflés à souhait, d'une rondeur et d'une blancheur tout excitantes. De quoi damner un intrépide révolutionnaire qui se mit assez vite à jouer au galant. Il tendit le bras pour l'amener plus près de lui et poussa un cri de douleur.

— Apparemment, Joseph, vous n'êtes pas encore guéri. Il faut parfois savoir patienter. Demain, peut-être…

Joseph Lavallée marcha timidement jusqu'à la porte de sa chambre en s'appuyant sur une canne. Félicité le maintint à distance.

— Maintenant, citoyen, votre servante va vous préparer une brique chaude que vous allez placer sur vos reins. Renouvelez l'opération plusieurs fois par jour et prenez ma tisane. Dans trois jours, vous pourrez reprendre vos activités de pourvoyeur de la guillotine !

— Félicité, je ne vous permets pas…

— Calmez-vous, mon beau monsieur, je reviendrai vous voir pour caresser votre cou avant qu'il ne soit trop tard.

— Félicité ! S'il vous plaît, je ne suis pas un aussi mauvais garçon que ma réputation s'amuse à le dire. Simplement, je cache un cœur tendre sous les habits du serviteur de la Révolution. Moi qui apprécie beaucoup Gracchus Babeuf[1], je sais que la politique ne s'accorde pas avec la morale.

---

1. Révolutionnaire qui complota contre le Directoire et qui fut guillotiné le 27 mai 1797.

— C'est un fait. Alors, pourquoi vous accrochez-vous à vos grands principes, Joseph ?

— Parce que c'est le souhait des plus hautes personnalités politiques du pays. Quand les écuries du pays auront été nettoyées, quand nos lois auront été revisitées, nous pourrons vivre plus heureux. Cessons d'agir sous l'emprise de l'instant présent, prenons de la hauteur, soyons capables d'une perspective d'avenir.

— Sans doute, Joseph. Allez-vous bientôt rejoindre à Paris vos amis qui font régner la terreur ?

— Paris est le cœur de la vie politique de notre pays, le point d'où tout part. Je quitterai Valenciennes dans une huitaine de jours. Félicité, voudriez-vous m'accompagner à la capitale ? Ce serait un immense plaisir. Vous découvririez mille choses…

Après ce cruel épisode, Bernardine partit se reposer quelque temps dans sa fermette, entre Valenciennes et Cambrai. Elle se levait tard, guettait un rayon de soleil à travers les rideaux et le bruit du râteau du jardinier sur le gravier de l'allée. Chaque après-midi, elle passait son temps libre à débroussailler, à planter, à sarcler, en attendant de retrouver dans son assiette le fruit de son travail, une forme d'autarcie qu'elle appréciait.

L'hiver arriva vite. Terrible ! Un temps épouvantable régnait sur les Flandres et le Hainaut. Le vent hurlait sur les grandes plaines, rendant les communications bien difficiles. Les rivières et les canaux étaient gelés. Les gens grelottaient. Le charbon, n'étant plus exploité, était cher et rare. Les assignats ne valaient plus rien. Tout le monde était démoralisé. Les nouvelles de Paris arrivaient irrégulièrement. Pourtant, un soir de décembre, un colporteur poussa la porte de la boutique.

— Quelle bonne surprise ! C'est le citoyen La Pistole !

— Oui, citoyenne Bernardine.

— Venez donc, que je vous embrasse. Quel bon vent vous mène jusqu'ici ?

— Vous vous souvenez, Bernardine, de ce que vous m'aviez proposé, il y a un an…

— Oui, de venir travailler avec nous…

— J'ai réfléchi… et j'accepte votre proposition.

— C'est une très bonne nouvelle. Bernard-Antoine est sorti, mais nous allons l'attendre tranquillement. Vous l'avez constaté, la ville est sinistrée, avec des centaines de maisons détruites. Commerces, fabriques, entrepôts, tout est parti en fumée. Un énorme chantier de reconstruction nous attend.

— J'en suis bien conscient.

L'hiver s'éternisait en ce début d'année 1795. La région fut longtemps ensevelie sous la neige. Après un mois de janvier glacial, la disette était devenue effroyable. Le pain manquait, les greniers étaient vides et les paysans qui avaient encore des stocks de blé ne les vendaient pas, trop heureux de pouvoir spéculer après des années de régime sec. À Paris, les manifestants n'avaient pas hésité à envahir la Convention, mais la garde avait chargé, baïonnette au canon, pour les repousser. À Valenciennes, la famine régnait. Le pire était à craindre.

La Pistole s'intégra avec bonheur dans son nouveau travail. Il jonglait entre le métier de libraire et celui d'entrepreneur, puisqu'il devait souvent faire le maçon ou le menuisier, assisté dans sa tâche par un ou deux compagnons plus costauds que lui, qu'il embauchait à la semaine.

— La guerre, c'est injuste, disait-il, tellement injuste, avec son cortège de morts et de destructions qui brisent parfois les caractères les plus résolus.

Il apprit avec une certaine satisfaction les succès militaires français, ce qui amenait la mise sous contrôle des provinces bataves. Il se dit qu'au-delà de Bruges et d'Anvers il y aurait encore des livres, des images, des estampes à vendre. Le retour du printemps lui permettrait de mieux appréhender les possibilités commerciales de ces secteurs qu'il n'avait plus parcourus depuis des années.

Se mettre à reconstruire cette activité de colportage et de librairie que Jean Quesnel et Antoine Giard avaient mis plus de cinquante ans à édifier, c'était un défi pour lui, l'ancien condamné au bagne. Autour de ce revenant, certains acceptaient de se battre, question de tempérament. Avec ses cheveux blancs que le vent dressait en une longue mèche qui se mettait parfois à la verticale, il parlait à l'un et à l'autre, répétant souvent les mêmes phrases, donnant de bons conseils. Il portait sur les enfants d'Antoine un regard bienveillant, un peu comme l'avait fait en son temps Jean Quesnel. Du reste, autour de lui, on l'appelait l'oncle La Pistole. Il est des sobriquets qui ont la vie dure.

Bernardine, à ses côtés, n'avait pas le droit de devenir vieille, encore moins de perdre la tête maintenant qu'elle sentait que son fils allait reprendre dignement le flambeau de son père et de l'oncle Jean. Elle se métamorphosait, prenant un rôle sans cesse croissant dans la marche des affaires. Elle n'était plus une femme de l'ombre. Désormais, elle dirigeait le clan des libraires en herbe, même si son fils n'était pas d'accord. Certains soirs, fatiguée par la charge de travail et les préoccupations familiales, elle pleurait discrètement dans sa chambre. D'une main, elle cherchait la présence d'Antoine sur l'oreiller. Il avait fui, le bougre…

*

* *

Bernard-Antoine, qui fêterait ses dix-neuf ans le 14 décembre, s'était rendu à Paris en septembre pour renouer des liens commerciaux qui s'étaient distendus en raison des événements. Qu'étaient devenus les libraires normands installés à Paris depuis des décennies ? C'était une question qui turlupinait Bernardine. Plusieurs portes demeuraient closes, d'autres boutiques vivotaient. *A contrario*, certaines affichaient curieusement une belle prospérité.

Pendant la tourmente révolutionnaire, l'état de la capitale s'était dégradé, constata le jeune homme. Les rues étaient encore plus mal entretenues que par le passé. Les vendeurs à la sauvette interpellaient les promeneurs. Le crieur de vieux chapeaux, le marchand de bouteilles cassées, le ramasseur de vieilles ferrailles, le vinaigrier qui poussait sa brouette et vendait aux ménagères une mesure de vinaigre de vin, tous s'agitaient pour gagner quelques piécettes.

Paris restait une ruche bourdonnante où les mendiants pullulaient. La police craignait davantage les conspirateurs que ces bandes de petits truands qui dévalisaient le bourgeois au coin d'une rue sombre. Voir des gueux hypocrites qui tendaient leur sébile, la peau maquillée de fausses plaies purulentes, les vêtements en lambeaux, étonna beaucoup Bernard-Antoine. Ces mendiants étaient parfois entourés d'enfants en guenilles, les leurs ou des enfants volés qui apprenaient à leurs côtés le métier de mendiants professionnels.

Le jeune libraire en profita pour faire le tour des cabarets, pas toujours du meilleur chic cependant. Il entra dans l'un d'eux, où un violoneux faisait danser la populace. Au gré des tables, un soldat et une servante buvaient ensemble ; là, c'était une lingère qui trinquait avec un menuisier. Le ton montait parfois d'une table à l'autre et, dans ce cas, le cafetier n'hésitait pas à appeler la garde qui patrouillait dans les rues. Le calme revenait et les verres se remplissaient. Des rires chassaient la misère collée aux gobelets en plomb ou en étain enduits d'une crasse rouge.

À son retour à Valenciennes, Bernard-Antoine montra à La Pistole une gazette qu'il avait rapportée de Paris, *Le Tribun du peuple.*

— Qui la dirige ? demanda le vieil homme.

— Un dénommé Gracchus Babeuf, qui me semble un fort honnête homme, d'après ce qu'on m'a dit.

— Gracchus Babeuf ! Son *Manifeste des plébéiens* me semble bien exagéré. Tu me parais toujours séduit par les idées des extrémistes.

— Non, pas les plus extrémistes ! Mais par les hommes les plus sincères, certainement. C'est le propre de la jeunesse que de croire aux idées les plus folles et les plus généreuses. On se dit que notre génération va réussir enfin ce que n'ont pas réussi les précédentes et qu'elle va bousculer l'ordre actuel, qui ne vaut guère mieux que le précédent.

— Reconnais donc, Bernard-Antoine, que des purs et des sincères, il y en a dans les deux camps, ce qui ne les empêche pas de s'écharper et de s'étriper comme des bêtes sauvages.

La Pistole essayait de raisonner ce jeune homme facilement cassant, à la limite de l'arrogance, à la tête bouillonnante, en cherchant à lui ouvrir les yeux sur la versatilité des politiques et à l'inscrire dans la durée plutôt que dans la tyrannie de l'éphémère. Bernard-Antoine était brillant, mais d'un caractère difficile. Dans ses rapports avec les autres, il oubliait le chemin parcouru avant lui par son père et son oncle. Il n'avait pas encore compris la nécessité de mettre chaque jour un peu d'huile dans les rapports humains, sous peine de voir l'incompatibilité d'humeur se muer en haine irréductible dont il finirait par pâtir à son tour. L'attitude de l'ancien colporteur partait d'un bon sentiment, mais il redoutait que, dans un mouvement de colère, son protégé n'aille le dénoncer aux autorités. Avec son passé de bagnard, La Pistole savait que sa vie ne vaudrait pas grand-chose face à ses juges et qu'il retournerait moisir au fond d'un cachot ou dans la cour d'un arsenal.

Discrètement, Bernardine avait repris ses bonnes habitudes. Le dimanche et les jours de fête religieuse, la boutique était fermée. Endimanchée comme il se doit, portant toilette de bon goût, elle allait à la grand-messe, savourait le repas que préparait la cuisinière et jouait avec les enfants. Comme les bourgeois respectables, elle sortait peu ces jours-là. Elle laissait aux gens du peuple les promenades et les spectacles qui ne remplissaient pas toujours les théâtres. Elle préférait aller pendant deux ou trois jours dans sa maison de campagne en compagnie de ses plus jeunes enfants ou de quelques proches.

Le 30 mars 1796, Gracchus Babeuf, l'ami et le maître à penser de Joseph Lavallée, fonda une société secrète, la Conjuration des Égaux. Il envisageait une insurrection à laquelle participeraient ceux qui venaient à ses réunions, qui lisaient ses affiches. Dommage pour lui ! La police veillait et avait infiltré l'organisation révolutionnaire. Le 10 mai, elle arrêta Gracchus Babeuf et plusieurs dizaines de ses complices.

À ses côtés, dans la charrette qui roulait vers la guillotine, le séduisant Joseph Lavallée avait perdu beaucoup de sa superbe. Le visage plongé dans ses souvenirs, il pensait peut-être aux attraits si charmants de Félicité Feneulle, la nièce de Thérèse Giard, pour éclairer ses dernières minutes à vivre… Il était trop tard pour regretter ses choix qui le conduisaient à la mort. Si loin de Valenciennes.

XX

Bien que fille du Nord, Bernardine avait suivi avec attention les guerres de Vendée, les combats en Bretagne et maintenant la chouannerie normande. Elle priait souvent dans l'intimité de sa chambre pour les prêtres exilés et pour ceux qui étaient morts sur l'échafaud. Elle espérait que la liberté religieuse et la liberté de conscience finiraient par revenir. L'année 1797 connut un réveil économique après de bonnes récoltes de blé et d'orge. La culture de la pomme de terre se développait de façon remarquable, comme celle des plantes fourragères. Dans les mines de charbon, les ouvriers étaient redescendus dans les galeries et la production retrouvait son meilleur niveau. Le grand imprimeur Firmin-Didot avait amélioré les procédés d'imprimerie et publiait de superbes éditions qui ensoleillaient les rayons de la librairie de Valenciennes.

Le général Jourdan fit voter une loi de conscription qui touchait tous les Français de vingt à vingt-cinq ans. Bernardine était fort inquiète pour l'avenir de son aîné, qui serait le premier à partir à la guerre.

*

* *

Le 1er septembre 1797, Bernard-Antoine décida de faire un nouveau voyage à Paris. Fallait-il persister dans le métier de libraire ? Fallait-il ajouter aux livres qui ne se vendaient plus beaucoup d'autres produits ? Lesquels ? Bernard-Antoine s'interrogeait. Il reconnaissait que, dans son activité, la formation humaine l'emportait sur la formation scolaire ou universitaire. Ce qui caractérisait un libraire compétent, ce n'était pas tant sa connaissance des auteurs classiques que sa capacité à être ouvert, à demeurer curieux, capable de saisir l'essentiel dans une nouveauté présentée dans une gazette. Il y avait une famille à nourrir, deux boutiques à faire tourner et beaucoup d'écueils à surmonter pour assurer l'avenir.

— Bernard-Antoine, l'heure est grave, lui avoua sa mère. Nous sommes toujours vivants, mais notre affaire vivote. Je me demande ce que nous allons devenir... Dans quelle direction faudrait-il aller pour redonner à nos boutiques un peu d'allant et retrouver un peu d'espoir ? Je n'en sais rien. Tu veux partir à Paris, c'est ton choix, mon garçon. En d'autres temps, je m'y serais vivement opposée. Aujourd'hui, vas-y ! Si tu peux revenir avec une bonne idée, j'allais dire une idée révolutionnaire, pourquoi pas ?

— Oui, maman, pourquoi pas ? Ce sont dans les circonstances périlleuses que l'on reconnaît les gens d'exception. Je n'en suis peut-être pas un...

mais l'avenir de notre famille justifie de prendre des risques. Je pars !

— Que Dieu te protège !

— Mieux qu'il n'a protégé ses serviteurs depuis le début de la Révolution, ma mère. Prêtres et religieuses ont été exécutés par centaines, par milliers. Je vais à Paris en sachant que, dans cette ville, il y a un seul Dieu mais plusieurs diables…

— Va rapidement à la mairie demander l'établissement de ton laissez-passer.

Le lendemain, Bernard-Antoine retira son document officiel : « L'administration municipale de Valenciennes invite les autorités civiles et militaires à laisser librement passer le citoyen Bernard-Antoine François Giard, allant à Paris pour vaquer à ses affaires. Domicilié en la commune de Valenciennes, âgé de vingt et un ans, taille de cinq pieds quatre pouces, cheveux et sourcils bruns, yeux bleus, nez ordinaire, bouche moyenne, menton rond, front large, visage rond. Prêtez-lui aide et assistance en cas de besoin. Signé… »

Bernard-Antoine commença à rencontrer des libraires éditeurs. Tous étaient désespérés devant la baisse de leurs affaires.

Adrien Cauvin, dont la famille tenait commerce d'estampes, sympathisa avec lui. Tout juste âgé de vingt-deux ans, il lui fit découvrir l'animation nocturne de la capitale. En allant au théâtre, les deux jeunes gens regardaient les jolies Parisiennes qui les croisaient.

— Tu as vu celle-là ? interrogea Adrien.

— Ces beautés-là ne m'intéressent pas trop, elles sentent la halle.

— Voyons, sois raisonnable, Bernard-Antoine, des filles de maraîchers, j'en connais de superbes et je leur fais les yeux doux quand l'occasion se présente.

— Nous verrons, répondit, désabusé, Bernard-Antoine.

— C'est tout vu. Ne dis pas : fontaine, je ne boirai pas de ton eau ! Regarde plutôt cette belle blonde aux yeux bleus, aux lèvres colorées de rouge… Hum, cette poitrine superbement meublée dans un déshabillé à la démocrate. Tu ne crois pas qu'il y a là tous les appas pour faire perdre la raison à un jeune homme comme toi ?

Adrien Cauvin l'attrapa par le bras pour l'immobiliser.

— Dis-moi ? As-tu remarqué son coup d'œil provocateur ?

— Pourquoi ? Elle te plaît ? demanda d'un ton naïf Bernard-Antoine.

— Des femmes qui font tourner les têtes, j'en ai déjà croisé dans ma jeune existence. L'important, c'est qu'elles ne les fassent pas tomber dans le panier de la guillotine, comme celles de Danton ou de Camile Desmoulins. Soyons muets, un moment, le temps de rentrer dans ce théâtre.

— Pourquoi ?

— Il y a toujours des oreilles indiscrètes qui écoutent, des yeux vicieux qui observent ceux qui arrivent ici pour la première fois. Avec ta tenue, les hommes de la police des théâtres vont comprendre que tu arrives de la campagne, même si Valenciennes n'est pas le trou du cul du monde.

— Comme tu y vas, Adrien ! Tu me prends pour un campagnard, dis-moi ?

Deux jours plus tard, les jeunes gens se retrouvèrent avec plaisir au Palais-Royal, que l'on appelait maintenant Palais-Égalité, dans un quartier bien vivant. Adrien Cauvin semblait détendu. Cet excellent républicain n'avait jamais été mis en cause par les citoyens de son quartier. Il était le fils de braves Normands montés à la capitale qui avaient accumulé une jolie pelote dans le commerce des estampes et des livres. Après la mort de son père, il avait embrassé les idées nouvelles, les soutenant avec de plus en plus de détermination au fil des mois. Voilà qui les rapprochait, autant que les jolies filles.

Dans la bousculade pour entrer au Palais-Égalité, Bernard-Antoine sentit contre lui un bras potelé qui cherchait à le pousser en avant, puis une poitrine charmante vint s'écraser dans son dos.

— Citoyenne, vous semblez m'en vouloir ? Que puis-je pour vous au milieu de tous ces gens qui mettent le désordre ?

— Peu de chose, citoyen. Un peu d'air, simplement.

— Si je comprends bien, je n'avance pas assez vite. Ne craignez donc pas de vous appuyer contre moi, vous pourrez respirer à votre aise, lui suggéra Bernard-Antoine.

La lumière de cette fin de journée éclairait le visage de la jeune femme et le gars du Nord put apprécier ses traits fins et doux, ses grands yeux, son teint frais, léger, rosi par la bousculade. Elle était ravissante et le savait. Sa voix chaleureuse s'harmonisait avec le reste de sa silhouette.

— Accepteriez-vous une invitation à dîner après le spectacle ? Les émotions du théâtre aiguisent l'appétit. Qu'en dites-vous ?

Il découvrait en quelques minutes plus de fièvre amoureuse qu'en cinq ans, de ferveur révolutionnaire. Ses tempes vibraient d'un afflux de sang. Le tourment bouillonnant de l'amour et du désir venait de le toucher.

— Alors, citoyenne, qu'allez-vous me dire ?

— À tout à l'heure !

— Un prénom, s'il vous plaît ?

— Armande, dit-elle en le fixant avec beaucoup d'aplomb. Armande Lecureur.

Cette citoyenne était le genre de beauté qui vous fait perdre tous vos moyens. Elle avait jeté sur Bernard-Antoine un regard bleu acier qui avait dû en faire fondre plus d'un.

— Bernard-Antoine Giard, pour vous servir.

Elle esquissa un geste langoureux de la main, presque aguicheur, et ce fut plus que le jeune libraire ne put en supporter. Son attitude fit rire Adrien qui, en Parisien déluré qu'il était, avait plus d'expérience avec les femmes qui virevoltaient ici.

Le lendemain, le travail reprit ses droits. Bernard-Antoine décida d'aller vers le Luxembourg en passant par le pont Royal, comme l'indiquait son plan de Paris, qui avait appartenu à son père. Il traversa la place du Carrousel, où trônait le buste de Marat. Ah ! quelle scélérate, cette Charlotte Corday !

Le soir, Bernard-Antoine retrouva Armande pour un dîner en tête à tête. Elle continuait à le dévisager, fixant le col de sa chemise, qui n'avait pas toute la netteté souhaitée. La mode n'était pas le souci premier du jeune provincial, une mauvaise habitude prise à Valenciennes, où la réputation de sa famille suffisait à lui ouvrir les portes. Ici, dans ce Paris frivole et si vaste, il était un parfait inconnu.

Le vin de Brouilly leur fit de l'effet à l'un et à l'autre. Ils sortirent du restaurant, repus, avant de filer, bras dessus, bras dessous, dans les rues de Paris, où le provincial était complètement perdu.

Le lendemain, vers midi, Adrien Cauvin croisa son ami dans la galerie Vivienne.

— Parle-moi donc de cette soirée, mauvais camarade ! lui lança-t-il en le prenant par l'épaule.

— Je ne demande pas mieux de te parler, mais j'en ai long à te raconter. Si nous allions nous asseoir quelque part… Voilà, Adrien. En sortant du restaurant, ma belle a été accostée par un curieux personnage…

— Son garde du corps, parbleu ! Et tu les as laissés bavarder à leur aise…

— Mais je ne pouvais pas être jaloux d'un type de cette allure.

— Mon pauvre ami, c'est l'espion du Comité de salut public. Tu es surveillé, et maintenant il faut te méfier, tu m'entends ? À Paris, tout le monde se méfie de tout le monde, le père de son fils, la sœur de son frère. Et ensuite…

— Nous avons été dans sa chambrette, un petit logis bien agréable.

— Vous avez bavardé ?

— Tu parles ! La demoiselle ne fait pas languir ses admirateurs… Quelle peau douce ! Des hanches bien cambrées, une poitrine ferme, bref le repos d'un honnête chrétien. Après la bagatelle, elle m'a posé cent mille questions. Elle m'a demandé de quel parti j'étais… si j'avais des amis au gouvernement…

— Et quoi encore ?

— Quel était mon métier… Si j'avais des revenus, du bien…

— Tu vois, à sa façon de t'appeler mon biquet, elle t'a passé à la question et va remettre ta fiche signalétique à ses amis, les gens du Comité de salut public, à Fouquier-Tinville par exemple…

— Qui est-ce ?

— Comment ? Tu ne connais pas ce nom ?

— Non !

— Eh bien, Fouquier-Tinville, c'est le plus grand pourvoyeur de la guillotine installée à demeure sur la place de la Révolution. Bernard-Antoine, comprends-tu maintenant dans quels draps tu t'es fourré en jouant avec une poulette qui n'est pas du tout innocente ?

— Compris ! J'ai encore quelques éditeurs à voir et après-demain je rentre à Valenciennes.

— Non, tu rentres dès demain matin, sauf si tu as envie de jouer ta tête à la loterie. Je ferai à ta place les dernières visites et je t'enverrai un courrier explicatif. Va dormir à *L'Hôtel du Cerf* et réserve ta place dans la première diligence qui file vers le nord. C'est beaucoup plus prudent. À une autre fois.

Durant le voyage, Bernard-Antoine eut le temps de méditer sur les péripéties de ce déplacement. Il reconnaissait à contrecœur que la délation gangrenait toujours la société. À Paris, il n'était qu'un fétu de paille ballotté par la Seine, susceptible de connaître les pires désagréments à cause d'une amourette d'un soir. Il était devenu un ci-devant fiché à la police et courait le risque d'être arrêté et mis en prison. Cette Armande Lecureur avait décidément plus d'un tour dans son sac.

À la descente de la diligence, le corps endolori et chahuté par le voyage, Bernard-Antoine songeait encore devant le relais de poste à cette créature superbe qu'il avait abandonnée à Paris.

— Comment vas-tu, mon fils ? Tu m'as l'air bien pâle. Serais-tu malade ? demanda sa mère.

— Je me porte comme un charme !

— Et Paris ?

— Toujours le même tourbillon de spectacles, de défilés, de femmes superbes dans des tenues dont nous n'avons pas idée à Valenciennes.

— Comment ? Les femmes ? Mais tu les regardes maintenant ? C'est nouveau ! Tu vas me parler de ce que tu as fabriqué seul à Paris. Seul… enfin, je me comprends !

*
* *

Le dimanche de Pâques 1800, les colporteurs en livres se préparèrent à reprendre le travail. Bernardine et La Pistole surveillaient les préparatifs. Le vieux colporteur, qui allait gaillardement sur soixante-dix ans, rappela aux jeunes qui partaient sur la route un des principes du métier :

— N'oubliez pas que le peuple des campagnes cherche avant tout dans un livre un aliment pour sa curiosité et pour son imagination. N'attendez pas que le lecteur vienne vers vous. Faites le premier pas ! Parlez-lui ! Soyez aimables… pas comme une porte de prison, ni tranchants comme le couperet de la guillotine. Notre métier, c'est avant tout l'amour du lecteur, d'autant que les auteurs ont fait une partie importante du travail. Sachez de quoi parle ce livre que vous tendez à un passant, il sera plus facile à vendre. Et puis, dites-vous que vous êtes les meilleurs et que vous vous appuyez sur une bonne maison, installée à Valenciennes depuis plus de cinquante ans. Une réputation se crée au terme de longues années de labeur et de sérieux, la casser ne prend quelques minutes. Pas de boulettes, je vous en prie ! Soyez des gens responsables et surtout amoureux de leur métier. Vous m'avez bien compris ? Amoureux des livres, un point, c'est tout !

Chez les Giard, on gratta les fonds de tiroir pour trouver des livres de la Bibliothèque bleue. Les stocks étaient maigres. Alors, n'écoutant que son courage, Bernard-Antoine prit la diligence et partit pour Troyes. Chez les successeurs de Nicolas Oudot et des Garnier, on produisait toujours des livres bon marché, imprimés sur du papier médiocre dans des formats adaptés à la balle des colporteurs. Le jeune homme trouva avec plaisir *Les Contes* de Perrault, ceux de Mme la comtesse d'Aulnoy, *L'Histoire du Juif errant*, des ouvrages de magie, des recueils de chansons à boire, sans oublier les récits de brigands au grand cœur, les Cartouche et autres Mandrin. Il ajouta à sa sélection des nouveautés comme *Les*

Jours de gloire de l'armée française depuis 1792. La liste de la commande ne cessait de s'allonger au point de remplir cinq grandes malles en osier. Les liens entre fournisseur et libraire étaient renoués, la confiance rétablie.

Il fallait maintenant rejoindre Valenciennes et battre le rappel des colporteurs. En trois semaines, l'arrivage fut ventilé entre les équipes de colporteurs de la maison et leurs amis qui avaient été informés des disponibilités à l'occasion des haltes dans les auberges durant la tournée. Les affaires reprenaient.

Pourtant, cette saison-là, un petit ouvrage publié chez Baudot, à Troyes, connut un vif engouement, *Le Catéchisme poissard*, recueil indispensable pour passer gaiement le carnaval. La couverture portait la mention « dédié aux amis de la joie ». Bien plus que Bernardine, qui n'appréciait pas ce genre d'opuscule, La Pistole avait flairé la bonne affaire, car les gens avaient besoin de retrouver le sens de la fête après tant d'années agitées, souvent sinistres, quelquefois dramatiques. Il fit mettre l'ouvrage en avant par son équipe de colporteurs et le succès fut au rendez-vous. Il fallut le réapprovisionner à trois reprises.

*
* *

En juillet 1800 la canicule frappa le pays. Les rues se vidaient en début d'après-midi, nettoyées par un gigantesque coup de balai. Chacun restait dans son logement, à la recherche d'un peu de fraîcheur.

Dans les ateliers, ouvriers et ouvrières suffoquaient, transpirant à grosses gouttes avant de devenir livides. Un après-midi, La Pistole se plaignit de douleurs dans la poitrine et d'une sensation de grande fatigue. Il monta dans sa chambre. D'ordinaire, le vieil homme passait la matinée dans l'entrepôt ou la boutique, portant des colis, mettant en place des arrivages. L'après-midi, il réchauffait ses vieux os sur un banc en face de l'église Saint-Géry, taillant un bout de bavette avec le père Grenouille, un vieux soldat de Louis XVI qui vivait comme un misérable dans le quartier des pauvres, près du calvaire. Les deux anciens fumaient la pipe pendant une heure et chacun rentrait sous son toit.

Pour le vieux colporteur, ces conversations devant l'église se nourrissaient de souvenirs qui remontaient en surface et qu'il aurait bien aimé retenir un peu. Il se remémorait les coups qui pleuvaient au bagne mais avait oublié la douleur qui les accompagnait. Dans une vie bien remplie, il y a des blancs, des creux, des manques. Lui qui avait survécu au quotidien pénible de Toulon savait que, sous ses pas, se cachaient des abîmes où enfouir ses chagrins, sa détresse et ses crimes, grands et petits. Il s'était faufilé entre les orages de la vie de la Révolution et avait oublié le temps qui passe. Qu'en restait-il ? Peu de chose sans doute, si ce n'est l'ingratitude des hommes alors qu'il était tellement solidaire de braves types qui avaient profité de failles larges comme la mer Rouge, le jour où Moïse l'avait franchie, pour fuir le bagne ou déserter l'armée.

Du même auteur

Aux éditions De Borée

Bêtes de guerre, 1914-1918 (avec Patrick Bousquet)
Bréviaire de la brouette
Un sou de bonheur, prix littéraire du Cotentin
Les Moissons de l'espoir
Le Retour des beaux jours
Le Tulipier de Marie-Antoinette
Les Vendanges du Loubiac

Autres éditeurs

Histoire maritime
À l'abordage ! Corsaires, pirates et flibustiers
La Grande Histoire du sauvetage
La Mer et rien d'autre
Les Bateaux du jour J
Les Canotiers de l'impossible
Les Corsaires de la baie d'Along, prix Histoire vécue en Indochine
Les Grandes Catastrophes maritimes du XXe siècle, 1900-1945
Les Mousses, prix Robert de La Croix
Les Mousses, de Colbert à nos jours
Naufrages et sauvetages en Bretagne, préface de Didier Decoin
Naufrages et sauvetages en Manche
Mousses et marins au combat
Phares et feux de Normandie
Prendre pied, tenir ou mourir. Marins en guerre
Sauveteurs de Normandie, prix des Libraires de Normandie
Sauveteurs en mer – Atlantique
Sauveteurs en mer – Bretagne
Sauveteurs en mer – Mer du Nord et Manche
SOS. Sauveteurs en mer

Régionalisme normand
Canton des Pieux, ainsi va la vie
Chansons normandes, du Cotentin à la plaine de Caen
Contes et légendes du Cotentin
Diélette, la mine sous la mer
Dieppe
Flamanville, d'une marée à l'autre
La Côte fleurie
La Hague
Le Canton de La Haye-du-Puits
Le Canton des Pieux
Le Canton des Pieux, souvenirs en images
Le Carnet de cuisine du Cotentin
Le Cotentin de A à Z
Le Dictionnaire du Cotentin
Le Tréport et sa région
Le Val de Saire
Les Pieux d'avant, Normandie d'hier
Ouistreham, d'une tempête à l'autre
Rouen
Sciotot, une histoire, des histoires

Romans
Brasse coulée
Hurler avec les loups à Canteleu
La Carriole
Terminus, gare Saint-Lazare

Divers
L'Esprit de la Brouette
Legallais, la destinée exceptionnelle d'une quincaillerie normande
Les Outils du jardin
Mémoire en images, le canton de La Ferté-Alais
Mémoire en images, le canton de Méréville
Mémoire en images, le canton de Milly-la-Forêt

En collaboration avec P. Bousquet
Les Engins spéciaux du débarquement

Ouvrages pour la jeunesse
Go, Geronimo
Les Diables de Pegasus
Les Érables de sang
Les Étoiles de la liberté
Les Fantômes de Port-Winston
Une plage en enfer

Imprimé en France par CPI
en mai 2021
N° d'impression : 2057363
Dépôt légal : août 2021
ISBN : 978-2-8129-2891-8
ISSN : 1627-6779
www.deboree.com
livres@centrefrance.com

— Sur les bancs des galères, à l'hôpital ou en prison, où tant d'hommes sont réunis dans un si petit espace, le bagne est un pourrissoir humain, disait La Pistole au père Grenouille.

— Mon camarade, il n'y a que toi pour en parler en connaissance de cause. Mais oublie, oublie donc le temps passé et regarde la belle soirée qui s'annonce. Le ciel est dégagé.

— La Grenouille, j'ai vécu au bagne et je sais ce qu'est le diable !

— Oui... et tu as peur qu'il réapparaisse à tout moment ?

— Tout à fait !

L'ancien bagnard se leva et rentra pour tailler dans un morceau de bois une galère royale afin d'exorciser ses années de souffrance ou un brick pour l'emporter vers le soleil. Pour tous les employés de la librairie Giard, il était un peu cet oncle d'Amérique auquel on rêve, un homme revenu de pays trop lointains ou trop dangereux. Un homme secret mais tellement attachant.

Comme chaque soir, Toinette, la petite bonne, lui apporta sa soupière chaude. Le lendemain, il n'avait toujours rien avalé. Le vieil homme était prostré. Sa vie entière se pressait sous ses paupières. Inquiète, Bernardine décida d'appeler le curé. Une heure plus tard, le prêtre lui donna les derniers sacrements et, avant la nuit, le vieillard rendit l'âme tandis que la famille Giard, réunie autour de lui, récitait la prière des morts :

Des profondeurs, je crie vers toi, Seigneur.
Seigneur, écoute mon appel !

Que ton oreille se fasse attentive
Au cri de ma prière.

Jamais ce psaume 129 n'avait été autant en phase avec ce forçat qui s'était souvent senti au bas de l'échelle sociale, en situation d'infériorité. Il avait survécu à l'enfer, sans doute parce qu'il avait conservé en son sein une parcelle d'espérance. Du fond de la chiourme, il avait appelé Dieu pour l'aider… ou pour en finir au plus tôt, les jours de découragement, quand les difficultés de sa vie misérable étaient trop lourdes à supporter. Il était conscient de ses torts et savait que son appât du gain l'avait jeté dans un abîme dont il avait mesuré la limite. Face à un galérien, les plus miséreux des gens en liberté ne pouvaient deviner ce que recouvraient ces mots.

Dans la soirée, Toinette avait frappé à la porte de la chambrette et le vieux n'avait pas répondu Elle avait poussé la porte et l'avait trouvé, assis devant sa table, le front sur des morceaux de bois.

— Alors, père La Pistole, qu'est-ce qui vous arrive ? On ne veut plus parler à sa petite Toinette ? avait-elle dit en le secouant.

Il n'avait pas réagi. Il était mort.

La nouvelle avait mis la maison sens dessus dessous. Bernardine avait accouru aussi vite qu'elle avait pu. Avec Bernard-Antoine, elle avait allongé le corps sur le lit. La Pistole avait l'air noble, le visage serein et tranquille comme sa conscience. Il était parti sans bruit, sans attendre la foire Saint-Martin, qui marquait la fin de la saison du colportage. Avant de fermer le linceul, le jeune libraire y avait glissé un petit livre de la Bibliothèque bleue en souvenir d'un temps passé. Le vieil homme se sentirait moins seul ainsi avec ce viatique pour sa longue marche.

La Pistole emportait avec lui bien des secrets dont les présents autour de son lit n'avaient pas la moindre idée.

L'automne, qui marquait le retour des colporteurs, était assombri par cette triste nouvelle qu'il fallait annoncer à ceux qui s'arrêtaient à la boutique : le père La Pistole était décédé.

*

* *

Bien vite, la capitale s'était repeuplée de créatures fantastiques, d'esprits brillants, de revenants nostalgiques d'un autre âge. Bernard-Antoine Giard éprouvait pour Paris l'admiration d'un jeune provincial, à la fois ébloui et timoré face à un monde si différent du sien.

Le 18 mai 1804, un sénatus-consulte connu sous le nom de Constitution de l'an XII proclama Bonaparte empereur des Français. Un plébiscite le confirma. De la République à l'Empire, moins de cinq années s'étaient écoulées.

Le 2 décembre 1805, Napoléon remportait la brillante victoire d'Austerlitz. Pendant que certains se battaient pour une parcelle de gloire, d'autres faisaient la fête.

Le 7 mars 1806, les marchands d'estampes parisiens se réunissaient autour d'une bonne table pour célébrer l'un des leurs, Martin Le Clerc, originaire de Montsurvent. Quoi de plus logique que de réaliser une estampe sur ce repas en y indiquant les noms des participants ? Ce document que présenta Joseph-Martin de Saint-Jores à son visiteur allait devenir un instrument de travail pour Bernard-Antoine, qui porta au dos les adresses des marchands qui y figuraient et leurs spécialités. Neuf des quatorze convives étant originaires du pays de Coutances, Bernard-Antoine devait se présenter à eux en insistant sur les origines normandes de sa famille, son père étant natif de Servigny et son oncle de Muneville-le-Bingard. Ces indications valaient tous les sésames auprès de ces gens réputés pour leur méfiance.

Il les visiterait en priorité, sachant qu'ensuite il devrait pourtant faire le tri parmi les quatre cent cinquante et un libraires installés dans la capitale. Certaines boutiques n'étaient en fait que des cabinets littéraires où des habitués, moyennant un abonnement mensuel, venaient lire les gazettes. Cette nouvelle visite à Paris s'annonçait riche de promesses.

XXI

Le 26 octobre 1807, Bernard-Antoine Giard, devenu libraire royal breveté, épousait à Lille Mélanie Decroix et, sur le parvis de l'église, des commerçants de Valenciennes venus en amis commentaient cette union.

— Vieille famille catholique, ces Giard.

— Et alors ?

— Oh, je connais la chanson ! Hier, on aurait voulu donner sa fille à un député, aujourd'hui ce n'est plus comme avant. On se rencontre, on bavarde puis on négocie le contrat de mariage. Le père de la petite est un peu chicanier.

— Quand tu dis chicanier, tu es modeste ; la négociation a duré deux ou trois semaines... surtout quand on connaît, en face, la Bernardine, toujours aussi tatillonne, moins souple que ne l'était son mari.

— Il a du bien, ce garçon.

— Je sais !

— Deux librairies, une maison à la campagne et peut-être des placements à Paris.

— Chez des éditeurs, sans doute des Normands, comme son père et son oncle, qui avaient déserté le pays de Coutances...

— Oui, ces gens-là s'y entendent pour faire des affaires dans le monde du livre.

— Comme tu dis !

Sans être une beauté, Mélanie avait une jolie silhouette, un corps harmonieux. Sa poitrine, souvent portée dans une robe de soie noire à liserés de dentelle, la mettait en valeur. Ainsi parée, elle attirait le regard des hommes, à commencer par celui de Bernard-Antoine. Discrète, elle ne portait qu'un bijou, tantôt un camée cerné d'or, tantôt une croix Jeannette qui venait de tante Marie.

De l'union de Bernard-Antoine et de Mélanie allaient naître cinq enfants. Le premier, Louis-Jules, naquit à Valenciennes le 16 août 1808. À sa venue, ses cris déchirèrent le cœur de son père. Un fils ! Il avait obligatoirement dans ses gènes l'envie de devenir libraire. Si le second enfant, Frédéric, ne vécut que trois jours, une petite sœur lui succéda. Mélanie-Bernardine ouvrit les yeux le 30 septembre 1811 à Valenciennes. Pour Louis-Jules, l'âge tendre n'était tendre que pour les autres. Apprendre à marcher, à lire, aller à l'école, que de contrariétés quand on est un rêveur !

Devenu un père de famille responsable, Bernard-Antoine ne mesurait pas sa fatigue. Il se levait tôt, réchauffait du café à la chicorée dans la cuisine et descendait, sa tasse fumante à la main, dans la boutique engourdie par le froid de la nuit. Depuis quinze ans, il avait su tenir tête au destin qui ne l'avait pas ménagé. Au-delà de la mort de son père, il avait été frustré de ne pas bénéficier de sa part des rites d'initiation qui marquent le passage de témoin entre un père et son fils. C'était vrai dans le cadre d'un métier manuel, encore plus dans le monde de la transmission du savoir et de la curiosité, données incontournables pour devenir un libraire de qualité.

*
* *

Durant l'année 1810, la famille Giard avait connu des changements importants. D'abord, Jean-François, le septième enfant d'Antoine et de Bernardine, s'était installé comme libraire à Valenciennes, place des Wautiers. Il y aurait donc deux librairies Giard en ville. Il s'était mis à fréquenter régulièrement une jeune fille de bourgeois, la délicieuse Catherine Fortier.

— Tu seras heureuse avec lui, ma petite Catherine, avait avoué Mme Fortier. Quand j'observe ses yeux clairs et francs, je me dis que ce garçon doit être sérieux. Et si tu voyais comme il te dévore du regard…

— Tu crois, maman ?

— Oui, ses yeux disent mieux que des bavardages combien il t'aime. Alors, maintenant, il va falloir qu'il se décide.

— Sinon ?

— Ne crains rien ; je vais en parler avec Bernardine. Nous nous apprécions suffisamment.

Ce coup de pouce avait été nécessaire et avait débloqué la situation. La célébration de leur union n'était plus qu'une affaire de semaines.

*
* *

Installé derrière son bureau, Bernard-Antoine avait de bonnes raisons de rouspéter. Désormais, deux décrets impériaux réglementaient le statut des libraires, à commencer par le sien. En premier lieu, la loi avait décidé que les libraires seraient brevetés et assermentés. Par ailleurs, les brevets de libraires seraient délivrés par le directeur général de l'Imprimerie et soumis à l'approbation du ministre de l'Intérieur. Enregistré au tribunal civil du lieu de résidence, le libraire prêtait serment de ne vendre, débiter et distribuer aucun ouvrage contraire aux devoirs envers le souverain et l'intérêt de l'État. Les brevets ne pouvaient être accordés aux libraires qu'après avoir justifié de leurs bonne vie et mœurs, et de leur attachement à la patrie et au souverain.

Derrière ces nouvelles contraintes, le libraire voyait la griffe de Fouché, le ministre de la Police, qui cherchait à embrigader la vente des livres dans un processus qui ne pouvait être que favorable au régime. Fouché, Dieu sait si Bernard-Antoine ne l'aimait pas, comme beaucoup de ses concitoyens ! Le ministre de la Police avait beaucoup de sang sur les mains en raison des répressions qu'il avait menées dans l'Ouest, le Centre, puis à Lyon. Dans cette ville, il avait trouvé que la guillotine n'était pas assez rapide et avait fait tirer au canon sur les condamnés regroupés par dizaines. Et c'était ce sanguinaire qui voulait parler beaux textes, littérature, qui voulait réduire le rôle des petits colporteurs qui ne gagnaient pas plus qu'un ouvrier parisien ! Voltaire devait se retourner dans sa tombe, songea le libraire. Fût-ce au Panthéon ! Fouché ne changea rien à son désir de museler la liberté d'informer, défigurant ainsi la Déclaration des droits de l'homme et du citoyen.

De taille moyenne, paraissant petit en raison de l'embonpoint qui le gagnait, Bernard-Antoine ressemblait à ce qu'il était : un commerçant de province. Visage rasé de près, ses yeux bleus laissaient passer un regard aimable mais rusé. Bien que d'un naturel optimiste, il pouvait se faire du souci quant à l'avenir de ses enfants. Auraient-ils suffisamment le goût de l'étude, puisqu'il fallait désormais connaître le latin et le grec, puis effectuer quatre années d'apprentissage avant de passer le brevet professionnel de libraire ? Mais il ne put se dérober à ses obligations, constitua un beau dossier avant de recevoir son brevet le 1er octobre 1811, signé par le conseiller d'État, directeur général de la Librairie, le baron de Pommereul, par le ministre de l'Intérieur, le comte de Montalivet, par Ottaviani, secrétaire général à la direction de l'Imprimerie, et par Lacroix, le secrétaire général du ministère de l'Intérieur. Il fallait donc quatre signatures de hautes personnalités et des mois d'attente et de patience avant l'obtention du fameux brevet ! Cela méritait bien quelques lignes dans *Le Journal de Valenciennes*.

Depuis 1800, les affaires des librairies continuaient à être marquées par une baisse de leur activité ; les lecteurs les plus fortunés, les nobles qui avaient fui, ceux qui n'étaient pas rentrés, étaient moins nombreux tandis que les militaires issus des armées révolutionnaires et la bourgeoisie qui s'était enrichie avec l'acquisition de biens nationaux étaient peu préoccupés par la création artistique et le commerce des idées. Les tirages des livres augmentaient, ce qui entraînait une baisse du prix de revient. La faveur était aux livres brochés, bien meilleur marché que les beaux ouvrages reliés.

Autre changement dans la famille, et non des moindres, Julien, le fils de Louis Giard, s'engagea à dix-neuf ans dans la Grande Armée, assuré d'y rencontrer l'aventure dont il était assoiffé et d'assouvir une part de rêve nourrie par le pont d'Arcole et les pyramides d'Égypte. Devenu soldat, sachant lire et écrire, Julien devint sergent-fourrier. Le goût des voyages qui avait si souvent agité son père et son oncle le démangeait à son tour. La marine de l'Empereur, sérieusement défaite à Aboukir, en Égypte, ne l'avait pas tenté. Il avait préféré les troupes à pied qui partaient à la conquête de l'Europe.

Alors qu'au mois de janvier la situation internationale semblait sourire à Napoléon, les mois suivants elle se tendit. Durant l'automne, le tsar rompait les accords de Tilsit, ouvrait ses ports aux marchandises anglaises et taxait fortement les produits français. Plus qu'un mauvais coup, c'était une trahison ! Pendant ce temps, Julien Giard découvrait la vie en caserne, les séances de maniement d'armes pendant l'instruction. Puis son régiment fit mouvement en direction de Strasbourg. Sergent-fourrier signifiait que l'intéressé maîtrisait correctement l'écriture et la lecture pour tenir les registres d'une unité, rédiger une lettre pour commander du ravitaillement ou des munitions ; les vieux briscards qui avaient travaillé dans les milieux du livre voulaient en savoir plus sur ce garçon.

— Bonjour l'ami, c'est comment, ton nom ?

— Julien Giard.

— Tu viens d'où ?

— Du Nord, j'étais commis à la librairie de mon père, à Condé-sur-l'Escaut.

— Et vous, vous êtes qui ?

— Pierre Croulebois, colporteur en livres avant de faire le soldat. Tu sais, dans notre pays, des Giard, il y en a beaucoup. Des paysans, des laboureurs, mais aussi des colporteurs en livres.

— Vous venez d'où ?

— De Gouville, pas très loin de Coutances.

— Moi, mon père était de Servigny.

— Sacré nom d'un petit bonhomme, on est faits pour s'entendre ! Je suis un gars qui a beaucoup roulé sa bosse, de Normandie en Anjou, en passant par la Sarthe ; alors, tu peux me faire confiance, je te mettrai dans les bons coups. Si la mitraille est trop soutenue, je saurai te protéger.

— Merci, Pierre.

Avant de quitter Strasbourg et sa cathédrale de grès rose, Julien adressa un petit courrier à sa mère, Thérèse, à sa cousine Félicité et à son cousin, Bernard-Antoine, le libraire de Valenciennes. Il était ravi du métier des armes, voyait du pays et savait que son unité irait encore plus loin. Il partit en Allemagne pour y attendre le printemps.

*

* *

— Il serait peut-être judicieux d'ouvrir une nouvelle librairie à Cambrai, une ville qui appartient à la France depuis cent cinquante ans, proposa Bernard-Antoine à son frère. Elle est bien située sur la rive droite de l'Escaut. Elle a beaucoup souffert de la Révolution mais les ateliers qui fabriquent de la batiste reprennent peu à peu leurs activités. Plus nombreux sont les gens au travail et meilleures sont les affaires.

— Tout à fait ! approuva Jean-François. De nouvelles librairies ont leur place dans des villes moyennes, dans des sous-préfectures où existe une clientèle éduquée et suffisamment nombreuse pour rentabiliser un tel fonds de commerce. Il suffit de répertorier le nombre de médecins, d'officiers de santé, de pharmaciens, de notaires, de juges de paix, de percepteurs, d'avoués dans une ville pour avoir une bonne idée de son niveau d'activité et de sa prospérité.

— Tu as raison. On laissera les colporteurs s'occuper des petites localités, des bourgs modestes.

— Et les colporteurs, ils ont leurs habitudes à Valenciennes, chez nous.

— Bien entendu, et il faudra varier notre choix d'ouvrages. La Bibliothèque bleue, même si elle fonctionne encore, n'est plus suffisante. Quant aux paroissiens imprimés par l'évêché, nous pourrions les ajouter à notre sélection et les mettre en place dans les épiceries par nos meilleurs colporteurs.

— C'est une bonne décision !

— Je crois qu'il faudrait aussi adjoindre à nos boutiques un cabinet de lecture ; cette formule attire de plus en plus de lecteurs désireux de lire un large éventail de la presse nationale.

— De cette manière, nous toucherons de nouveaux lecteurs qui auront envie d'acheter des livres. Même si nous n'avons pas tout en magasin, nous disposons maintenant d'un beau carnet d'adresses à Paris pour procurer rapidement ce qui pourra être demandé.

— Tu as raison, nos visites à la capitale, nous devons les préparer avec soin, les rentabiliser, et ces achats exceptionnels, c'est une bonne solution pour se faire connaître. À propos, tu as lu dans la presse que Louis XVIII a rendu le Panthéon au culte catholique ?

— Non, je n'y avais pas fait attention. Mais alors, que va devenir Voltaire, qui y repose ? Il ne va quand même pas aller à la messe tous les matins ?

— Ce serait un comble ! Il faut voir dans ce geste une décision éminemment politique pour rendre au clergé sa dignité et en faire un appui du régime.

— Dans ces conditions, lors de notre prochain passage à Paris, nous y ferons un crochet, ne serait-ce que pour saluer l'auteur de *Candide*. Nous lui devons bien une minute de recueillement.

Quelques jours après cette longue discussion entre les deux frères Giard, un homme encore jeune, au visage marqué par les épreuves, de profondes rides au front, une balafre sur la joue, poussa la porte de la librairie de Bernard-Antoine.

— Bonjour, monsieur, je voudrais parler à mon cousin.

— Vous êtes qui ?

— Julien Giard, le cousin de votre patron.

— Ne bougez pas, je vais le chercher.

Trois minutes plus tard, Bernard-Antoine entrait dans la pièce.

— Julien, quelle surprise !

— Pour moi aussi, c'est un miracle d'être rentré vivant de ces années de guerre.

— Montons à l'étage. Maman sera ravie de te voir, même si elle n'entend plus très bien. C'est l'âge, que veux-tu ! À propos, la guerre, c'était comment ?

— Terriblement meurtrier ! Il faut vraiment être né sous une bonne étoile pour être revenu entier de Moscou et de la Berezina.

— Le passage de la Berezina, tu y étais ?

— Oui.

— Tu vas m'en parler après… Maman, regarde qui vient d'arriver ! Julien, le fils de l'oncle Louis. Dire qu'on le croyait mort dans les immensités glacées de Russie.

— Mon petit, j'ai si souvent prié pour toi. Eh bien, Dieu m'a exaucée !

— Merci, ma tante, pour vos prières.

— Tu es revenu parmi nous, prêt à retourner à Condé pour reprendre en main la librairie. C'est une belle affaire, maintenant.

— Tant mieux ! Mais moi, j'ai envie de faire autre chose.

— Tu ne veux pas être libraire ou colporteur ?

— Non !

— Alors, que veux-tu faire, maintenant que tu n'es plus soldat ?

— La cuisine ou la boulange.

— C'est nouveau, cette idée ? Tenir un restaurant, Julien, ou une boulangerie, ce n'est pas dans les traditions familiales, c'est étonnant comme décision.

— Non, j'ai appris ces métiers de bouche à la caserne et sur le front. Les soldats, tous les jours, il faut que ça bouffe du pain et du rata, quand on peut. Vous savez, je touche ma demi-solde depuis le mois de septembre ; j'ai un peu d'argent devant moi pour voir venir mais, je vous le confirme, je ne retournerai pas tenir la librairie de mon père. Au fait, mes cousins, comment vous organisez-vous avec la boutique de Condé ?

— J'ai mis un employé, indiqua Bernard-Antoine. Je m'occupe des achats qui sont regroupés avec ceux des deux librairies de Valenciennes et je contrôle les comptes tous les quinze jours.

— Bon, tout ça, c'est votre affaire et ça me semble bien organisé, mais ce n'est plus ma préoccupation.

— Julien, ce soir, tu soupes avec nous, décida Bernardine. Je vais demander à ce qu'on te prépare un lit et tu auras le temps de faire tes papiers avec ton cousin.

— Entendu, merci, ma tante.

Bernard-Antoine était abasourdi par ce qu'il venait d'entendre, subjugué par le talent de conteur de son cousin. Aujourd'hui, l'épopée napoléonienne n'était plus au goût du jour, et pour cause. Elle n'avait plus les faveurs d'un public qui laissait l'Empereur se morfondre sur l'île de Sainte-Hélène, perdue au milieu de l'Atlantique… Mais demain, allez savoir…

— Tu devrais écrire tes souvenirs, Julien. Un livre qui s'appellerait *Le Tambour d'Austerlitz*. Un livre, des mots, au moins tu resterais dans la tradition familiale. Nous les Giard, nous sommes des passeurs d'histoires, des passeurs de mots.

— D'accord avec ton idée, mais je n'étais pas tambour-major mais sergent-fourrier.

— Et alors ? Tu te glisses dans la peau d'un tambour et tu racontes ce qu'il a pu voir, ce que tu as vu aussi. Le mélange des deux expériences et les souvenirs de tes amis, voilà qui peut faire un bon livre.

— Non, mon cousin, l'Empereur et ses soldats ne sont plus à la mode pour un sacré bout de temps !

— Le temps qu'il faut pour écrire un livre, c'est l'affaire de cinq ans et, d'ici là, l'Empereur fera à nouveau rêver les Français.

— Et je l'appellerai comment, mon héros ?

— Le tambour Giard.

— Quelle idée !

— Alors, Julien, pourquoi pas le tambour de Picardie, le tambour de Bourgogne, le tambour Lecuir ou le tambour du Cotentin, au choix. Tu vois, les idées ne manquent pas !

— C'est un beau projet mais, comme la librairie, il ne me tente pas. Tu sais, mon cousin, le hasard ou l'amour me reconduiront peut-être à Valenciennes, qui sait ?

— Oui, Julien, qui sait ? La porte de la maison Giard te sera toujours ouverte ; n'est pas Giard qui veut.

Quelques mois plus tard, l'hiver avait pris dans les plis de son manteau le vent, le froid et la mélancolie.

Changement d'époque, de régime politique, un changement de décor s'imposait dans cette boutique dont l'organisation intérieure et le mobilier n'avaient pas évolué depuis 1750. Bernard-Antoine, qui en avait pris brusquement conscience, avait décidé qu'il devait mettre à profit la saison creuse pour engager des travaux importants pour bien marquer qu'une époque était révolue et qu'il fallait faire preuve de modernisme, même si Jean Quesnel ou Antoine se retournaient dans leurs tombes. Au-delà des apparences et d'un coup de peinture, rien n'allait changer dans la boutique du libraire, parce que les livres qui s'y accumulaient étaient un puissant témoignage des destinées de cette famille. Il n'avait compris que le devoir que lui murmuraient des ombres toujours présentes, celles de son oncle et de son grand-père : persister dans l'amour des livres.

Hier, il pensait que le temps des colporteurs était terminé. Aujourd'hui, il l'envisageait à nouveau avec une jeune équipe, une autre organisation et des étapes qui ne dépendraient plus seulement des foires et des marchés mais aussi des villes industrielles et minières qu'ils traverseraient.

Passeur de mots, passeur de bonheur, c'était tout simplement la vie de Bernard-Antoine Giard et le secret de cette famille qui continuait à glisser de génération en génération.

Bibliographie

Lise ANDRIES, Geneviève BOLLÈME, *La Bibliothèque bleue, littérature de colportage*, collection Bouquins, Robert Laffont, 2003.

Jean-Paul BELIN, *Le Commerce des livres prohibés à Paris de 1750 à 1789*, Paris, 1913.

Pierre BROCHON, *Le Livre de colportage en France depuis le XVIe siècle*, Gründ 1954.

DIDEROT, *Lettre sur le commerce de la librairie*, 1767.

F. FUNCK-BRENTANO, *Les Lettres de cachet à Paris, 1659-1789*, Imprimerie nationale, 1902.

Pierre GIARD, *Les Giard, notes biographiques et généalogiques sur les descendants des époux Antoine Giard-Quesnel*, 1977.

René GIARD, *Notes généalogiques et biographiques*, 1937.

Michel GIRARD, *Les Manchois dans le commerce du livre et de l'estampe à Paris, en France et à l'étranger du XVIe siècle à nos jours*, 2011.

Louis-Sébastien MERCIER, *Le Tableau de Paris*, 1781.

Charles NIZARD, *Histoire des livres populaires ou de la littérature de colportage*, 1854.

Brigitte RICHTER, *Histoire et technique du livre et de l'édition*, Centre universitaire du Mans, 1976.

Jean de SAINT-JORRE, *Libraires et marchands d'estampes parisiens originaires du Cotentin*, préface de Pierre Aguiton, *Cahiers de l'ODAC*, 1985.